母亲的季候

章方松 著

MUQINDEJIHOU

北方联合出版传媒(集团)股份有限公司
春风文艺出版社
·沈 阳·

图书在版编目（CIP）数据

母亲的季候/章方松著． —沈阳：春风文艺出版社，2017.5（2021.1重印）
ISBN 978-7-5313-5177-1

Ⅰ．①母… Ⅱ．①章… Ⅲ．①散文集—中国—当代 Ⅳ．①I267

中国版本图书馆CIP数据核字（2017）第044431号

北方联合出版传媒（集团）股份有限公司
春风文艺出版社出版发行
http://www.chunfengwenyi.com
沈阳市和平区十一纬路25号　邮编：110003
永清县晔盛亚胶印有限公司印刷

责任编辑：寿天舒	责任校对：赵丹彤
封面设计：陈天佑	幅面尺寸：160mm × 240mm
字　　数：230千字	印　　张：13
版　　次：2017年5月第1版	印　　次：2021年1月第2次
书　　号：ISBN 978-7-5313-5177-1	
定　　价：38.00元	

版权专有　侵权必究　举报电话：024-23284391
如有质量问题，请拨打电话：024-23284384

母亲张宝銮

(1919-1998)

目录

母亲的季候   1
瓜棚野语   125
海上半月   159
后　记   198

母亲的季候

母亲张姓，名宝銮，于1919年（农历庚申年四月十一日）出生于温州永嘉场千年古镇的永中镇。镇上有建于唐乾元年间的古寺。寺前有大街，商贾云集，经济繁荣，名曰：寺前街。

外公家是永嘉场最大的食品经营商家，专营糕饼，商号"新源益"。一排排店铺坐落在寺前街的闹市处。母亲有俩兄长，仨姐妹。母亲排行最小。我家祖上居住在离古镇数十里路外的乡村。那年喜欢喝酒的二舅去乡村购买食品原料，经堂伯父邀请，他到我父亲家喝酒。

酒至半酣，他双手拍拍谷库门板说："这人家谷库里存着满满的稻谷，家境殷实，一定是户勤劳的人家。将来我家小妹要是能嫁过来，就不愁吃喝了！"当时年仅十二岁的父亲还躺在长方凳上哼着温州鼓词，不问世事呢。也就是这样，凭着二舅的一句无心的玩笑话，没过几年，母亲这个镇上大户商家的女儿就嫁给了父亲。

父亲家是个大家庭，有四个兄弟，父亲是老大。母亲嫁过来后，在舅舅们的帮助下，父亲家也开起了面坊，经营糕点生意，家里也逐渐走向了富裕。也许是母亲出身大户人家的原因，祖父母对她关爱有加。聪慧的母亲将古镇的别样风情也带到了农家，并将农家的丰富民俗融入现实生活，这样更加丰富了母亲对季候风俗的理解与感悟。

母亲的人生说短不短，说长也不长，仅仅是看了七十九回花开花落，七十九回雪飞雪落，于1998年仲夏（农历戊寅年四月初四）的微雨凌晨，走向了她一直向往的佛国世界。母亲离我越来越远，而在我的精神世界里，母亲的存在宛若星辰般，越来越闪耀着灿烂和智慧的光芒。

母亲能背诵二十四节气，讲述节气的农事，还记着菩萨的诞辰，以及我们大家族数十人的生日时辰，问起哪个，她都烂熟于心。那时我们都觉得这是一件很了不起的事情。可她却说，这是祖父母的嘱托，更是她对天地的崇敬以及对家人关爱所应有的责任。

随着长大，我越来越意识到，将母亲的季候感悟与生活风情记录下来，这将是一笔宝贵的精神财富。于母亲来说，这是她一生的精神寄托，是那个时代里中国传统女性的文化结晶。她像千百万已经去世的母亲一样，具有东方女性的美德，值得我们去继承去理解去思索去感悟。

基于此，我从中国传统农历二十四节气，分章追忆母亲在季候生活的精神风采。

立　春

乡村的月夜很美，美得清静又朦胧。清静时像是一幅木刻的画，线条简练而宁静；朦胧时像是一幅中国画，水墨交融间迷茫又悠远。清静与朦胧只是一种意象，内在却是蕴含着静谧与和谐。这种清静，是清清的静，静静的清。田野、小桥与人家，清清地、静静地沉浸在水乡缥缈又清澈的世界里。

我们家的四合院就坐落在这一片平坦开阔的原野水乡里，坐东朝西，屋后是一片百草园。院子左边是一条清澈见底的小河，悠悠的河水缓缓地流向东海。四合院前是石板路。过石板路，左边是一座娘娘宫，再走个五十来步是一座东岳庙。

四合院的右边是一座十来米高的土坟墩。土坟墩朝右走二十来步是一座五瘟殿。祖父是讲究风水的，可为什么选择院落介于寺庙与坟墩之间呢？祖父认为屋前的这条石板路，是永嘉场南来北往的交通要道，将来道路两旁要是建成民居，那么此地就会成为经营商业的要地。为此他还请教过风水先生。风水先生说，隔路如隔山，尽管对面是寺庙和坟墩，但隔了马路，就无碍于风水了。

听别的老人说，在我还没出生时，我的这位充满传奇色彩的祖父，因病突然不辞而别，还有我的两个哥哥也是跟着他一起走了。当时乡里就传出了很多闲话，但是，这一切并未妨碍我们家族的发展，一直人丁兴旺，家运亨通。

这座有五间楼房的四合院，由我的父辈兄弟四房人家分住。父亲是老大，祖母去世后，母亲仿佛成为这座大宅门的女主人。每天早晚的门台门，总是由母亲开和关。门台门高大笨重，身材娇小的母亲，每次都要艰难地抱着大门闩，插上上门闩，按下下门穴，然后再挂上铁钩。风雨无阻，从未间断过。

夜色朦胧，月上梢头，母亲点燃三炷清香，站在小凳子上踮着脚，将三炷清香正正中中地插到挂在屋檐下大灯笼外的小孔里。无论朦胧的夜晚，或是星疏月夜，灯笼外的三炷香火永远点点闪烁。

有时候，母亲会在灯笼里面插上一支红蜡烛。红蜡烛与灯笼上由红纸剪成的"三官大帝"四个字相互映衬。亮堂堂的灯笼照亮了屋檐的走廊，使整个宅门光明一片。点好三官灯香烛，母亲走向天井，向西闭目朝拜诵经，一是保佑天下太平，二是保佑全宅家门福吉，三是保佑孩子健康成长。这是母亲一生中每天必做的功课，虔诚如一。

立春伊始，万象更新。

年前立春过年暖，过年立春二月寒。

立春大似年。

母亲翻开皇历，第一件事要看何月何日何时是立春日。立春那天，母亲总会这样唠叨："立春三日，百草发芽。"立春是下雨天，她会说："立春落雨到清明，一日落雨一日晴。"

母亲很重视迎春仪式。到立春，她便将自己早已准备好的艾草、樟木片、紫柴、杉木屑以及雄黄、烧酒，分别放到正堂、后堂、灶房的中央地面、卧室地面的铺木板上。她还在卧室的床前放了一个旧铁锅，将樟木片等放在铁锅里。

立春时辰一到，母亲叫我和哥哥以及堂兄弟姐妹们，先点燃正堂的柴料，然后再分别点燃后堂、灶房、卧室的柴料。为了防止火苗乱窜，母亲吩咐我们在火堆旁放一盆清水，小心看着火种。柴料燃烧过半，母亲给火堆撒上一点儿雄黄，浇上一小杯烧酒。此时，艾草、樟木、杉木、紫柴等散发出来的浓烈香气，夹杂着雄黄、烧酒的气味，弥漫了整座四合院。母亲指挥大家从火堆里跳来跳去跳三圈。母亲说跳过樟树枝，一年四季，大吉大利，一能避邪，二能做事顺利。

"燀春"仪式结束后，母亲泡了一碗浓茶，吩咐每人喝一口燀春茶。碧绿的茶叶，漂浮着两三朵白菊花，映衬着十几朵金色的桂花。喝了一口，立马浑身有了一种飘飘然的感觉。母亲说："喝了燀春茶，一年四季风雨都不怕。"

母亲认为，立春时，有一股周而复始的绵绵阳气，盘旋着上升，驱散着冬天残留的阴气。立春时辰的"燀火"，能承接地下盘旋上升的阳气纳入住宅，能使住宅人家一年四季阳气旺盛，六畜兴旺，家运亨通。"燀春"之后，母亲指着灰堆下一滴滴的水蒸气珠，深情地说："这是被燀春火气冲醒后，冬天留在地下的冷汗！"

记得那年立春时辰，一只三色猫从楼上绕梁而过，叫了三声。母亲惊喜不已："燀春遇猫叫，是吉祥好事！"三色猫绕梁而叫，更是极好极好的事。那年农业丰收，父亲肺疾康复。母亲更是深信"燀春"给农时与家庭带来了好运，她的好心情也深深地感染了大宅子里的每个人。

母亲是我童年的偶像。

我总觉得她说的话比父亲说得对。父亲虽然在我们乡里有着很高的威望，且广识博闻，但他对母亲做的这些有些神秘仪式的行为并不赞成。父亲身上自有一种大家长式的威严，平时很少待在家里，我一看到他总是敬而远之，要不就躲而避之。直到大了，我才理解了他这种沉默如山，大爱无言的父爱。

燀春之后，母亲从鸡窝里取出一支艳丽的鸡毛，示意我们用小嘴对着鸡毛轻轻地吹气。她说："鸡毛飘飞的方向，就是春风的方向。"小鸡毛总是悠悠地朝着东方飞着。母亲说："东风就是春风。"

立春到，东风吹，百草要回头。

农民在立春那天，要举行立春开垟的仪式。堂兄是生产队里的计划员，他不识字，也从不看皇历。在立春前两天，母亲会告诉他，过两天就是立春了，到了立春必须放鞭炮以示农事开垟，保佑一年吉利。开垟后，社员给春牛披上红花环，给黄牛喝酒，赶着黄牛雄赳赳、气昂昂地走向田野。

春节是母亲最忙碌的时候。鸡叫头遍，母亲就起来烧好了饭菜，早早地等着我们起来。"正月初一起得早，一年四季天天早。"清晨起来，第一件事是放开门炮。放开门炮是父辈四户家家轮流的。轮到我家，都是由哥哥去放鞭炮。三声大炮响过后，接着是一串百子炮。开门炮放完，前大门打开。母亲要我们到正堂给祖父母的遗像跪拜。跪拜时不能说话，要庄重严肃，头要跪拜到地。

跪拜后，母亲便将折好的红纸条，教我们用毛笔字写"新春开笔一年四季大吉大利"，并在字条下面各自写上自己的名字。母亲说："这是新年第一次开笔写字，一定要一丝不苟，工工整整。"并且将这张红字条保留到第二年正月初一，再看你写的字，进步了多少。

长大后，我在《温州竹枝词》中读到过此风俗："新正开笔纸条红，端楷簪花墨更浓。四季平安民物阜，百年不见战争功。"心中不禁感念母亲是这个风俗虔诚的传递者。

正月初一，我家和别人家不同的是，全家人都要吃素斋。这是老祖宗留下来的规矩。母亲是它忠实的执行者。八样素菜分别是花生饼、豆腐鲞、鲜豆腐、白菜芥、熟豌豆、紫菜、黄花菜、黄豆芽，中间一盘是红年糕。直到20世纪80年代，素菜才改为蘑菇、香菇、嫩竹笋、黑木耳等。要等家人全到齐，方可入席。每人面前都放着一个小酒盅，无论如何都要倒上一小盅黄酒。

正月里，母亲讲究"红"色，食具的碗、盘、筷子等都是红色。每样的素菜和红年糕上，都要撒上几缕鲜艳的红萝卜丝。这些精致的碗、盘、茶杯与酒盅等用品，都是母亲的陪嫁品。鲜红的高脚碗与高脚盘都是江西景德镇产的上等陶瓷。一样样食物，摆放在红彤彤的碗盘里，显现出隆重喜气的祥和气氛。

在我们乡里，有着正月初一到初五，凡来家的客人都要给备些点心待客的习俗。母亲做的点心有两类：一类是素食，一类是荤食。素食与荤食的主料，是面条或者米粉丝，区别在于点心的浇头。素食点心的浇头是豆腐鲞、黄花菜、黑木耳之类；荤食的浇头是虾仁、鳗鱼鲞片、荷花蛋、目鱼干等。

来的客人大部分喜欢吃荤食，也有的个别客人爱吃素食。邻居的孩子往来，也要相互送糕饼糖果之类。正月初一到初五，母亲吩咐我们不要随便到邻家串门，万一人家拿不出礼品送你，会感到不好意思的。母亲的善解人意至今令人难忘。但是，她非常欢迎别人家的孩子到家里来做客，并且热情地请他们喝茶，送糖果。

母亲经常教育我们要学会为人处世，她要求我们逢年过节，待人要讲和气。即使遇到仇人，也要脸带笑容三分，千万不能冤生孽结。

正月里要饭的人很多。凡是来要饭的人，不管衣服穿得如何破烂，母亲都称他们为"人客"。肩挑着关公刀，刀钩挂着六片干竹笋片的打卦人，母亲称他"打卦先生"；有唱门头小鼓词的，母亲称他"唱词先生"；也有唱道情的称他"唱道情老师"；唱龙船的称他"唱龙船人客"……只要这些人一出现在门口，母亲都会叫我用小酒盅，量半盅米给这些要饭的人。母亲是这样说的，也是这样想的，更是这样做的。她的一言一行都深刻影响着我们兄弟姐妹们。

遇到大雪天，母亲会从锅里舀出一碗热气腾腾的米饭，添些鱼菜，给他们御寒。"他们虽穷，但他们也同样有尊严，待人就是要平等。"母亲常讲，一粒谷米也要百般珍惜。荒年时，一粒谷米能救一条人命。古人说，饥者千金不如一食，寒者美玉不如粗布遮寒。在那粮食短缺的日子，母亲也要将年糕切成一小片一小片，分赠给过路的讨食者。她说："看得见的钱物是从门槛上送出去的，但看不见的钱财会从家门底下流进来。"那时候的我并不明白这句话的深意，直到长大了，我才懂了。母亲真是伟大。

待人要文明礼貌。

不能骂贫苦人。人人都是人，命苦命爽都是人。人人有命，命苦不是人自寻苦，而是人的运道与命运不顺境。

看富人不能仰面求人，对穷人不能横眉立目。

走路或在家内外，遇到穷人或乞丐，不能盯着看人家，更不能跟着别的孩子一起对他们起哄。

那时乡间多疯子与麻子，母亲一再告诫，千万别跟着人家后面叫人家"癫人""麻脸"。母亲说："麻脸，麻脸，天上花。"意思指麻脸人经过一场大病煎熬过来，命很大，应该尊重他。

俗语说："未到八十八，别笑人家眼盲瞎！"

做人待人，勿从门缝窥人，不能鹅眼看人小，牛眼看人大，更不能用着的人是朝笏，用不着的人是粪桶板。有时朝笏会成粪桶板，粪桶板会成朝笏。

人不可貌相，海水不可斗量。母亲经常讲，本地明朝年间，有个读书人家穷人丑，还有一只眼睛瞎。他在赴考时，考官嫌他生相丑陋，于是出联刁难他："只眼童生不入场。"

没想到他胸有成竹地对了下联："半爿明月照乾坤。"考官见此童生很有志气，于是予以录取。这个读书人后来高中进士，那些平日看不起他家的人，顿时青睐有加。

过年前，母亲总要叫哥哥去十里路外的衙前季宅，请孤独而忠厚的季昌明表叔来我家过年。每次表叔来，父辈四户人家都轮流请他喝分岁酒，过了正月初五，他要回家去。母亲总是留他过了二月二，吃过芥菜饭，才叫哥哥送他回去。表叔的母亲，我们这辈叫她姑婆，是母亲非常敬重的长辈。

　　姑婆临终时，一再叮嘱母亲要多关照孤独无助的表叔。表叔家原有一位十分聪明的大哥，那年日本人到了永嘉场，指挥部设在季宅祠堂里。那年季宅人吃祠堂酒，日本人投了毒，一天就毒死了五十多季宅人，表叔的大哥就是在那次被毒死了。表叔的两个聪明伶俐的妹妹，也是在那个兵荒马乱的年代，白天不敢出门。一天清晨去抬水，被一群野狼吓疯了，不久便精神失常年纪轻轻就没了。姑婆为此而哭瞎了眼睛。

雨　水

　　民间谚语："春寒雨水多，夏寒断水流。"雨水多了，草长莺飞，花草便开始旺盛起来。我家后院子里的花草也热闹起来了。最先开放的是山茶花，接着是迎春花，还有那些叫不出名字的花啊草啊就更多了。草径上，篱笆边，净是一朵朵小野花，色彩斑斓，争奇斗艳。我喜欢去摘花玩。

　　母亲说："花是有花神的。"春天的花神来了，给花儿轻轻地吹了一口气，花儿就开了起来。二月十五是花神的生日。母亲叫我站着朝着花儿拜一拜，也朝着草儿拜一拜。草儿不会开花，给人家瞧不起，怪可怜哩！拜一拜草儿，也给草儿高兴高兴！这是祖母的话，母亲喜欢重复着祖母说过的话。

　　雨水有雨庄稼好，大春小春一片宝。

　　蒙蒙细雨后，天朗气清，河水碧波荡漾，田野里的芥菜都油亮油亮的。到了二月初二，母亲从后园里摘来一大竹篮鲜嫩的芥菜叶，整天忙着烧芥菜饭。母亲烧芥菜饭时，会先将菜叶煎熟，盛在木盆里，接着把烧熟的糯米饭，拌匀溪虾、香菇片、猪肉丁后，再加上老酒和豆瓣酱，最后跟煎熟的芥菜重新拌匀，放在锅里慢火熏透蒸熟。放学回来，一碗香气喷喷的芥菜饭会放在我的面前，垂涎欲滴，好诱人啊。

吃饭时，母亲不允许我们姐妹兄弟讲话。饭要一口一口地吃，慢慢地吃，静静地吃。有话饭后再慢慢地讲，更不允许大声讲话。即使你有理，也不能高声讲。有理你要轻轻地说，人家才会重重地听。如果边吃饭边讲话，很容易噎食。母亲还会经常讲些例子，某人到新亲家做客，吃饭讲话口沫四溅，人家不要他做上门女婿了。小孩子吃东西更要注意热汤凉后慢喝的道理。某家孩子因吃滚烫的汤圆粘喉而噎死。小孩子不能让他自己喝汤喝卤，某人小时候吃太咸的虾子卤呛入气管，因此而终生哮喘。小孩子手中不能拿小刀、剪刀玩游戏，更不能口中衔着筷子跑步。母亲讲这些事例，都是事出有因。

我正在津津有味地吃芥菜饭时，忽然感觉自己的一颗小牙掉了下来，吓得我大哭。母亲笑着说："不要怕，这是乳牙。掉了乳牙就会长出新牙，这是你长大了。掉的要是上面的牙就扔到床底下，掉的如果是下面的牙就扔到房顶上。床下是地，上牙就地长新牙。房顶是天，下牙朝天汲取阳光会长出新牙。不要担心，过几天你就会长出新牙来了。"听了她的话我就不那么担心了。

雨水时节，有时会出现倒春寒。小时候，体弱的我不喜欢去外面玩。晚上独自坐在菜油灯下，全神贯注地读书、写作业。待我写好作业，母亲便将三根头的菜油灯熄灭两根，留一根给自己纳鞋底时照亮。有时在写作时，不知不觉中飘来一阵热气腾腾的香气。朝桌边一看，母亲把除夕捣成的年糕，蒸热了放在桌子上。此时，肚子饿了，伸手拈来几片甜津津的年糕，送到嘴里也就成了人生美事。

母亲坐在我的小书桌前，纳着鞋底，看我吃得津津有味，就给我讲起祖父母的往事。祖母出身大户人家，曾祖父是一位热爱收藏的慈善家，他开了一家大药店，每年除了拿出一部分钱财周济穷苦人家外，还买了一些老古董。家藏的青花大瓷瓶就有几十个，有的还是乾隆皇帝老人家在位时用过的大花瓶。曾祖父去世后，许多老古董就留给了我的祖父。

祖父说："我们种田人家，没福气玩什么古董。"在他的眼里，花瓶玉器之类只能用作观赏，不能吃也不能用，只有读书才能通情达理。只有家里藏些书画给子孙后代将来读书识字用才实际。于是，祖父将老古董跟人家换了四书五经、碑帖画册之类。

家里仅存着一个小巧玲珑、晶莹透亮的陶瓷杯，杯子的中间立着亭亭玉立的观音菩萨像。母亲将水放到杯里，待水漫过观音菩萨的心口处时，水就会向外面溢了出来。母亲说："这叫作平心杯，教人要知足常乐，人心要平和，不能太高。"小孩子睡觉的枕头也要平点儿好，从小心平，长大做事会心平气和。

她还将一串串的铜钿与一枚枚铜板，摆在桌面上，让我认识，这是乾隆年间的铜钿，那是光绪年间的铜板，这是单龙铜板，那是双龙铜板……

家藏的珍宝是一块只有小指甲大小的犀牛角。父亲小时候常拿着它当牛角玩。一天，来了一位识宝的亲戚，他看见了说，这可能是犀牛角，是无价之宝。后来，那位亲戚拿它到城里的药店去鉴定，果然是犀牛角。乡人知道犀牛角是清凉解毒的珍品。一只原有竹笋般大的犀牛角，凡是乡人得了热病啥的，都拿去在清泉水里磨成水奶样的液体，给癫痫心热病人喝下去，效果特别显著。凡是有人来求，求之必应。祖母说："咱家有犀牛角给人家治病，这是天助我们积福积德，护佑子孙后代。"母亲每说到此时，便深情地捏着乌黑发亮的小犀牛角，语重心长地说："这只犀牛角不知救了多少人的命，治了多少人的病。做人做事要像阿爷阿婆那样才好。"

在穿靛蓝的年代里，乡村老人、小孩、男人、女人，都是穿着靛蓝色的衣服。祖母和母亲的衣裳、围裙布、鞋面，也是一样的靛蓝色。在我五六岁时，常陪着祖母睡觉。清晨的阳光照进窗户，我用小手指划着花夹被上那印缬靛蓝图案中间的白底纹样玩。在我的眼里，花夹被是天上的一片云，是大地上的一片田野，是海面上起伏的波浪……

花夹被上印着百子图纹样。蓝蓝的印花布底色上，衬托出白色线条的百子图案。那一个个矮墩墩、胖乎乎的小孩子,张望着外面的世界,活泼可爱。我仿佛听到了他们的笑声与歌声……百子图上全是清一色的小男孩。我与堂兄常常在堂妹面前,扬扬自得,夸耀这里全是男孩子的世界,没有女孩子的份儿。堂妹在图案上寻来找去,寻找不到小女孩,就伤心地哭了起来。

祖母过来训斥我们:"别听他们胡说,里面既然有小男孩,自然也有小女孩的!"堂妹不哭了,祖母给她的头发上别上一朵刚从枝上摘下来带着露珠儿的白玉兰。有时候,我想寻找花夹被其间白线条的流程走向,小手指在空白之间转来转去,每到转弯处,忽然迷惑了眼神,怎么也转不出来一条通往终点的线路。这引发了我的好奇心,企图寻找与发现这蓝白相间循环线路的走向奥秘……

窗外的月光像水倾泻进来一样,祖母和母亲仍然坐在窗前纺纱。祖母那双小小的三寸金莲踩着纺纱机的踏脚轴,咿呀呀呀地响着,一绺绺的棉纱从她手中熟练地拉了出来。纺纱机不停地转着,手中的棉纱不停地拉着……窗前的月光里,祖母与母亲不停地转动着纺纱机的轮影,轮影不停地晃动着她们的身影……她们累了,她们困了,便喝一口浓浓的绿茶,纺纱机就又转动起来……听到公鸡头遍叫时,祖母才躺下去睡觉……她们在给我家的小姑妈纺织出嫁的花夹被,她们也在给自己的儿孙们纺着织衣的棉纱……

有时候,一觉醒来,看见母亲和祖母在月光中窃窃细语。母亲的腰间膝前,一年到头总是围着靛蓝的围裙布。母亲讲究围裙布。围裙布上面由靛蓝纱与白纱织成杨花图案的长带子,带子下面镶嵌着靛蓝的围裙,围裙围在腰部前面直至鞋背。

母亲有三条围裙布,根据不同场合,新旧对换着用。母亲的围裙布可以擦汗,包东西,掸灰尘,抱孩子……女人做事时一定要系上围裙布,这是祖上的规矩。祖母这样说,母亲总是不折不扣地执行。祖母去世后,母亲系着祖母留下的补满补丁的旧围裙布,心里时常默念着祖母的好处。长大后,我读《诗经》读到《小雅·都人士·采绿》的"终朝采绿,不盈一匊,予发曲局,薄言归沐。终朝采绿,不盈一襜"才知道母亲的围裙布就是远古妇女"襜"的遗俗，这遗俗被母亲演绎得分外雅致。

雨水节气，乡间妇女有剹额美容的风俗。一般妇女都要请剹额老司来美容，清理前额和面门的细毛。剹额老司用两根丝线，缠在左右手指上，不停地交互着丝线，将脸面上的一根根汗毛拉掉。剹额后妇女的脸有一种眉清目秀的感觉。

母亲有一手剹额的好手艺。婶娘们和左右邻居的大小姑娘们，都请母亲给她们剹额，但是无人能给母亲剹额，婶娘们试过几次，都没有成功。好在母亲眉清目秀，不需要剹额。后来，剹额的手艺冷落了，很少有人剹额美容了，但也有些要当新娘的姑娘，从大老远的地方赶来请母亲给她剹额美容。母亲从不收人家剹额美容钱，于是她们总会带点儿年糕饼干之类作为礼品，我们兄弟几个就有口福了。

母亲在生活中，讲究盐的妙用。盐这么咸，有什么重要？而母亲却对盐情有独钟。每逢"更冬"祭祀，母亲在祭祖的众多祭品中，总要放上一小碟食盐。祖母去世后，在祭品中母亲更不忘放上一碟白花盐。姐姐出嫁时，母亲在嫁礼的六合中，系上一红布袋白花花的精盐。让姐姐带到夫家去，母亲说："盐寓意白头偕老。"

三春过后，母亲叫我赤着脚，踩着陶瓷缸里鲜绿的芥菜。我踩一圈芥菜，母亲便撒上一把盐，踩了一圈又一圈，撒了一把又一把盐，直至脚下的芥菜踩出绿漾的咸水才停止。踩好了芥菜，压上一块块洗净的石头。过了一月，搬开陶瓷缸里的石头，拿出腌好的咸菜洗净，再放点儿清黄的菜油清蒸起来，就是上等的好饭菜。这时母亲夸耀着："盐真是块宝！没有盐怎能腌得了菜？"

到了八月，黄豆成熟时节，母亲将饱满熟透的黄豆蒸熟发酵，和盐搅拌起来放进陶瓷罐里。没多久，掀开罐盖，一股豆瓣酱的清香便扑鼻而来。做好吃的豆瓣酱，怎能缺少盐的妙用？父亲是渔民，每次捕鱼回来，鲜活的鱼没有盐腌起来，很快就会腐烂发臭。潮汛刚到捕来上等新鲜的好鱼，母亲不喜欢趁鲜吃，总是先放点儿盐，腌一下再做着吃。经过了盐的食物，吃起来总是安全，这是母亲的一贯理念。

端午前四月初四，母亲将鸭蛋放在盐水卤里浸泡一月。到端午节清晨，已经腌好的咸蛋，放在百草汤里，跟百草汤一起煮着吃。盐能杀菌消毒。我的身上经常被野花草间的细菌或毒气感染，全身奇痒。只要擦一擦菜油拌盐的菜油盐，就能消毒止痒。小时候，我喜欢东蹦西跳，小脑袋常被石头或墙壁撞得发肿起包。母亲只要将菜油盐放在发肿起包处擦拭一会儿，撞起的肿块就会慢慢地消退了。家里养的小雏鸡好几天不吃食，拉着白粪耷拉着小脑袋，蔫巴地站在门角落里。母亲将拌搅的菜油盐，一滴一滴地滴进它的小嘴里。过不了几天，小雏鸡就慢慢地活了过来。猪也喜欢吃点儿盐的，给猪送食时，母亲也不忘添些咸鱼卤。

早在民国时期，永嘉场一地发生了霍乱，天天死人，差不多家家都有死人。祖母和母亲每天清早起来念完经，就冲了一碗又一碗的盐水汤。家里每人每天喝一碗盐水汤后，才去吃饭或下地干活。在那场大疫流行期间，全家人都平安无事，母亲说，那都是靠盐汤的救命之恩。盐真是块宝，母亲的话至今犹记心间。

惊　蛰

"雷响惊蛰前，月里不见天。"母亲这样说，天也是这样。

惊蛰前响过春雷，桃花最先被叫醒，萌发绿叶，紧接着是芙蓉吐叶，桑榆出芽，黄灿灿的油菜花间，飞着一群群小蜜蜂和小蝴蝶。如果说立春是百草知春回头，那么惊蛰便是百虫冬眠睡醒了。惊蛰有雷鸣，虫蛇多成群。惊蛰的雷声是为叫醒百虫响起的。青蛙、蛇等冬眠的动物，在睡意朦胧中，被雷声唤醒。此时，远处的田野里，传来"咕咚咕咚"的青蛙歌声。母亲说："青蛙一叫，草木就绿了！"

下雨天，母亲会坐在矮凳子上，膝盖上放着一个竹箩盖，背靠朝东的后门边，一边拣着番薯干，一边伴着雨声的节奏，轻轻地念着经。那时候，番薯的虫口多，特别是臭虫咬过的番薯干，又苦又辣。母亲为了让家人吃不到烂臭苦辣的番薯干，细心地一根一根地挑拣着。发现有半截烂臭的番薯干，也要掰掉烂臭的半根，留下没有烂臭的另一半。母亲说："一年到头都吃番薯干也够苦了，还吃烂臭的番薯干，那日子还怎么过呢？"

母亲出身商行人家，小时候家里每天进货和结账的客人，熙熙攘攘，门庭若市，几乎每天都过着摆酒席的日子。在"大跃进"时期，全家每天只有三两番薯干，每月仅搭配二斤大米。当祖母轮到我家吃饭时，才在灶房的灶窝上用火罐煨一罐稀米粥，专门给祖母吃。除祖母重点供应之外，还有一个重病号的父亲，必须吃米饭。由此，母亲与姐姐、哥哥和我四个人，一年到头基本上都是喝番薯干汤过日子。"有番薯干汤过日子，一家人平平安安，就是最大的福分了。"母亲从不悲观这拮据的生活，也没有对生活落差有一句怨言。

下雨天，邻村跛脚汉子领着一个盲人女子，挨家挨户唱莲花落道情。领到我家门口时，母亲会叫来婶娘们一起听。道情唱的是温州民间故事《高机与吴三春》。听到动情处，婶娘们会哭得一把鼻涕，一把泪。唱完后，大家会分别摸把番薯干给他们夫妇。待人家走远后，母亲悄悄地对婶娘们说："今天的姑娘道情唱错了故事情节，也许是昨天夜里夫妻俩吵了架的缘故吧。"

"你为什么当时不直接给她指出来啊，好让她知道咱们也是有见识的啊？"婶娘们这样问她。

母亲则笑着说："人家为了吃饭糊口寄人门庭唱道情。我说穿了的话，多没礼数啊！"

惊蛰时节，雷声多。雷公生日，全家人要吃素。吃了素，做好人，就不再怕响雷了。打雷时，母亲不许我站在门槛上或者梁柱下，更不能站在上了年头的大树下。并一再告诫，打雷不用怕，雷公是从来不打好人的。做人做事要有益大众，人的一生这么短暂，做好事也做不了几件事，怎能去做坏事？

小时候，母亲不允许我们兄弟姐妹手拿鞋跟打人。她说："鞋跟打人长出尾巴，会变成有尾巴的猴子。"做人不能多嘴学舌，更不要搬弄是非。从小要"静定"，先静后才定。静后而定，才能读好书。静定是做人的根本。大人讲话，小孩只能静静地听，不能插嘴。粥过碗小，话过嘴多。嘴里的话是自己的，嘴外的话是别人的。大人言，孩儿语。孩子讲话无意，别人听到会说这是大人教的，所以要注意自己的言行。

　　20世纪60年代，温州乡间村村建有老人亭，我喜欢躲在老人亭里，听老人讲古往今来的故事。母亲说："树老根多，人老话多。你去听老人讲历史故事是可以的，但不能接着老人的话茬说。"

　　一天黄昏，我从章宅祠堂看大字报刚出来，大队长悄悄地将我领到了大队部的楼上，叫我帮他写揭露人家坏事的大字报。第二天大字报贴出来了，大家知道是我帮大队长写的。小叔父知道后告诉了我母亲。

　　晚上，月光静静地照着窗户，淡淡的清辉倾泻在楼板上。母亲用粉笔在楼板上画了一个圆圈，叫我站在圆圈里。炎热的晚上，没有一丝风。母亲站在圆圈之外，给我摇着蒲扇说："你做人怎么这样傻？人家斗来斗去，最后都没有关系，苦只苦我们这些出身成分不好的人。他们是天落瓜藤缠在白扁豆藤上，各不相让，互相厮杀。你干吗也将蒲瓜藤缠进去，将来如何解得开？话留嘴边真君子，祸从口出。讲话要一是一，二是二。话多成口业债。人结口业债，最不合算。前年，你给老师写大字报，那是无奈的事。人人都要写，你没法我知道。师道尊严，学生蹲在老师头上拉屎撒尿，本身就不是一个好世道。如今你又开始帮人家写大字，你是想挣工分吗？用力赚钱快活用，省力谋财坐班房。你不怕雷风闪电吗？你不怕因果报应吗？说了这些，你要想好了，你明白了道理，自己再走出圈子，还没有想明白，就站在圈子里想。"母亲那一扇一扇的清风，扇得我的泪水一滴一滴地滴落在楼板上。自那以后，别人叫我做什么事，我会认真想过再去做。

　　我家的灶房，是大家族四户人家集会的地方。我们称之为"灶房集会"。特别是冬天，大家围着灶房，团团坐在一起，温情四溢。

　　在这里，偶尔会说些堂兄弟姐妹犯了错误，被婶娘打骂后的委屈，再不就是叔父们说些道听途说的奇闻逸事等，都是围坐在一起的谈资。那时物质极度贫乏，大家围在一起吃着母亲蒸好的年糕，感觉就像是过年似的，时不时地还能吃到父亲潮汛期间带回来的鱼松、鱿鱼干、虾干、鳗鲞片等。欢声笑语洋溢在小小的灶房间，我和堂兄弟姐妹在灶房度过了很多快乐的时光。

一天，小叔父帮人家送殡回来，讲到这位去世的老人领养了一位义子，视如己出，爱如掌上明珠。可是，这位义子却因他不是亲生父亲，而虐待老人家，折磨得老人抱憾而去，令人唏嘘。

接着母亲向我们讲起了《二十四孝》中王祥孝母的故事：

从前有一对夫妇领养了一位名叫王祥的男孩。没想到过了几年这位妇人自己又生了孩子，于是她对自己的孩子十分宠爱，给他好吃好穿。对养子王祥却非打即骂，让他吃苦干重活。

一年冬天，这位妇人得重病卧在床上想吃鲤鱼。可是天寒地冻的大雪天，上哪里去打鱼呢？王祥为了使母亲吃到鱼，便赤身躺在冰天雪地的河床上，用自己身体的热量，融化了河上的冰冻。此事感动了河神，从河里捞上一条大鲤鱼，让王祥拿回去孝敬母亲。而她亲生的儿子对她却是不理不睬。这事使养母大为感动，忏悔自己不该虐待王祥。

讲完故事，母亲说："人心都是肉长的，对亲子和养子一样好，是为人之母的根本。"

凡是有生命的东西，都有灵性。这是母亲的一概理念。

祖母在世时，家里的大米缸里躺着一条大蟒蛇。祖母去量米烧饭时，轻轻地拨开蟒蛇。祖母说："大蟒蛇是我家的财神爷！"母亲一生从不吃牛、马、羊、狗、龟、鳖、蛇、蛙等动物的肉。我家的姑婆是吃素念佛的人，她连灶台上的蟑螂也舍不得灭掉。

童年时母亲带我去姑婆家做客，看见灶台上白天也爬满蟑螂，心里非常害怕，但母亲并没有说什么，她的内心是非常敬重姑婆的。姑婆早年亡夫，大儿子也在那年吃祠堂酒被日本人毒死了。两个女儿被野狼吓成了精神病，疯癫而死。人们说，姑婆一生修行积善，怎么得不到好的报应？母亲说："姑婆今生命运不好，来世必定会过上好日子。"母亲总是对未来充满美好的幻想。

每逢清明或中秋,凡是到古镇舅舅家的路上,我们总要到姑婆家去探望一下。那年清明,我随母亲一起给外公外婆上坟回来,母亲领我去拜访姑婆。那天,姑婆正好跪在河埠头洗衣服。母亲悄悄地跪在姑婆旁边,帮着她洗了好多好多的衣服,直到母亲帮姑婆整理完洗好的衣服时,姑婆才发现母亲和我。

姑婆看见我站在河岸上,对我母亲生气地说:"大媛,人家都说你是张源益大商行的大家闺秀,行为举止讲究礼仪。小松第一次到我家做客,叫他站在河边等着我洗衣服,实在是有失礼数,叫小松怎么看得起我这个穷姑婆呢?我家虽穷,点心还总是有的。"母亲笑着并不说话,领我到了姑婆家,帮她晾好衣服,并整理了灶房里的用具。

她们俩聊了好多好多的话。那些话,如今我一句都不记得了,只是静静地看着姑婆手中那一串闪耀着琥珀般晶莹光泽的佛珠,仿佛映亮了阴翳房子周围的一切。姑婆要给我做点心吃,小时候我有洁癖,从不愿意吃人家做的东西。我一看姑婆家那脏乎乎的样子,真的不敢吃。

姑婆见我执意要回家,看看天色也晚了,就送给我八个鸡蛋,寓意我将来长大了做个八面玲珑的人。姑婆将我母子俩从她家的大门口,一直送到河边的大榕树下,挨着我母亲轻轻地说:"大媛,你真好!说实在的,一年到头我家也没有一个亲戚上门。我老了,也不在乎。有亲戚上门也能给你老实的表叔脸上沾点儿光。"

母亲点点头说:"大家都有自己的家,忙了些。我本来也应该常来看看你的。但小松他爸常年有病在身,总难以脱身。"姑婆独自站在远远的大榕树下,看着我们母子俩越走越远。我们母子也不时地回头看看站在大榕树下的姑婆。

回家的路上,已是黄昏时分,我们母子俩走一段路,歇一会儿。母亲给我讲起了故事:当年姑公爷得病了,急着要钱用,姑婆无奈中拆开当年随嫁衣裳里的压岁钱,衣角里缝着的居然是三枚铜板。根据乡俗给人家随嫁衣压岁钱应该是三块大银圆,一定被人偷偷换掉了。那天姑婆整整哭了一夜,哭自己的三个儿子都不成器,才让她如此伤心与无助。

说到此时,母亲深深地叹了一口气:"那真是缺德啊!"祖母去世后,母亲是姑婆唯一的贴心人。姑婆和母亲当然知道,这是谁家干的事。但母亲并没有告诉我这是谁家干的。只是对我说:"做人做事明暗都要表里如一,人在做,天在看,举头三尺有神明。"

姑婆临终前,母亲前去服侍,姑婆嚷着要吃猪肉、鹅肉、鸡肉。母亲递给她一块菜油煎的棉花朵说:"姑婆请你吃鸡肉吧!"

姑婆点点头说:"好吃好吃。"

她嘴里不停地嚼着油煎的棉花朵,脸上露出了微笑,安详地走了。

母亲说:"姑婆吃了大半辈子的素斋,如果让她吃了荤食,一生的修行功德便前功尽弃了。"

姑婆去世后,母亲从镇上舅舅家回来,看见姑婆家的坟墓被古城墙上塌下来的石头压在了下面,姑公爷和姑婆睡在坟墓里面,一定会感到不安。母亲跟小叔父讲了此事,并说姑婆表叔忠厚老实,姑婆家的事就是咱们家的事。小叔父听了我母亲的话,第二年,他就将姑婆家的坟迁移到大罗山上去了。

春 分

春分到来,万木呈绿,桃花含苞欲放,柳树下挂着一条条绿色的丝绦。满溢的河水,映照着两岸绿油油的麦苗。一望无际的油菜花倒映在一漾一漾的水波上,连同水面也成了一幅灿烂金黄色的画卷。一群群伶俐的小燕子在田野里快活地飞来飞去,给原野增添了一派热闹的气象。

春分时节,阴阳各半。

吃了春分饭,一天长一线。

清明谷雨两相连，浸种耕田莫延迟。

农人开始耕地浸泡种子，田间农事渐渐地忙碌起来了。此时的田野风景，正是"送春小雨作轻凉，碧瓦鳞鳞动霁光。紫燕衔泥归旧屋，黄蜂采蜜度斜阳"。

春分时节，听到燕子的叫声，母亲说这是老燕子回家了。她嘴里唠叨着："燕、燕、燕，生毛燕，飞到东飞到西，飞来老家住旧窝；旧窝暖乎乎，生窝小燕叫姑姑。"小燕子也仿佛听懂了母亲的话，在忙碌的衔泥补窝中，嘴里不停地叫着：唧唧唧，谢谢谢。如果飞来的燕子要重新衔窝，可能是新燕子或老燕子遇难了。燕子要做新窝，母亲叫哥哥端来楼梯，在横梁下钉上一块木板，以防新窝镶得不牢。有了垫板，小燕子镶窝就轻松得多了。

有一年，正堂的横梁上，一下子镶了三口燕窝，后堂也镶了两口燕窝。到小燕子出窝时，那叽叽喳喳的叫声，好不热闹。叔叔婶婶们都抱怨小燕子叫得太烦了。但母亲并不这样认为，她说自家地盘人气旺，才有燕子愿意来住。如果哪一户人家，连小燕子也不愿意与他们一起生活，不仅是宅地阳气不旺，更是主人刻薄没有人情味。有灵性的燕子，愿意到有仁义道德的人家居住。

五窝小燕子翘起小尾巴，不停地朝下面拉屎。母亲每天清晨起来第一件事，就是给燕粪撒上稻草灰，扫除干净。常有客人被梁间小燕子撒了一身粪便。客人感到十分晦气。母亲却笑着给客人端水洗脸，说着小燕子是多子多福、吉祥发财的好彩头。客人讨了个好彩头，心中高兴也就不计较了。这分明是母亲为不懂事的小燕子辩护嘛。庄稼好收成，靠小燕子捉虫。小燕子是神鸟，不许人的生手去摸。人的生手一摸，燕子就会蔫蔫地病死。小麻雀就要比小燕子好多了，可以用生手去摸，比不上小燕子的神秘娇气，所以我喜欢小麻雀的活泼可爱。

乡村的碾米厂里，时常跳跃着很多小麻雀，它们有的甚至都不怕人，我和小伙伴们都喜欢到那里抓麻雀。母亲从不让我跟伙伴们去摸燕子窝或者麻雀窝。那年除"四害"，将麻雀跟苍蝇、蚊子、老鼠一起来杀除。全民发动，敲锣打鼓，鞭炮齐轰，好不热闹。

打完麻雀后的第二年，又来了个打大食堂，吃大锅饭。乡人砸锅拆灶，群人集居，没有了锅灶，也没有了屋子，大家被挤到一起住在旧祠堂和庙宇里。母亲说："人要屋住，鸟要窝宿。人消灭了麻雀，砸了鸟窝，连自己也没有屋子可住了，实在是报应啊。"

清明前，春分时节，农事不忙。父亲和他的朋友们相聚在煤油灯下，谈说着大罗山的神仙足迹，永嘉场的历史人物故事。在我小小年纪懵懵懂懂的意识里，感觉最可怕的就是人不能死而复生。祖母去世了，对门邻居的乡村书法家——请佛先生也去世了，路口卖棠梨的老人也去世了，他们都一去不复返了。我多么希望祖母和请佛先生、卖棠梨的老人，能再一次出现在我的眼前，哪怕只有一次也好啊。

小时候遇到不明白的问题，我从不问父亲，都是问母亲。母亲说："要长寿，出家人要到深山老林荒无人烟的地方，独自一人得道人指点去修炼。在家人，先修定力，使心静下来。"母亲用白粉笔在屋子的板壁上，先画一个小圆点，再在离板壁五六米远的地板上，画了一个小圆圈。吩咐我静静地站在小圆圈里，双手伸展与两肩平衡，眼睛看着板壁上的小圆点儿。手不能垂，眼不能转，心不能有杂念，静静地呼吸着空气。

每天晚上，吃完饭写好作业，我就站在圈子里，照此法去做。寒暑假期或星期日，清晨五时起床，站在家后园的篱笆前，望着远处的一棵罗汉小树。小时候，我做事认真固执，很有韧性。这样一站就站了一年，双手不由自主地朝着大腿拍打起来，肚脐间感觉到有一股热气，在丹田四周渐渐地盘旋起来。

我本来先天不足，又遇上饥饿年代，严重地营养不足，定力使我常常感到天旋地转起来，人也一天一天地瘦了下去。读书和别人讲话，都变成了心不在焉。一天晚上，父亲见我做事讲话都无精打采，问明缘由，狠狠地训斥了母亲："你妇道人家，知道什么是练气功？气功弄不好，会让孩子走火入魔，害他一生。"

母亲觉得父亲的话有理，就对我说："我原来是想叫你学定力，能够让你将来静心读书。读书人寿长，能做大学问！定力是练身体，是不能成为仙人的。"听了母亲的话，我放弃了定力成仙的念头。但这段经历为我后来静心读书，一心一意做事，起到了潜移默化的效果。

下雨天，母亲从不到学校里给我送雨伞。淋风雨，经世面。这是母亲的做法。但母亲在众人面前或是喜庆日子里，从不因我们有了过失而当场责备。哥哥小的时候聪明幽默，也很顽皮。那年，母亲领他入学面试。

老师问他："你母亲几只脚？"

哥哥反问老师："你父亲几只脚？"

老师无奈一笑："我父亲两只脚！"

哥哥看看母亲回答："我母亲也两只脚！"

大家都称赞哥哥聪明回答得好。母亲也微微点头。但回来后，母亲教育哥哥："孩子家，对老师要尊重。老师问一答一，老师问二回二。你无理，人家说你有娘生无娘教！我当面不说你，你要明白道理。"

有一年的正月初二，我不小心将祖母留下来的景德镇陶瓷八角碗打碎了，提心吊胆地站在那里，等待训斥。母亲对祖上遗留的器物，万分珍惜。然而，母亲微微一笑："落地开花！"悄悄地将破碗放在旧罐里，然后在罐里放了些水。过了两三天，母亲轻轻地对我说："那天你不小心打碎了碗，妈知道你心里害怕，没有说你。但以后你在自己家或在人家，一定要捧牢饭碗。"

一天，放学回家，母亲要我站在一个已经画好的小圆圈里。我感到很委屈，为什么今天母亲不高兴了？母亲是个自己有多大的委屈和苦楚，却从来都不会在子女身上发泄出气的人。我只好委屈地站在小圆圈里。

"你今天做了什么坏事没有？"

我摇摇头。

"那你就站在圈子里，想到错了，再走出圈子。"

天渐渐地暗下去了，窗外的月亮也慢慢地爬上了罗汉树梢。母亲见我还是静静地站在圈子里，问我："你今天为什么骂人？"那是一个调皮的同学，故意倒了我墨水，弄脏了我的作业本。我跟他讲理他不但不讲理,反而大口大口地骂我爷爷的名字,我才回骂了一句。

"骂人是没道理的人做的事。你再想一想,你过去一定做过对不起那个同学的事。"

我点点头惭愧地说:"前天有位同学跟他吵架,要我告诉他爷爷的名字。"

"你告诉了人家爷爷的名字是吗?"

我点点头。

"你告诉了人家爷爷的名字,人家自然也会问到你爷爷的名字。这不就是叫人家骂你的爷爷了吗?乡里一直传颂爷爷的功德好事。现在是你让人家骂你爷爷的名字,你还是你爷爷孝顺的子孙吗?"我的眼泪簌簌地滚落下来……

接着,母亲又说起祖父爱面子的往事。那年,在建筑这座四合院时,祖父请来了五六位非常有名的泥塑匠,将整个门台与前后窗台,雕塑了《八仙过海》《三英战吕布》《桃园三结义》等戏剧人物。谁料被祖父的兄长知道了,全部都挖了下来。伯公的意思是种田人家即使有钱,也不能讲豪华排场。祖父的意思是我请人家雕塑戏剧艺术,是让地方人欣赏人家的手艺啊。祖父去世后,母亲还悄悄地保存了一大批印着恒丰商号字样的糕饼包装纸。

母亲说:"恒丰糕饼商号,是祖父创造的品牌。也许有一天,政府政策放宽,可以重新开张私营糕饼店。"

平时,母亲教我用红纸剪石榴面花、红双喜、喜鹊剪花等窗花。照她的话来说,将来也许有一天,本家的恒丰糕饼商号会在重新开张时派用场。

辍学后,母亲带我去算命。算命先生说我是"竹径成筒""优游林下,杖履逍遥"的命。

母亲说:"竹径能成筒。虽不成大器,但能给人家盛水提水,能成器也就可以了。优游林下,不离家乡,也好做事。"

后来,我当了民办教师,母亲说:"这真是应了算命先生的话。是成了'竹筒',给人家孩子'盛水',不是很好吗?"

父亲是渔民，每次出海都要遵循瓯江潮候的涨落。母亲受其影响，对瓯江潮候也了如指掌。什么初八二十三，潮涨沙滩等。乡人有习俗，安新床要平潮（平和易睡），搬新居要涨潮（财气旺盛），筑新灶要涨潮（省柴火旺），嫁女儿出门要平潮（不要将娘家福气带走），娶新娘进门要涨潮（子孙生发），酿酒发酵要涨平潮（酿酒要逐渐慢慢发酵），冬日藏番薯要落潮（番薯不会烂冬）……凡此等事，邻居都会请教母亲。

父亲年轻时玉树临风，武术高超，有过远大的理想，曾办过钱庄与织布工厂，交往人多。

童年时，父亲因肺疾常常住院，母亲陪父亲住院时，每到黄昏降临，我的心里都闷得慌，无形的恐惧油然而生。一看到母亲回来，就有一种说不出来的安全感。一天清早，母亲不在家，我醒过来，看到天井里站满了人，大家正忙着处理一条大鳇鱼。一条二百多斤的鳇鱼，躺在天井的石板上。一片鱼鳞就足足有我的小手掌般大小。一条鳇鱼的胶，跟黄金同价。然而，渔民们却愿意无偿地送给我病中的父亲滋补身体。为此，母亲一再对我说："这辈子一定要记住渔民叔叔的恩德！"

清　明

清明时节，细雨纷纷，一片碧绿碧绿的原野，经过雨水的洗礼绿得油亮油亮的。但脚下仍是稀稀拉拉的几根小草。正应了唐人诗句"草色遥看近却无"的意境。

"二月清明看水浊，三月清明看秧绿。"

清明前后，农事逐渐地繁忙起来。麦子收割完后，母亲带着我一起去拾麦穗。拾麦穗时，我出神地看着水里，听着水田里青蛙唱歌入了迷。母亲叫我也听不见，她看我痴痴呆呆的样子，担心我会得了什么癔症。就叫我不要听青蛙唱歌，要看远处在天空中飞翔的燕子。她说，人看得远，心境才会开阔。母亲将拾来的麦穗脱粒晒好，磨成面粉做麦饼给我们充饥。

清明前后，母亲从窗台边的墙窟里，拿出五六个小玻璃瓶，掀开这些瓶口的棉花塞子，里面露出西瓜、丝瓜、蒲瓜、苦瓜、南瓜的种子。西瓜的种子，有红色的，也有黑色的，种子的嘴小，扁而平整，显得大方自然。母亲说这像个种田汉，健壮而黑里透红。丝瓜的种子是黑黑的，黑得透亮，扁扁的脸蛋，尖尖的小嘴。母亲说这是乡里害羞的姑娘，黑乎乎的，敦厚自然。南瓜的种子，脸蛋跟丝瓜差不多，只是色彩是淡淡的浅黄色，文质彬彬。母亲说这是读书秀才的神态。苦瓜子的脸色黄黄的，疙瘩的脸皮并不平整，这是将军威严的神情。蒲瓜子是满脸的花色，母亲说这是戏剧里曹操的神色，满脸傲气。所以也有人叫它花蒲瓜。

母亲将种子倒在桌子上，用油灯的光映射着种子，将一颗一颗饱满的种子筛选出来。第二天清早，她会叫我和哥哥，将筛选出最饱满结实的种子，插在几个盛有火泥的破面盆里，撒上几把草木灰，放在后院的篱笆下。再在破脸盆上盖一片旧席子，以防太阳暴晒，大雨淋透。等到种子长出半片绿叶时，再掀开席子，让秧苗承受阳光雨露的滋润，茁壮成长。到移植时，再分植到栽种的地方。凡是栽种的泥土，母亲在去年冬天就叫哥哥翻了土晒了太阳。她说，晒太阳是给泥土施肥料。母亲说，屋边一分地，可植花也可以种菜。种菜自己劳动自己食，可以省钱又不求人。果瓜蔬菜，素食好吃，又不杀生。

20世纪80年代，我搬家到古镇，屋边有空地。母亲叫我种上茄子、天落瓜。每天清晨母亲总是亲自料理、剪摘。她边摘边说："总是劳动好，自家的蔬菜既省钱，又好吃！"

清明时节，乡间的田野到处是青蛙呱呱呱的叫声，像潮音一样，一起一伏，久久地不能停息。母亲说："青蛙的叫声真好听！"但别人却说，青蛙的叫声吵死人了。照她的理念，青蛙是嫦娥的好朋友，从天上月亮里跳出来帮助农人除虫、辟邪。青蛙一叫，春天来了，农人才开始耕种庄稼。

我们家住的四合院里的瓦当流水槽，就是三足蛙造型的塑像。下雨天，三足蛙的嘴巴里就哗啦啦地流着瓦当归槽的流水。大雨时，三足蛙的嘴巴成了一条飞扬的瀑布。阴雨连绵的三月，三足蛙嘴巴下滋润着一条翠艳的绿苔，好美丽！祖父当年塑这三只三足蛙，是为门台对面娘娘宫而雕塑的。小时候，我非常惧怕癞蛤蟆那一身疙瘩，黝黑丑陋，喜欢青蛙绿衣清爽。经母亲一说，我对癞蛤蟆就有了好感，因为癞蛤蟆和青蛙一样可以避邪。青蛙跟公鸡一样，公鸡一叫黎明来到了。母亲喜欢听青蛙与公鸡的叫声，在那些阴翳的日子里，母亲向往着春天和光明。

清明节前一天，母亲不吃早餐。她不讲理由，只讲这是祖辈留下来的惯例。

家虽穷，祭祀不可不祭；子孙虽愚，经书不可不读。这是祖父生前一再的嘱咐。上坟要祭祀。在那饥饿的年代，母亲将省吃俭用的余粮，用石磨悄悄地磨了几斤米粉，做了几锅米饼，用来祭祀祖父母。清明时，母亲叫我们兄弟俩去田野里，采来棉球、青草，拌上肉丁、笋丝、咸菜、豆沙，作为米饼的馅心。从中挑选出最完整的七粒馅心米饼，盛在大碗里，以备清明上坟祭祖。

上坟时，母亲嘱咐我们要带上镰刀，剪除坟上的荆棘，打扫清洁坟场，再供上祭品，焚化纸钱。祭祀前，给坟前坟旁的松枝上，挂上彩色纸柳条，抔上新鲜的黄泥土。祭拜时，衣要穿整齐，心存沉思，缅怀祖德，不能语言，跪拜起伏有序，肃静庄严。

最后，将杯中的黄酒洒在草地上。"清明的小草也爱喝酒。"母亲还说，阿爷阿婆都喜欢喝茶。在祭桌上，要放一小杯茶叶。在出发之前，母亲一再嘱咐我们在阿爷阿婆的坟前，鞠躬要深，五体投地，头要跪到地。要静静地等着纸钿灰燃烧完毕后，再慢慢地离开。并吩咐归来时采几枝杜鹃花,以便供养在祖父母的香炉案前。

清明时节,风和日丽。一旦遇到有风的晴天,我跟着哥哥便去下垟旷野放风筝。为了我们兄弟放风筝,早在正月里,母亲开始在煤油灯下,把浸泡在水里的苎,一根根地掰开苎细丝儿,再将苎丝拧成一缕缕苎纱。最后,用纺纱机将一缕缕苎纱纺织成长长的苎线。

当时父亲是渔业大队的仓库保管员,只要从仓库里拿出一点儿尼龙线,就够我们做风筝线了。但母亲说,公家的一针一线不能拿。手巧的哥哥到邻居篾匠家里,买来几根竹丝条儿,在昏暗的煤油灯下,扎成鲳鱼鹞,再糊上花笺纸。母亲教我在鲳鱼鹞上画了一双骨碌碌的小眼睛。在广阔的原野上,我们兄弟俩快活地奔跑着,看着飞得高高的鲳鱼鹞,心里充满着无比的快乐。

小时候,我体弱瘦小,母亲从不许我称体重,量身高。但我好胜心强,知道自己体力不及人家,就很想读书成名,名扬天下。仰望着天空中飞翔的纸鹞,我忽然灵机一动,在鲳鱼鹞的稻草尾巴下面,挂上了一片小纸条,在纸条上歪歪斜斜地写上"章方松"三个字。仰看着纸鹞尾巴下写着自己名字的纸条,在空中摆来摆去,感到十分得意。看着看着,仿佛天空中大大小小的风筝尾巴下,都摇晃着"章方松"三个字。

母亲知道了说:"人的名字怎能随便写到纸鹞的尾巴上?你喜欢将自己的名字写在纸鹞上飘浮,说明你将来长大,会成为一个轻浮的人。好名字应该写在书本上(读书求功名),写在大地的田野上(耕读讲修养)。"

母亲知道每个孩子都有好玩的天性。一次,她从古镇舅舅家带回来五尾小金鱼。看着玻璃缸里,游动着一条条五颜六色的长尾巴的小金鱼,我高兴极了。母亲教我将鸡蛋黄晒干,每天分添给小金鱼当饲料。眼看着小金鱼一天一天地长大,好像快要当妈妈了。

一天清晨起来,一条条小金鱼被夜猫子撕破了肚皮,连美丽的鱼缸也被打碎了。为此,我伤心地哭了,将一条条小金鱼装在火柴盒里,埋葬在后院的篱笆泥墙下。

母亲说："不要哭了。妈给你变出一条大金鱼来。"

于是她端来两个盛着清水的小碗，一个给自己，一个给我，吩咐我眼睛要朝前方看，不能左右旁视。学着她的样子，用右手食指在碗里蘸一下水，再在碗底摸了摸，朝着自己的额头，来回轻轻地涂了几下。这样顺着额头、两颧骨、两边脸窝、下巴，不停地涂下去。最后，叫我将脸朝着碗里的水照一照。我看不到水中的金鱼，却从水里看到了自己满脸的黑色花斑，活像一条水中的金鱼。堂兄弟姐妹们看着我，哄堂大笑，我自己也笑了起来。原来，母亲趁我不留意间，给我的碗底里抹了一小撮烟囱里的黑烟灰。

变了黑金鱼，我心里还是很懊恼。母亲从玻璃店买来半尺长两指宽的三片玻璃，用线捆起三面体，外面用旧硬纸板围成圆筒。一头用圆玻璃镶住，吩咐我将鱼缸的碎片放在圆筒里，盖上玻璃片封口。这样将圆筒的一头对着阳光或者灯光，朝着三角形的玻璃筒里一看，再轻轻地转动着小花筒，变化出无数的千奇百怪的玻璃花儿。依照此变换的花玻璃图案，想象这些图案是山水风景，神仙往来，动物花鸟走兽等。母亲说："这叫作万花筒。"我将自己制作的万花筒，拿给老师和同学们看，大家都感到很新奇。后来，在我当孩子王时，也经常教孩子们制作万花筒。

那年，小叔父因脚弯处生瘤，住院开刀。天刚蒙蒙亮，母亲叫我去看望住院的小叔父。我走过十来里路，到了小叔父病床前。呻吟中的小叔父，看见了我惊奇地说："小松，今天怎么不去读书，这么早就到这里？"我说，大人们都很忙。妈妈叫我过来看看你。我将母亲交给我的八块芝麻饼递给小叔父。小叔父摸着芝麻饼，给我讲起我妈妈对他关爱的往事：那年，祖父刚去世，祖母悲伤过度，没有心思关照他。他才十二岁，因顽皮从高树上跳下来，摔断了腿骨，躺在楼角上。每天都是我母亲将他从楼上背下背上，整整一个多月的生活，都是母亲周到地照料。还经常带领着比他更小的姑妈一起，到镇上外公家做客，让他们到热闹的古镇上吃喝玩乐，忘却幼年失父的痛苦。除此之外，母亲对亲房邻居都是一样地关照。小叔父感动地说："你妈是处处为人设身想着做着的人。她是天下真正的贤妻良母。大嫂待我之恩，不知如何能报答。"小叔父说着，眼泪盈眶。

谷 雨

　　谷雨前后，是种豆点瓜的季节。布谷鸟开始欢唱起来，催促人们赶快播种。乡人忙着点播黄豆、绿豆，移植西瓜、南瓜、冬瓜等农事。此时，大罗山杜鹃开放，梧桐吐叶，柑橘花香。山下田野，秧绿麦黄，莺歌燕舞。早春的燕子忙碌地飞翔在秧田间；睡醒的青蛙，呱呱呱地大声叫着。乡间人家篱笆架上紫藤花绽放，衬托着俯冲仰飞的小燕子，正是清人任伯年笔下紫藤春燕的景象。
　　谷雨是农忙季节，农夫常常被锄头、犁钯、镰刀柄、扫帚等木刺或竹刺，深深地戳进手掌心或手指中去，也有赤脚踩在田间的破瓦砾，或旧铁皮、玻璃碎片上。手心手指或脚心脚趾，戳进木刺或玻璃片，令人锥心般地疼痛。本村或邻村有人手上戳入木刺，脚底踩上破铁皮等，就会来找我的母亲帮挑刺挑碎片。十指连心。母亲替人家挑刺时，用左手大拇指和食指、无名指，向患伤处相互内压，按住凸出刺伤部位，用绣花针慢慢地挑开伤口，将刺尖一下子挑了出去。如果人家被铁器类刺伤，挑了刺尖，再给敷上陈年的鹅油，陈年的鹅油能拔毒。在我家的窗门窟窿里，放着一大瓶多年积累的鹅油。
　　谷雨的雨，不似清明蒙蒙细雨，雨点特别大。雨过天晴，收割麦子时，小伙伴们唱着童谣："正月灯，二月鹞，三月麦秆做吹箫……"我拿着剪刀，从打麦场上剪下一节节粗壮的麦秸秆，做成箫吹着玩。每逢麦熟，乡村的田野间，小桥流水人家间，彼此起伏地响彻着麦秆的箫声。每逢此时，母亲叫我从晒干的麦秆堆里，选好剪下一大捆节长软韧、不易脆断的麦秆节。她教姐姐、哥哥和我一起将麦秆结成一个个大海螺。

母亲先用粗大的麦秆结在海螺口上,接着随着海螺纹理的弯曲,越下接越细的麦秆,旋转成海螺的尾部。有时母亲教我们将麦秆中间划开,铺平压成麦秆纸片儿,再用麦秆纸片织成麦秆席子、麦秆椅子、麦秆马扎儿、麦秆风转子,甚至还制作成麦秆床、麦秆宫殿。麦秆在母亲手中,能编出各式各样的东西,我惊讶于母亲的手艺如此巧夺天工。母亲说:"这叫作熟能生巧,只要你肯动脑筋,手下的玩意儿都可以编织出来。"

母亲年轻时,好动肯学,心灵手巧,能用黄鱼的头盖骨,组搭成皇帝的冠帽,用排鱼头盖骨,组装成戏剧小生帽子。

煤油灯下,细心的母亲指导着我们兄弟姐妹,将编织好的麦秆海螺、椅子、飞机、皇帝冠帽等拆掉,要我们将其重新一一编织起来。母亲在我们身旁耐心地指点,遇到编错的地方,她就轻轻地说:"你再慢慢地想一想,这个地方为什么要这样编?"这样反复地拆编,直到教我学会编织为止。母亲的教导从来是春风化雨,充满着爱心和耐心。这也许是她把对童年夭折的两个哥哥的思念,全部倾注在关心和培养我和姐姐、哥哥的身上了吧。

一下梅雨,有时要持续个把月。屋檐下那久已干枯的青苔,被雨水滋养成一片绿茵茵的苍苔。小时候,我打心眼儿喜爱苍苔。落雨歇了,我赤脚踩着水到屋檐下,用小手轻轻地摸着那湿漉漉的绿苔。那凉丝丝的、鲜绿绿的苍苔,好看极了,舒服极了。

一不小心,我被屋檐下长期阴雨滋长的苍苔滑倒了。人面仰天倒在了地上,后脑勺摔了一个大窟窿,涌出了一大摊鲜血。

母亲心痛地抱着我说:"小松,你喜欢苍苔,妈去给你撬一盆过来,让你看个够!"

第二天清早,我的床前便放着一大盆苍苔。我痴痴地看着景泰蓝的花盆,滋养着水灵灵的苍苔,心里感到很美。那精致的大花盆,是曾祖外公留给祖母的遗物,母亲不会轻易拿出来盛东西的。

绵绵阴雨天后,老屋墙壁上的绿苔间,爬满湿漉漉的蜗牛。母亲叫我循着蜗牛爬行的水痕,耐心地看着慢慢爬行的蜗牛。从此,我更喜爱碧绿的苍苔了。一读到唐人刘禹锡的"苔痕上阶绿,草色入帘青"时,就想起童年摔倒的那一幕来。

清明或谷雨前后,母亲总会谈起祖父对她的关爱。每逢这个时候,祖父便租来一只舼艋舟,送母亲到古镇老家,看望外公外婆,给祖上祭扫坟墓。清明节后,母亲带着我去古镇上给外公、外婆上坟。我们坐在去古镇的小船上,看着塘河两岸那一望无际的油菜黄花,映照在碧绿碧绿的水波上。远处的水上人家,仿佛融入了天上的云彩与披霞的水色之中。美丽活泼的小燕子,在河面上,油菜花上,麦田里,快乐地飞来飞去。"唧"的一声从这边的油菜花丛中,飞翔到另一边的麦田里去,一个俯冲掠过碧波荡漾的水面,仰翔到蔚蓝的宇空中……一个个飞翔的弧形,映在了田野与宇空中,仿佛春天乐曲的音符。

第一次坐船,我感到奇怪,为什么两岸的青山、小桥和房屋,在眼前走动着。母亲说:"那是人的眼动心动跟着船动,其实岸上的青山、小桥与房屋,都没有走动!"

小时候,我对数的概念领会特别差,母亲就把着我的小手指着船过头顶上的桥梁,一边讲着一座座桥名,一边教我点着一座桥两座桥三座桥……这一座叫大郎桥,当年曾外公曾捐资建造的桥;这一座叫落马桥,过去当官人骑马过此桥要下马的桥;那一座叫姐妹桥,过去由一对孪生姐妹共同建造的桥;又一座叫章家桥,是章家人修建的桥……每一座桥都有它存在的故事。点到第十一座桥时,就到了舅舅家住的河埠头了。

到了河埠头,就到了舅舅家。母亲第一件事就是叫舅舅带我到本地朴士相庭园里看花。那天花开得好热闹,有金黄色的、水红色的、纯白色的,十分耀眼。舅舅教我叫着花的名字,但我只记住一种叫"月月红"的花。月月都开花,一年四季开到头的花。从此,我就喜欢花,一看到花就会停住脚步,凝视片刻。

下雨天,干净的地上到处画满猪、鸭、鸡、猫脚印的留痕。猪脚印似张张小树叶,鸭爪印如片片爬山虎的叶子,鸡爪印像个字形竹叶,猫脚印成为一朵朵小梅花……小花猫脚印的朵朵梅花,画满了我书桌案头的作业本。惹烦了我就要打它,小猫叫嚷起来。母亲见了对我说:"小猫教你画梅花,你怎么可以打它?"

我从小喜欢看雨,无聊时便端一张小竹椅,独自坐在屋檐下,痴痴地看着天井的四角天空,那来自天际的雨水,变幻多姿的流云,风雨中匆匆归飞的小燕子,都让我为之雀跃。母亲见我喜欢看雨,并且独自痴痴地看雨。她怕我看得出神,便拿出父亲朋友送来的平阳伞叫我撑着雨伞,在天井的水波里走来走去。

这把平阳伞做工精美,伞面上绘着重重山峰连着一座座山峦,树林层叠,飞瀑流泉,小桥流水人家。好美的雨伞啊!抬头仰看,青油层层淡染的透明伞纸,雨水飘落在纸伞的山水之间,仿佛是看天上的雨,也仿佛是看伞上的画,更仿佛是看风雨中的山水意境。也许正是从这一把平阳伞的山水画意,在我童蒙的心灵中勾勒出了一幅幅奇妙的山水画卷。

母亲爱惜雨伞,对放雨伞也有讲究。下雨天,到人家做客,雨伞要放在人家的门后或门外。无论在自家或做客他家,雨伞顶一定要朝上。乡间有民俗,雨伞顶朝下,家人不安宁。

海边人说,杨柳青,断鱼腥。意思指杨柳青青的谷雨时节,鱼汛未到时,席上饭菜还没有鱼类上桌。但是,母亲总是在去年准备今春的食物。比如,去年冬天腌好雪里蕻,夏至腌好鱼生、虾子酱、海蜇皮等。此时也正是粮食青黄不接时,去年秋收与冬收的粮食,吃到此时快要断粮了。每逢正月初五,母亲便开始想法省吃俭用粮食,储备一些谷米度饥荒期。

除了祖母轮到我家和重病的父亲,偶尔供应点儿大米之外,母亲和我们兄姐弟三人,则是三餐番薯干粥充饥度日。祖母舍不得吃,留点儿白米稀粥给我。母亲说:"他们现在还小,长大吃好东西的日子还长着呢。"其实,母亲常常是饿着肚子过日子。平日只喝一点儿稀番薯干汤而已。即便在粮食充裕的日子里,在母亲的精心安排下,我家也一天早晚两餐，皆以清粥度日。母亲说："早餐吃淡斋，可以长寿。"每当我们遇到感冒或肚痛，肠胃不舒服时，她总是要我们饥饿几餐。

　　一场雨后，我们家后院的小水沟里，游来了一群一群的小蝌蚪。我喜欢独自蹲在小水沟旁，痴痴地看着小蝌蚪。一看就是一两个时辰。我不知道小蝌蚪是何物。只是感到这大脑袋、长尾巴的东西好玩而已。一次，我捉了十来条小蝌蚪，放在一个玻璃瓶里，再弄点儿水丝草放进去。我独自一人蹲在小凳子上，看着瓶中的小蝌蚪，看得津津有味。母亲看见了，微笑着说："小松，这些小鱼好玩吗？"我歪着头，点点头。

　　"你知道这些鱼，叫什么名字？"我摇摇头。

　　母亲指着水中的小家伙说："这是小田鸡。"

　　"怎么可能？田鸡没有尾巴的。"

　　"这小田鸡长大了，尾巴会慢慢地丢掉了，变成了吃虫子的大田鸡。"

　　"妈，这是真田鸡，我马上把它放到小水沟里去。"

　　母亲笑着说："你知道这个道理就好了。现在日头毒，待到太阳偏西后，再将小田鸡放到小河里去。"

　　母亲经常讲堂伯婆对她说，青蛙是很灵性的动物，牲畜不会讲话，但爱惜自己的生命。小时候，堂伯婆看人家杀青蛙时，青蛙总是闭着眼睛，用前双腿死死地抱着自己的头。那年除夕夜里，有盗贼挖她家的墙洞，想偷财物，被她和堂伯公发现了。堂伯公有武功，拿着大菜刀安在洞口上。那位狡猾的盗贼，先用蒲瓜壳试探一下，见里面没有动静，就探头爬进来。进来慢下来快，堂伯公的大菜刀已经按在贼盗的脖子上。这时堂伯婆突然跪下，替那盗贼求堂伯公饶他一命。在堂伯公犹豫之间，那盗贼缩头逃走了。第二天正月初一清早，在堂伯婆家门口挂着一对精制玉手环，是那盗贼以谢堂伯婆救命之恩！事后，堂伯婆跟我母亲说，她就是早年看了青蛙被杀爱命的形象，才阻止堂伯父开恩不杀那盗贼。

立 夏

　　立夏时节，天地始交，枇杷黄，插秧忙。乡村的田野，"绿遍山原白满川，子规声里雨如烟。乡村四月闲人少，才了蚕桑又插田。"

　　插秧不过立夏关。

　　立夏到来，乡村的田野尽是一片绿水秧田。立夏晴，蓑衣满田塍；立夏雨，蓑衣挂檐下。无论晴天或雨天，农夫都忙碌在田间里。院子墙角的夹竹桃，趁着农忙季节，悄悄地绽放了红艳艳的花蕾。蒙蒙的雨丝，轻轻盈盈地渲染着夹竹桃鲜红艳美的花骨朵儿。朵朵精神饱满的鲜花，仰望着天空露出了微微的笑容，这正是"好花多在雨中看"。

　　母亲说："夹竹桃真是可怜呀。花儿开得这样红这样美，可惜不会结果。"这花儿贪玩了春天，忘记了结果，总有点儿叫人家看不起！

　　一场大雨的午后，我踱步在离家不远的小河边，看见从远处大罗山的弧形彩虹里，飞来了一位执绋飘飞的素衣美人。我惊慌地跑回家叫母亲过来看。

　　母亲告诉我，那一道彩虹是天上雨后，神仙走过留下来的足迹。那执绋飘浮的美人是大罗山的白水美人瀑。传说在从前的大罗山上有位美人与丈夫过着美满的打鱼生活。美人的丈夫去东海捕鱼，遇到风浪灾难，一去不复返。美人站在高山上，天天望着东海，盼望丈夫能够归来。不见丈夫回来，为了给出海的渔民指点方向，她便将自己化成了大罗山上的美人瀑。到海涂上捕鱼，只要看美人瀑的方向，就知道那是回家的方向。故事凄美感人，让我至今难忘。

　　立夏时节，油菜结荚育籽，罗汉豆结满了豆荚子，也开始采摘。母亲教我选择了几颗特大的罗汉豆，在罗汉豆芽嘴处，用拇指甲揩去左右半片的绿皮儿，露出黄澄澄的半面仿佛小猴子的脸蛋儿。再将另一颗罗汉豆，剥开两瓣黄肉儿，揩成修长的四个半片。用一根火柴梗将似猴儿脸的罗汉豆，跟另一颗完整的罗汉豆串联成一体，再用另外四瓣儿穿成猴儿的双手和双腿。最后用火柴梗上的黑珠儿，镶在猴儿脸上左右两边，一双乌溜溜的眼睛，在猴儿脸上仿佛滚动了起来。

我学着母亲所教的样式，做了十来个罗汉豆小猴子，送给学校里的同学们。同学们看了都感到有趣好玩，连老师看了也学着做了很多罗汉豆猴儿。从此以后，学校里的老师都以此法指导小学生，用罗汉豆制作小猴儿的手工劳动。

立夏日，吃罗汉豆，是不成文的家规。母亲烧罗汉豆，总要放点儿食盐。烧熟的罗汉豆，散发着阵阵清新的香韵。有时将去皮的罗汉豆肉，与糯米、瘦肉、香菇、小虾等拌好煮成罗汉豆饭，更是美味一绝，香醇可口。母亲把第一碗罗汉豆或罗汉豆饭，最先端给祖母品尝，只有祖母尝过后，才能轮到我们开始吃。

祖父壮年去世，父辈兄弟四人，还有一位小姑妈。大家族子孙旺盛，二十来口人，重任都压在祖母的身上。白天，祖母忙着家务，有说有笑。到了夜里，便独自黯然泪下。母亲常常陪伴着祖母聊天睡觉，来释放祖母内心的苦闷。在母亲的心中，祖母有着永远不可侵犯的庄重与威严。母亲在她临终之前，念念有词："阿爷，阿婆，在我的面前携着灯笼，带领我找着回家的路。"

祖父为人善良，轻钱财，重情义。人家前来买面买糕点，他常常忘记了记账。而祖母重钱财兼重情义，她不同于祖父，不分人性好坏，一贯布施他人的做法。"雪中送炭"情义重，"锦上添花"鹅毛轻。每逢除夕，祖母便吩咐我父亲，给大罗山各大寺庙里的出家人送点儿东西。

清明或冬至，祖母会托人买来大批粗瓷金瓿（粗瓷陶罐，专盛遗骸），堆放在山坡荒野里，让那些无钱安葬收集亲人残骸的人家能够用得上。我从小受到母亲的熏陶，内心非常仰慕祖父。记得小时候，我会痴痴地看着祖父的遗像，如果祖父能够从他的画像里走出来，让我看一看他究竟是啥样子，听一听他老人家的教诲，那该有多好！

夕阳如血的黄昏，燕子爸爸和燕子妈妈忙碌着，引领着数十只小燕子在天井里飞来飞去。它们从这边屋檐飞到那边的门台上，从这边的门台飞到那边的窗户上，你追我飞，我飞你赶，你飞我叫，你叫我唱。它们飞累了，有的停留在屋檐上，有的停歇在电线上，有的落在门台上。

黄昏时分，正好是我们放学回家的时候，大家都站在天井里，仰头看着小燕子学飞。燕子妈妈养孩子，也像人一般的辛劳，真是好辛苦！此时，母亲会对我们说："你们看燕子娘教小燕子学飞，像大人教小孩子学跑步一样。小燕子乖乖地跟随着燕子娘，飞一阵歇一阵，多么听妈妈的话！"

一阵雷雨过后，小燕子排着整齐的队伍，歇在屋前电线柱的一条条电线上，翘起尾巴唱着歌。伙伴们好像在聊天，也好像在听燕子妈妈讲故事……狂风骤雨之际，母亲看着燕子妈妈，从风雨中衔来一条小虫子喂养小燕子的情景，不由自主地感叹着："有家的燕子真是幸福啊。"

家境贫困时，父亲住在破祠堂里看守渔具，常常不在家。懂事的哥哥，出场早，肯吃苦。十二岁就在烈日冷雨中，去荡园砍柴草，在潮涨潮落的海涂上捕鱼。风里去雨里来，天天干农活，从不偷闲贪玩。每当我清晨醒来，母亲和哥哥就商量着一天的柴米油盐酱醋茶。后来，我和哥哥一起务农时，母亲每天起早摸黑，里里外外，忙于做饭干家务和农活，从无一句怨言。

母亲年轻时穿旗袍、高跟鞋，涂口红，嫁到乡村农家，放下过去的荣华，以苦力支撑起风雨之家，从没有一句感叹抱怨。由于身体娇小，她从小没有干过农事，干起活来和平时讲话一样，总是那么慢条斯理的。每到农忙，难以适应重体力劳动。但是，她总是力所能及地去完成。春花收成季节，母亲要忙着晒麦子，剥罗汉豆，脱油菜籽等农活。

立夏天，有时是后娘脸，说变就变。刚才还是晒着太阳，一转身就下雨了。一下雨，就要忙着抢收晒在谷场上的麦子、油菜籽、罗汉豆等。可是，刚一搬进屋子，太阳又露出来了。为了防止农作物发霉，赶着日头，将农作物重新担到谷场上晒太阳。特别是槌麦子，那满身长芒的大麦，要双手举起木槌不断地槌啊槌啊，直至槌去了麦芒后，再放到风车里，三番五次地扇净麦芒。

母亲累得汗流满面，那调皮的麦芒飞扬起来，喜欢钻进人的衣服里，沾着搔着你的身体，弄得你全身痒痒的。母亲从未有过唉声叹气，而是从容不迫，一板一眼地将农事一桩一桩地干好。

母亲做事待人讲礼仪，连走路也注意礼节。每走到石桥时，母亲总看看桥下的河面上，有没有过往的船。如果有船过桥，她拉着我的小手，停住脚步，等待船摇过了桥，才领着我过桥。为什么要等船先过桥，再让人过桥？母亲说："人站在桥上，船从我们的脚下划过，这是对别人没礼貌。特别是让船从女人的脚下划过。这真是叫作斯文扫地。"

她走路时，看见路中有石子或者西瓜皮、香蕉皮、玻璃片等杂物，都要捡起来，扔到墙角下去，以免人家滑倒或跌倒。母亲经常跟我讲外公家以"源益"为商号的由来。旧时在家门台上写有对联："源泉流不息，益善庆长延。"只有积德行善，才能财源滚滚。

外公家是永嘉场望族，人称永嘉场华亭张氏，有堂号为"百忍堂"，并有"九世同堂"的传说。母亲常说：遇事忍为先，亲情胜金宝。人活在世上，百岁老人，也只有三万八千日，十万八千餐饭。人的一生这么短暂，只能做好事，绝不能做坏事。

立夏时，鱼汛上市，鲥鱼鲜美肥厚，清香可口。乡人有吃鲥鱼的风俗。过去能吃上鲥鱼，都是好户人家。父亲是渔民，母亲是美食制作家。每逢立夏时节，凡有鲥鱼上市，母亲必做一道鲥鱼清蒸招待亲朋好友，共同品尝美味佳肴。当年祖父喜欢在众人面前赞赏自家的儿媳妇能烧一手好鲥鱼，感到非常自豪。

吃鲥鱼时，母亲会讲故事给我们听：

从前，有个财主，迎娶新媳妇上门。公婆想试试儿媳妇的烧菜功夫如何，于是买了一条大鲥鱼，供儿媳妇制作。新媳妇先将鲥鱼的鳞轻轻地一片片地剥下。公婆一看心想，鲥鱼吃在鳞。烧鲥鱼是不剥鳞的，如此烧鲥鱼，实在不对头了。看来，新媳妇不是大户人家出身。

随后儿媳妇转身走到闺房，拿出了一个银筛子，将一片片剥下来的鱼鳞放在银筛子里。在烧鲥鱼时，将银筛子放在鲥鱼上面，让鲥鱼鳞油慢慢地蒸流到下面鲥鱼的身上。经此制作，鲥鱼更加有味了。从此，公婆再也不敢轻视儿媳妇了。

母亲说此故事的意思：一是对人不能轻易下结论，二是不能随便看轻人家，三是人与人之间要互相尊重。

阳春三月，从门台外传来叽叽喳喳的小鸡叫声。母亲叫住卖鸡客，买了三十来只小鸡，供我饲养。小鸡的成长艰难，不是被黄鼠狼叼走，就是被苍鹰衔了去。更可怕的是鸡瘟一发，一窝的鸡一夜间就全死了。特别是养大的鸡，死了扔掉太可惜。很多人家都舍不得扔，用生姜香葱，加上酒醋烧熟烧透后吃掉。

我家从来不吃瘟鸡。乡间有人家因吃了瘟鸡肉得了病，花了很多钱，医治了好几年才捡回一条命。一听到鸡瘟消息，母亲便将鸡放在新买的篾织鸡笼里，将鸡笼用绳子吊到半空中。等到外面的鸡瘟没了，才将鸡放出来，所以我家的鸡很少得鸡瘟。

童年无聊的我，整天与小鸡崽为伴。聪明的小鸡崽一听到我走来的声音，便朝我跑过来要食或撒娇。一次来了客人，不小心脚踩在一只小鸡崽的身上。眼看着小鸡崽耷拉着小脑袋，快不行了。

母亲叫我赶紧拿来小木桶，将小鸡崽放在下面。双手拿着朝地的木桶盖，不停地朝着泥地一上一下地拍打着，示意那咚咚的声音，叫醒那只晕过去的小鸡崽。过了好一会儿，那耷拉着小脑袋的小鸡崽，居然活了过来。我们母子俩相视而笑，别提有多高兴了。

那年，我家养了一只小鸭子，人家养鸭子，都会喂小青蛙。但母亲从不允许我给小鸭子喂小青蛙。每天放学后，我都会给小鸭子喂一把秕谷。聪明的小鸭子，一看到我放学回家，就会朝着我慢慢地蹲下来，不停地点头，实在是太可爱了。这个小精灵，喜欢歪着脑袋入神地听天上响雷，惊慌好奇的神态，令人忍俊不禁。我家住在下垟河边，常常有鸭群经过，人家的鸭子都喜欢跟着群鸭走，唯独我家的小鸭子有点儿小特性，一看到鸭群，老远就避开跑回了家。

为了给父亲补身子，母亲让人帮忙杀了那只聪明的小鸭子。放学后，我知道了，坐在门槛上难过得不停地哭。母亲轻轻地对我说："立夏日，不能坐在石门槛。"为此，我伤心地哭了好几天。也记住了立夏日不能坐石门槛的风俗。

在母亲的眼里，牲畜不论大小，好歹也是一条生命。凡是有生命的东西，都知道寒冷炎热，生死病痛。猪不吃饲料了，躺在地上呻吟，母亲用手摸摸猪的前额："哦，猪有体温了。"她叫我快去请邻村的兽医过来。打了针，吃了药，猪舒服了。母亲给它添食，猪摆着大耳朵，摇着小尾巴。母亲笑着说："牲畜知道难过，不舒服，只是哼着，不会说。"

冬天的夜晚，大朵大朵的雪花纷纷扬扬地飞进猪栏里。母亲会叫哥哥给猪窝里添一些干燥的稻草。在猪栏门口，挂上旧被单，遮风挡雪。第二天清早，母亲给猪喂食，猪还躲在稻草堆里。

母亲笑着说："你看，牲畜是怕冷的。躲在草窝里，还不敢出来吃食。"乡村一般在过年时杀猪，冬天绞糖蔗时，猪喜欢吃糖汁（从糖锅提炼纯糖时，过滤出来的杂质）。吃了糖汁的猪，整天都喝醉了一般睡大觉。母亲心中大喜，猪被糖汁吃醉了，爱睡觉又上膘，使它忘却末日的恐惧。

小　满

小满农事忙，小有收获。农人忙碌地收割小麦和蚕豆、油菜等农作物。这些农作物收成，可缓解农人粮食的青黄不接。《礼记·月令·孟夏》："小满之日，苦菜秀。"苦菜不但能吃，还能填饱肚子，又能清凉解毒。在那饥饿的年代，母亲带着我一起去拔苦菜。我跟着母亲一边拔苦菜，一边观赏"水满田畴稻叶齐，日光穿树晓烟低。黄莺也爱新凉好，飞过青山影里啼"。

辍学后，我到生产队里干农活。一天，生产队里没人送饭，除草到正午，我正饥肠辘辘时，看着远处田头的绿野间，蹒跚着一个人影，影影绰绰感觉好像是母亲。我赶紧跑过去，果然是母亲送饭来了。母亲见我赶上去笑着说："你一定肚子饿极了！"我点点头。

她幽默地说："我以为你赶过来，是要打我呢！"我愣了一下，母亲今天怎么会说这样的话？

她笑着说："我在和你说玩笑呢，我的儿子怎么会打母亲呢？"

我吃得津津有味，才恍然想起了母亲在我童年时讲过的一个故事：

从前，有位母亲，丈夫走得早，农活全靠儿子来打理。那个儿子不懂事，每当母亲送饭迟了就打母亲。一次，那儿子在山上砍柴，看见一对小羊羔双腿跪在母羊前吃奶。他心想："小羊羔能跪着吃奶，感念母恩。我作为人怎么打自己的亲生母亲呢？"想到此，年轻人深感惭愧，后悔得流泪。于是对自己说，今天我一定要先到山脚下接母亲。那母亲刚到山脚下，看见儿子从远处匆匆赶来，想到今天又送迟了一定又要挨打了。母亲想想觉得自己活着也没多大意思，便将饭桶放在溪边投溪自尽了。那儿子见母亲投溪了，赶紧跳下去救。可是，在溪流中寻来找去，永远也寻找不到母亲了，只是发现了一桩木头。于是他只好将木头雕刻成人像，天天祭拜母亲，忏悔自己的不孝。

我吃着饭，望着那片阳光下的稻田闪耀着绿色的光芒，映照着母亲脸上的汗水。我一低头，几滴泪水悄悄地落下。

小满时节，蒲瓜和丝瓜的藤蔓儿，渐渐地爬上了篱笆，需要搭瓜藤架了。母亲把蒲瓜和丝瓜分开，分别搭了两个架儿。如果两种瓜藤纠缠在一起，互不相让，就养不了瓜果。

清晨，母亲穿着靛蓝色直襟的苎布衫，静静地站在瓜架下，仰望着一朵朵淡白淡白的蒲瓜花，看着那些嫩黄嫩黄的丝瓜花儿，她静静地数着：一朵二朵三朵……从此，每天清早，母亲第一件事就是给瓜儿浇水，牵引着瓜藤，顺序地朝着排架伸展。

第一朵花开了，母亲的脸上露出了笑容。有花才有果。整个暑期，家里吃的菜都是这两排竹架上的蒲瓜与丝瓜。母亲将丝瓜分别制作成丝瓜虾汤、丝瓜蛋汤、丝瓜清蒸、丝瓜炒豆腐、丝瓜炒乌贼；将蒲瓜制作成蒲瓜清汤、蒲瓜面条、蒲瓜炒虾仁、蒲瓜炒肉丝等等。生长茂盛的蒲瓜，吃不了就切成蒲瓜片，晒成蒲瓜干。待到秋冬蔬菜青黄不接时，放点儿菜油盐炒起来，就是上等好菜。

后院泥墙的篱笆上，爬满了苦瓜的藤蔓儿。细小的苦瓜藤条，翠绿的小叶子间开满了点点金黄色的小花朵，层层叠叠的藤蔓绿叶间，挂着一颗颗未成熟的嫩绿色的小苦瓜。母亲将已经成熟、尚未发黄的小苦瓜摘了下来，放在谷仓里闷过几天，拨开谷子，微绿的苦瓜闷成了黄灿灿的瓜儿了。她把发黄的苦瓜分给我和堂兄弟、姐妹们一起吃。剥开黄皮的苦瓜，露出鲜红鲜红的苦瓜肉儿，吃着甜津津的瓜肉，满嘴沾着红彤彤的果汁。

我喜欢赤脚到后院去摘野花，或捉小蜻蜓、花蝴蝶玩。母亲不允许我随便摘花或捉小昆虫玩。

一次，我在捉花蝴蝶玩时被母亲发现了。我慌慌张张地假装着，对着太阳的草丛中撒尿。母亲看见我朝着太阳尿尿，将我叫到屋子里。先讲花蝴蝶不能玩，蝴蝶身上有花粉，花粉有毒，对人气管与肺都不好。再讲太阳赐福天下万物，恩德比天高比地厚。对太阳和月光没礼貌，这是做人的罪过！就是对着花草，要急着方便，也要先喊一声："请让开，我要撒尿！"

在母亲的心目中，太阳、月亮、星星，都是天上的神明。母亲宽容待人，从不计较人家话语的轻重。她一生从未跟左邻右舍、亲戚朋友们红过脸。母亲经常说："毛吞巨海，芥纳须弥。"做人肚量要大，境界要高。一个女人肚子里能生出一个孩子来，难道连一句难听的话也承受不了吗？

心无挂碍，心通都通。与母亲交往的朋友，有很多都信奉宗教，尽管信仰不一，她们之间偶尔也有争执，但母亲都很尊重她们。在日常生活中，母亲十分关爱她们。有朋友因中年丧偶，生活十分凄凉。母亲每逢节日都到她家聊天，送点儿鱼货给她们过年。凡朋友家有难事，她都当作自己的事，认真帮助解决。祖父开面坊时，请来三位长工，其中有两个是孤儿。母亲对这两个孤儿都特别照顾。过年给他们缝新衣裳，送年糕，送鱼货。

一天，母亲发现其中一位长工面色忧愁，心事重重。母亲问其缘由。他说，邻村的一个屠夫，要他将我家牛栏的门开着，以方便他夜里来偷牛。如果将其事告诉我的父母，就要他的命。母亲知道后安慰他："你别怕，对屠夫只讲自己没胆量做此事，我们也不提此事，人家也就不会追究了。你替我家干活儿，就是我家的人。如果人家追究此事，我们全家人会对付的。"

后来，我家每年的新年酒，都会请他们过来奉为上宾。那年，母亲去世时，两位长者闻讯从远地赶来送殡，泪流满面："大嫂待我如亲娘。恩情我永远都不会忘记。"

小时候，母亲给我和哥哥拜干爹干妈，为的是好养活。在那个饥饿的年代，干爹去劳改，干妈独自艰难度日。母亲每年都带着我，将自家平时节省的年糕等礼品给干妈送去。干妈含泪说："你们章家真讲人情，如今这世道也只有你们还记得我了。"

滴水之恩，当涌泉相报。这是母亲的口头语。那年父亲病重卧床，家遇困境。本地一位老太婆的两个儿子分家，分完家产，还剩下二百块钱。老太婆跟俩儿子商量：章家祖辈行善，现在当家人重病急需钱用。我们将这分剩的二百块钱，借给人家暂济困难吧。三年后，我家还了人家的钱。母亲每逢过年，都会给那位老阿婆送鱼货，织绒帽。后来，在老人家病重去世时，母亲和父亲多次前去探望，并去送殡，跪拜行大礼。这件事至今我还记忆犹新。

母亲的关爱是博大的。一天，她从《新闻联播》看到伊拉克正在进行战争，叹息着："现在大家都不愁吃不愁穿了，天下的人，为什么还要打仗呢？打仗苦的只能是咱老百姓！那年日本人打中国，老百姓到处逃难，躲到甘蔗林，一面怕孩子哭，一面怕鬼子来。天天过着提心吊胆的日子，真是苦不能言。"

有一年，我参加在温州召开的国际谢灵运学术研讨会，法国著名的汉学家侯思孟先生因飞机误点，停留在永强。我陪着他游览大罗山山水后，送他到飞机场。母亲一再嘱咐我，一定要等外国的客人上了飞机后再回来。一个外国人到这么遥远的中国来不容易，他家里的人一定很惦念他。当天晚上，母亲坐在阳台上，看着天上一架架飞机掠空而过。

她问我女儿："这一架飞机是不是坐着外国的那位先生？"

女儿说："阿婆，你放心吧。正是这一航班的飞机。"待我到家告诉她，侯先生已经坐着那一航班回去了，她脸上才露出了轻松的笑容。

父亲兄弟四人，读书不多，最高学历仅读高小三年，但他们从小就注重自学，不仅会记账码字，而且还能看点儿医、巫、星、相之类的书籍。祖父的藏书成了他们通向自学的门径。父亲是家中老大，年轻有为，文武兼备，敢于创业，名闻永嘉场。得病后，变得做事胆小谨慎，瞻前顾后，如履薄冰。因能识字，去联甲渔业队当过会计、保管员。父亲能写一手工整的柳体字。那年市里派工作队到渔业队蹲点，结束回去时，什么礼物也不要，只要我父亲柳体写的唐诗，这使他激动了一辈子。

章家四户未分家时，大户二十四口人吃饭，父亲最担心的就是粮食不够。他见过荒年饿死人，所以他天天看着番薯囤里的番薯干和稻谷，计算着一天一天的口粮。但闻知有人家无米下炊，总是慷慨相助。二叔原来是做面坊的活儿，为了照顾体弱的三叔，自己去种田，让三叔去做面坊活儿。二叔从小喜欢念经礼佛。晚年时，跑遍了大罗山附近大大小小上百个寺庙，连寺庙里的一些和尚也经常请他去讲经。凡是地方上有老人走了，都请他去念经。

三叔专做糕饼和经营面坊。乡间人家凡逢喜事，都请他去做糕饼，或者做面条。他平时喜欢看相书，喜欢给人家看相，并评论人家相貌的命运如何如何。祖母为此很生气，多次要撕毁他看的那些相书。照祖母的话说，人虽有命，但道德行为会改变命运。你说人家命运好可以，但你说人家命运不好，使人家对命运失去了信心。这就是一桩罪过！

小叔一生务农，农闲时，他喜欢读古典小说《三国演义》《西游记》《水浒传》，还有《二度梅》《隋唐演义》《粉妆楼》等。特别是《水浒传》和《三国演义》，他简直能倒背如流。每逢农闲，许多农民兄弟聚集在生产队的仓库里，悄悄地听他讲书里的故事。父亲胆小怕事，常常训斥小叔不能宣传"四旧"思想。

母亲叹惜道："小叔子性缓忠厚，生性善良，可惜只读小说。如果读药书，那该多好！可以给人家治病积德。讲书一天讲到晚，口水都讲干了，元气也讲伤了，也只是听到人家说点儿奉承话而已。"

母亲经常对我和堂兄弟们讲，你们要向父辈学习。他们个个都是自学苦读，年轻时，在夜里点着菜油灯，一个字一个字地嚼下来，吃进去记在心里。三叔和小叔，有时读书读到鸡叫打鸣。做老百姓除勤俭持家外，还需要勤学知识。祖父在世时常说，能认字的人，才会有出息！

芒　种

我家后院的百草园，由一道泥墙篱笆相隔开来，为的是防止猪鸭鸡狗窜到后院里，糟蹋农作物。芒种时，泥墙内的苦瓜与牵牛花的藤萝儿，填满了竹篱笆的空间。童年时，父亲因病住院，母亲随之相陪，哥哥与姐姐都上学去了。

孤独的我喜欢与篱笆外的花草及蜻蜓、蝴蝶对话。就这样一天到晚，看着苦瓜开花，向日葵结子，蜘蛛结网，蜗牛爬行。闪着露珠光芒的蜘蛛网，仿佛结在我心上亮着的阳光。太阳出来了，可是蜘蛛躲到哪里去了？大雨过后，小蜗牛从篱笆的泥基上，慢慢地挪动着，匍匐前进。我盼望着母亲回来，带着我去百草园里，讲百草的故事给我听。特别是秋天，母亲带着我一起采摘佛珠竹上的佛珠子。秋天时，篱笆后的向日葵开花了，黄灿灿的向日葵朝着太阳的方向旋转。

母亲说："向日葵是太阳花。太阳花是有灵性的花儿，那么多的花子，紧紧地和谐地挨在一起，一心爱着太阳，向着太阳，忠于太阳。做人就要像向日葵一样，心要向着感恩的方向。"

在百草园旧石墙基下，母亲吩咐叔父种上一排鸡冠花。开花时的鸡冠花，红艳美丽，色彩耀眼。鸡冠花不仅好看，还可入药。冰糖煮水可治风疹。那时我的眼睛总爱模糊，母亲用鸡冠花煎猪肝煮汤给我喝。过了几天，眼睛果然明亮起来。

初夏时，祖母从百草园里摘下一朵白玉栀子花，系在我的书包上，一路带着浓烈的花香去读书。秋天的篱笆下面，躺着许多苦瓜或向日葵等自然散落的种子。一颗种子就能生长出好多果实。母亲叫我捡起散落的种子，饱满的晒好收藏起来留到明年用。一些干瘪的种子晒干后，留着过年时炒着吃。

芒种时节，天气转热，庄稼生长茂盛。水稻开始分穗，下垟荡园的糖蔗、番薯长势旺盛，正需施肥。当生产计划员的堂兄过来问我母亲："阿嬷，明天可以挑粪吗？"

母亲说："明天是佛社，后天可以挑粪。"

农人坚持传统习惯。适逢每月初一、十五，或遇佛社、菩萨圣诞的日子，均不干挑粪、撒牛栏、猪栏等农活。

母亲说："农人崇敬天地神明，跟读书人知书达理是一个理儿。"

农人田间劳作，脚踩泥，仰望天，俯察地，低头看庄稼，抬头望云飞。日月星辰，草木小虫，都是季候天气的晴雨表。

母亲教我早出门，晚关门，都要看一下天。人看看天，知道天上太阳、月亮、星星有多美；天有多大，天下也有多大。但走路时，要看脚下的路。人看不清脚下的路，总会摔跤的。

走路要走路中央，站队要站队中间，做人做事要守中，为人要忠诚……那年冬天，我看到常到我家坐的两位慈善和蔼的堂伯父，胸前挂着打红叉的牌子，手中拿着扫帚，低头在艰难地扫街……我回来告诉母亲。母亲说:"人家被游斗该有多难堪,以后不要看这些损人面子的场面。"

隔壁邻居有个同姓的前辈,个子高大,忠厚老实,做事行动迟缓。村里人叫他"大傻人"。按辈分我要叫他阿公。一次,我也跟着人家叫他"傻大公"。母亲听到了说:"当官的、卖菜的、捡牛粪的,按辈分叫他阿公就是阿公,伯伯就伯伯。做人不能欺负老实人。"

一位邻村的阿公,因家穷请不起画师画遗像。临终前,老人念念不忘自己没有遗像。母亲知道此事,叫我去给老人家画像。小叔父知道这位老人得的是传染病,又是孤独老人,他劝我母亲不能让我去画像。母亲深情地说:"老人孤独一生,苦难一生,临终前想画一张画像留世,应该满足他最后的愿望。"于是,我蹲在老人病床前,用墨铅粉给老人整整画了一个下午的画像。老人在弥留之际,看到了自己的画像,脸上露出了满意的微笑。回来后,我莫名其妙地病了一个月,母亲从不为此事后悔,她说我做了一件非常好的事。

一到下雨天,乡村没什么农活就比较清闲。下雨天,祖母和母亲喜欢喝茶。她们一起坐在小方桌前捻苎,边捻苎边喝茶、聊天。祖母喝茶不论茶叶品种,一早起来,就在灶台上泡一大瓷青樽绿茶。一天到晚,她都是大口大口地喝,随喝随加茶叶和开水。母亲则讲究喝好茶。她泡一小茶盏,待茶叶泡开浓度时,一小口一小口地抿一下,慢慢地品味着。

母亲说:"喝茶是喝味道。"

祖母说:"大媛喝茶,是斯文雅致。"

母亲笑着回答:"我哪有阿婆的大气度?"

母亲学祖母,一年到头将喝过泡过的茶叶,积攒在小罐里。陈年的茶叶汁,是治疗疮、痈的上等清凉解毒药。每到盛夏,就有人家到我家拿陈年的茶叶汁。

祖母和母亲在捻苎、喝茶、聊天,我就依偎在旁边小凳子上,仰望着屋檐下,那生了脚儿似的云朵,从屋檐的瓦当间,悠悠地飘飞了过去。特别是屋檐下,那一片一片的瓦当,染上了一层一层的苔绿,飞渡的流云，从蓝天与瓦当绿苔间，匆忙而过……从小我喜欢看屋檐边的云，瓦当上的苔。直到现在，一看到翘檐的飞脊，绿苔的瓦当，我就会停住脚步，仰望天空。

母亲从舅舅家回来，从腰包里掏出一个小棉球。解开小棉球，里面是一张白纸，白纸上有着密密麻麻的小黑点，像是用墨笔随意点的。母亲将棉球重新包好说，过几天，你再打开看看，就会知道里面是什么宝贝了。

过了几天，我打开小棉球一看，里面爬满了黑乎乎的小虫子。母亲告诉我，这是蚕宝宝。蚕会吐丝，丝可织绸做衣。每天清早，我去邻村的同学家后院里，攀爬到桑树枝上，采摘鲜嫩的桑叶喂蚕。

下雨天，母亲教我先将桑叶烘干再喂蚕。一次，我忘了将湿桑叶烘干，一条条蚕宝宝，嘴里流着黄水死了。我感到十分难过。母亲叫我用一个精致的"美丽"牌火柴盒，盛着蚕宝宝，葬在后园的墙角下。

家里的蚕宝宝渐渐地长大了，透明的肚皮里映现出一圈圈细丝儿。母亲说这是蚕宝宝肚子里流动的丝。蚕宝宝吐丝时，母亲请邻家的篾匠扎了一把空扇骨子，让蚕宝宝在空扇骨格子上，不停地爬来爬去。蚕宝宝爬出了一把雪白素丽的扇子，母亲教我用靛青在扇子上勾勒出几朵淡淡的小菊花。

蚕宝宝在夜里结了茧。第二天清早，我问母亲蚕宝宝怎么不见了，母亲笑着说："蚕宝宝怕羞，躲到白云里去了。"

过了十来天，白云里飞出了一只只又白又嫩的小白蛾。小白蛾一飞出来，就一对一对地拥抱在一起。小白蛾为什么一飞出来，就一对一对地拥抱起来？

母亲说，小白蛾跟人一样，是有男的有女的。

那为什么天下有男人还有女人？

母亲回答："天地有阴阳，白天有太阳，晚上有月亮。这个道理很简单的，长大了你自己会知道的。"

母亲还吩咐我，将蚕屎一点点地晒干收拾起来。到了过年时，母亲到药店里买来许多蚕屎，和着我收拾的蚕屎混在一起，装好后做成了一个小枕头。

小时候,邻家有个女孩子叫大兰,大我四五岁,聪明能干。她常带我到涂滩捉跳跳鱼、拾泥螺,到荡园去敲糖蔗栓、捡草柴。在我十二三岁时,母亲突然对我说:"大兰是你的姑妈,跟你的父亲同一辈。虽然她只大你几岁,但她是你的长辈,你不能叫她名字,要叫她兰姑妈。"我一直觉得自己是个很听话的好孩子。母亲为什么要说这些话呢?现在每想起母亲说话时的神态,都令人难忘。因为这里面隐含着母亲给我以意会的道理。

童年时,三更夜半听到父亲的咳嗽声,心里总是惊慌不定。每次我都会慌乱地起床,站在门口,远远地看着父亲,心里充满了担忧,父亲总是扬扬手,示意我离开,以免传染。幼小的我心想:要是父亲这棵大树倒下了,母亲怎么撑得了这个家?

父亲住院,母亲去帮着打理一切。孤独的我坐在大宅门后院的门槛上,仰头看着飞来飞去的燕子妈妈,在风雨中,烈日下,辛苦地捉虫子给小燕子吃。看着小燕子抻长脖子抢食,转着屁股拉屎……看着门槛上,爬来爬去、忙忙碌碌、争先恐后的小蚂蚁,成群结队地朝着门框或者墙壁,爬上爬下,那是预示着雷阵雨就要来了。

清晨的蚂蚁,特别有精神!下午的小蚂蚁好像跑不动了,也许是肚子饿了。我赶紧跑到厨房里,拿来鱼干和米饭,放在门槛或者地上,看着小蚂蚁们抬着拖着拉着咬着推着顶着衔着叼着小鱼干、年糕小碎片、小饭块,真是有趣极了。

调皮的邻居伙伴,出其不意地从水缸里舀来一瓢冷水,朝着热闹忙活着的小蚂蚁们,从上面猛地一下子泼了瓢水,大声地叫着:"发大水了!"看着原本一只只快活的小蚂蚁,被大水淋得湿淋淋的,走也走不动,慌慌张张逃命的样子。我愤怒地瞪着眼睛,以示反抗。因为他比我力气大,所以常常欺负我,我的眼泪都要急出来了。

母亲回来,我告诉她看蚂蚁的经过。她给我讲了一个故事:

从前,一位书生进京赶考,途中遇到淹大水。书生在路边看到小河的水面上、水草上,爬满了小蚂蚁。小蚂蚁在水面上挣扎着,奄奄一息地爬着游着。书生看到小蚂蚁很可怜，就走到路旁不远的地方，背来一捆捆稻草秆，撒在小河的水面上。一只一只可爱的小蚂蚁就沿着水面上的稻草秆，慢慢地爬到岸上去。

后来，这位书生在答卷上，将"皇帝"的"帝"字头上少写了一点。考官改卷时感到奇怪，这个"帝"字上头的一点写得特别粗壮。他就用红朱笔的笔头，朝着这个黑点戳了一下，原来是几只小蚂蚁围起来的点。可是，被他用笔拨开的小蚂蚁，很快地又重新相聚团围起来。考官感到很神奇，觉得一定是上苍在助书生一臂之力，于是，他就用他的朱砂笔点了书生为头名状元。苍天有好生之德。别看蚂蚁小，一只蚂蚁也是一条小生命啊。

20世纪60年代，渔民开展"打敲罟"捕黄鱼。先用探鱼器发现黄鱼群，接着将数十只渔舢板，在黄鱼群的海面上围成大圈子，大家一齐敲起舢板上的木板。一天到晚不断地"咚咚"地敲打着。那声音连续不断地震动着海底的黄鱼，被震得晕头转向的一群群的黄鱼，一批批地浮上了水面。于是成千上万的黄鱼就这样上市，只有二分钱一斤。大家吃不掉，就倒到田地里去做肥料。父亲是渔民，每次鱼汛上来，就是成百上千的黄鱼分回来。面对着成堆成堆的黄鱼，母亲嘴里不停地念着："罪过，罪过，罪过……如此糟蹋珍贵的黄鱼，将来会没黄鱼吃的！"

夏　至

五月不热，五谷不结。这是庄稼的需要。炎热的夏至，母亲不许我们埋怨天太热。三年不怨天，必定会成仙。如果因为炎热怨天骂人，这是没有道理的！

夏至时节，天气暴冷暴热。但是，此时的庄稼正需要雨水。早稻拔节，番薯长蔓，糖蔗挺拔。夏至的雨天，乡人称"夏至梅"。夏至梅有时要下上足足一个月。淅淅沥沥的绵绵细雨，给乡村增添了几分迷蒙而悠远的神秘感。

端午节，于夏至前后。为了使家人的节日过得有滋有味。早在四月初四，母亲便开始在盐卤罐里腌起了咸蛋。待五月初四晚上，从罐子里取出咸蛋洗干净，放在浸水的菖蒲、五爪龙藤、柴花、补肾草等百草的大锅里，和着粽子一起煮。粽子在端午的前一天裹好。母亲裹粽子，花样多。有大粽名曰"娘粽"，最小的粽名曰"子孙粽"。

端午节，天未亮，母亲已经将头日里裹好的米粽、枣粽、蚕豆粽、花生粽、娘粽、子孙粽以及咸鸭蛋、鲜鸡蛋，放在浸水的百草和稻草灰汤里烧熟。特别是那腌了一个月的鸭蛋，蛋黄亮着一层黄闪闪的油光，使人垂涎欲滴。

天一亮，母亲便叫我们起床，走到后园里，用手指划来花草树叶上的露水，轻轻地抹着眼睛。母亲说："端午节的露水，可以明目。"吃粽时，母亲要我们珍惜裹粽的每一张竹箬。她将吃过粽子的竹箬，浸在清水盂里，过几天洗干净，慢慢地晾好收拾起来，待来年再用。吃过雄黄酒与米粽后，母亲叫哥哥跟她一起去抬水。我家的水缸特别大，可盛十桶水。

我长大后，每逢五月五，母亲便叫我早早地起床挑水，给自家水缸挑满后，叫我给东岳庙里守庙的老人昌兰嬷挑水。此前挑水是哥哥的任务。待我长大后，这任务也就自然落在了我的肩上。五月五的河里水，是月宫里小白兔一年到头辛勤捣成的药粉，到了端午节撒落到河里，使天下老百姓吃上消灾祛病的甘露水。

小时候，母亲用雄黄蘸烧酒，在我的额头和头顶上，涂着一个个圆圈，并念念有词：涂上雄黄，保佑小松，一年四季，牛样健，狗样贱，吃苦耐劳，不怕冷风雨。给我涂过雄黄酒后，还给家养的猪前额，用雄黄涂上了三个小圆圈，在猪背画上"三百"两个字，保佑肥猪长成三百斤重。

在我给生产队放牛时，我用雄黄在牛背画上一个个大圆圈。照母亲的话说，牲畜也要过节日。母亲将浸有雄黄的烧酒，用一条细柳枝条点播到屋前屋后的窗口、门口、水阴沟边等。雄黄酒既可避邪，又能防蛇。洒好雄黄酒，她教我用红纸剪成椭圆形的剑柄鞘，将一条条长长的碧绿菖蒲叶粘在窗框上。远远地看上去，窗口像挂着一把漂亮的绿宝剑。菖蒲是"百草春先生"，所以能避邪。

到了午时，母亲给我们堂兄弟姐妹们喝午时茶。午时茶是由陈皮、柴胡、藿香、莲召等中药组成。这是母亲根据祖母生前交代的方法制作的。喝午时茶，可消暑避邪。特别是小孩子，一定要喝。乡人有语："端午瓯柑赛羚羊。"端午那天，母亲还给我们兄弟姐妹，每人吃一颗瓯柑。瓯柑味道清醇，甜中微苦。那时候，保存瓯柑难度大。从去年冬天开始保存到端午，要烂了好多的瓯柑才能保留下几颗。从中，可见母亲一片苦心。

早上，母亲分给我们姐妹兄弟，每人一对精致的鸡心香袋（鸡心的谐音记性，寓意记性好读书好）。母亲讲究针线工，鸡心香袋是她用七色衣丝针织起来的。挂在我们胸前的鸡心香袋总是花样最精美，色彩最鲜艳。邻居的婶娘们都翻来覆去地看我们的丝线鸡心香袋。

乡村端午节，孩童有"撞蛋"的习俗。母亲从不许我将香袋里的鸡蛋或鸭蛋跟人家相撞，撞赢撞输都是输。母亲还将鲨鱼骨穿成一串串的首饰品，套在我们的手腕上。母亲说鲨鱼是海里的大王，鲨鱼骨套在手上，能够避邪。

端午节是乡人赛龙舟的季节。我的童年因"文革"，看不到乡间赛龙舟。过去地方上赛龙舟，在衙前大河口，数十条龙舟，并排斗划比赛，场面壮观，热闹非凡。那年外公看赛龙舟比赛，在石板路上杵着雨伞头，跟着赛龙舟人一起喊着："龙啊，龙啊，龙啊……"居然将雨伞头戳弯了也不知道。隔壁的老大嬷，正在锅里煮粥，望着窗外河边的龙舟，也忘神地跟着赛龙舟人一起喊着："龙啊，龙啊，龙啊……"竟将一锅粥洒到地上也不知道……听母亲这么一说，我真想看看赛龙舟是什么样子，这成了我童年的向往。

正月龙灯滚过,端午龙舟赛过之后,母亲不允许小孩子在家里再叫喊"龙"字。年有年,节有节,神灵有年节。龙灯滚过,龙舟划过,天下太平了,神灵就归位了!

童年过节,主要还是想着吃。每逢重五,母亲就给我们兄弟姐妹,每人分一锡瓶炒好的爆花罗汉豆。炒好的罗汉豆放进锡瓶里,时间久了也不会发软发霉。小时候,我不贪吃零食。哥哥活动量比我大,喜欢吃零食。哥哥的一锡瓶罗汉豆,自己吃了,送了人家,过不了半月就吃光分光了。我的常常吃到秋分时节,还有一半。母亲说我是老鼠,能省吃俭用,留着东西过冬吃。我藏的罗汉豆,大部分被哥哥暗地里拿去吃了。

我喜欢偷看哥哥的日记,偷他抽屉里的连环画。兄弟俩还因此发生过"战争",每次战争当然是强者胜。我只好哭着鼻子,向母亲诉苦。母亲反而教训起我来:"兄弟是手足,像两棵大树同根生。将来哥哥的能力比你大。等他能劳动时,会将成倍成倍的罗汉豆还你。你喜欢读书,将来有出息了也要帮助哥哥。"

下雨天,生产队没农活,一下子就拥有了一个自由的世界。我喜欢躺在靠近窗边的小木床上,读着从人家挖过来的《西游记》《水浒传》《三国演义》《麻衣相法》《袁柳庄相法》之类古书。有时一开楼窗,见天下雨,我就张开喉咙,用沙哑的声音,唱起了革命样板戏《智取威虎山》"穿林海,跨雪原……"或"朔风吹,林涛吼……"的京剧片段。

母亲一听到我的歌声,就知道天在下雨,嘴里唠叨着:"下雨天看书,武松打虎;大晴天干活,李逵叹苦。"

夏至夜短昼长,冬至夜长昼短。

雨天午后,母亲将烧好的米饼送到小书桌前。她看着我津津有味地吃饼,聚精会神地看书,自言自语:"古人农家晴耕雨读。可惜天下没书读了。爷爷在世,看见你们儿孙读书。他抚着胡须,神色一定很得意。"

看书时,母亲的话儿在耳边只是掠过的一阵风,心却神游在英雄与美人间,或者在一左一右,一上一下的两位英雄交战中。

祖父生前一心向往贵族文化。他一生从不羡慕财主人家的财富多少，只是想子孙后代能出个读书人就好！他一生俭朴，收藏了许多古籍书画。那年，大队造反派从我家挑去了三四担各种各样的古书字画。要知道这是祖父和父辈两代人，共同积蓄起来的精神食粮。

那天，我站在荒芜的盐台灶上，眼里噙着泪，看着小山般的古书字画在熊熊火焰中整整烧了一个夜晚。造反派们还是接二连三地到我家门前敲锣打鼓，往门台上贴大字报。

母亲深深地叹了一口气："天下哪能有烧书的道理？"

母亲独自躲在厨房里，将一本厚厚的《在家学佛要典》，放在灶房里烧掉。到了夜里，母亲将烧过佛经的书灰，放在脸盆里悄悄地倒进了屋边的小河里。烧书之后，母亲保存了《赵之谦书法》。《赵之谦书法》是我家堂伯章恢志送给我父亲的。堂伯一生研究枇杷栽培技术，曾去过日本留学，是中国著名的果园艺研究专家。

《赵之谦书法》是堂伯读书时的临帖本。母亲称赞堂伯写字一笔一画，从不潦草，横就是横，竖就是竖。一个字一个字好像用凿子凿出来的一样，个个工整，刚强有力。每个字的大小重量，好像被秤称出来一样匀美。乡间有人喜欢写狂草字，以让人不识字为乐。母亲总是这样对我讲，心正字正最要紧。字写得让人认识不出来，个个像"八脚蝎爬楼梯"，总是不好！那年，堂伯在日本留学，房东看中他要将女儿嫁给他。他一心报效祖国，毅然回国研究枇杷栽培技术。

我曾亲读过堂伯的《枇杷无丸栽培法》学术专著，那用毛笔书写的文字，一笔一画，均衡有序，疏落有致。每当我临摹《赵之谦书法》时，感悟着书家一笔一画的深沉文化意蕴，也深刻感知到母亲的一再告诫："孔夫子造字难啊，每笔每画都要写得认真才是！"

"文革批林批孔"时，村里的墙壁上画满了孔子的漫画。大队里有人叫我一起去帮忙画漫画。

母亲对我说："孔夫子千年不倒，以后还会站起来的。"

她说自己小时候到学堂里读书，第一件事就是拜孔圣人。丑化圣人的事，你千万别去做，不许画漫画。

孔夫子《论语》第一句话就说："学而时习之，不亦说乎？"孔夫子造字，功劳盖世。永嘉场下垟街张氏万夫相，十三岁赶考，有考官出对："小童生入场蓝衫踏地。"他从容镇定对曰："老大人坐台红顶朝天。"他取得功名后，教育家人切记孔夫子《论语》第一句话。

读书人，要有真学问。过去乡间订婚，男方送聘礼给女方时，送上两份聘书。聘书写着许多诗词对联。女方收到聘书后，要请绅士填写上相应的符合平仄对仗韵律的对联，回复给男方。

本地某先生平日十分傲慢，觉得自己的学问天下第一。人称他"百晓先生"。那天百晓先生领着小孙子去给女方填书时，小孙子看着那一对大红的糖石榴，朝着祖公嚷着要吃糖石榴。祖公拂着胡须说："不要吵，等一会儿。这一对糖石榴，全归我家了。"可是，先生打开聘书一看，那之乎者也，全是读不到的诗书经律，慌作一团，只好去求邻村的老先生。结果，那对糖石榴只好归邻村老先生所有。

那时乡间居住逼仄，邻居常因一尺墙基你争我夺，兄弟反目成仇，大打出手。母亲说："有皇帝出必有金銮殿。只要将子女培养贤德成才，不愁无处居住。"

小　暑

夜静的乡村，皓月当空，一望无际的绿野，清幽、宁静。约上三五伙伴，划船到海堤的塘河畔，吹箫拉琴，是令人陶醉的乐事。但母亲总不允许我夜里去海边吹箫拉琴。静夜下的海堤塘河过于清冷，吹箫拉琴心里难免凄清。

一次，我因体弱，苦闷于田间劳作，无书可读，前途迷茫，独自跑到海堤上，吹了一夜的箫。回来后，莫名地头痛了好几天，讲着梦话。

在朦朦胧胧中，感觉母亲在我的额前写了个什么字，口中还念念有词，不一会儿，我就感觉头痛轻松了许多。此后，我再也没有在夜里到海堤边或下垟荡园里拉琴吹箫了。

夏至后第三个庚日为初伏，第四个庚日为中伏，立秋后第一个庚日称终伏。热在三伏。母亲将上品的三七药，一粒粒捣碎浸泡在温州特产的"老酒汗"里。吩咐我们兄弟俩，每天中午劳作时，稍稍喝几小口三七酒，可以通筋活血，化瘀生津，利于解暑，长壮身体。

到了冬天，母亲将肉苁蓉切成一片片，浸泡在鹿茸老酒里，每天晚上喝几小口鹿茸酒，御寒壮身，蓄精养气。母亲常说，身体健康是人的第一宝。

小暑一点儿雨，遍地是黄金。

农人喜欢插秧后下雨，正好赶上压番薯藤。下雨天压番薯藤，利于促进藤蔓成长。此时的雨是及时雨。小暑时，晴天多，常遇大旱。每逢大旱，田间庄稼枯萎。那年天大旱，正值"文革"武斗，温州一带，大河干裂。乡人要到三四里路的大罗山上挑水吃。一口五六米深的小水井，数十户人家要排队轮流，沿着井边竹梯下去舀水。哥哥去横塘山花粉娘娘水泉潭，挑一担水来回要上个时辰。母亲惜水如金，但总要哥哥挑一担，送给东岳庙里孤独老人昌兰嬷。昌兰嬷实在感动，每次看着我哥哥给她送水，总是双手合十："你妈的心肠和菩萨一样好，菩萨一定会保佑你长大成人，福星高临。"

母亲每逢节日，或夏日台风、腊冬风雪，总想到生活在最底层的孤独苦难人。她常说："人来到这个世上不容易。人人都想自己有福有寿，大富大贵。有福的人关爱没福的人，才会自己长福。"做人有福不可享尽，有话不可讲尽，有势不可托尽，有事不可做尽！并要我们记住自家屋后对联的寓意："前程应远大，后地自宽余。"

夏至不怨热，小暑热，果豆结。冬至不恨冷，冬天的雪能杀死庄稼害虫。天要下雨，天要太阳，老天爷自有安排。小孩家更不能有怨天恨地的晦气口语。人要敬天，天会怜人。久旱，种田人骂天；久雨，晒盐人骂天。天无论下雨或晒太阳，都会有人喜欢，有人不喜欢。雨天多了，向日葵一见太阳就笑得格外灿烂；晴天长了，庄稼一淋雨就仰起头来快活。

龙天行雨，雨施万物平等不二。大树茂盛，小草滋润，人更获大益。

小时候，我喜欢踮着脚走路，有人对我母亲说："小孩子踮脚走路，无声无音，长大怕会成贼相！"

母亲多次对我说："做任何事，天知地知你知神知。天在人头顶看着人做事！"这是母亲对天的崇敬与理解。不过，在久旱或久雨的日子里，母亲站在天井里念经时，总要向菩萨请求，根据农事的需要澍霖或放晴。现在想起来，母亲心怀愿景的祈祷，或许是那个时代的女人唯一能做的吧！

暑期的太阳有热毒，母亲不让我们堂兄弟姐妹外出晒太阳。她叫小叔父从河岸边挖来好的细泥，亮出自己拿手的童年手艺。什么马儿牛儿羊儿，还有关公老爷、穆桂英等等，在她的手中都会捏出个花样儿。这是她从外公家做糕饼的老司学过来的小玩意儿。大热天，我们蹲在正堂石灰场上，迎着清凉的东南风，跟着母亲学泥塑玩意儿，捏着小玩什，一蹲就是一个下午。

有时母亲教我们把数十块长方形砖头，每隔着手掌宽度的距离竖立着，将最前面的竖砖向后推倒，后面的砖头也就随着前面的砖头，"当当当"地一起推倒。这是"三摆动，连根推"游戏，有点儿像现在的多米诺骨牌。游戏告诉人们的道理很简单：就是做人做事，要步步留心，瞻前顾后，有时一步输了步步皆输。我常常将这些游戏带到小伙伴中去，读小学时，我的成绩单上的手工劳动课都是95分。老师奖给我一张"手巧心细的好学生"的奖状。使我这个平素胆怯怕场面的孩子，也敢在同学面前抬起头来走路！

辍学后，我到生产队里去放牛。放牛的第一天，母亲吩咐我："阳春三月，千万别让牛吃带露水的苜蓿，或带露水的豌豆嫩叶儿。吃了露水的草子或豌豆嫩叶儿，牛会活活地胀死。牲畜不懂事，靠人去关照。"

据说我家祖公上辈养了一头大黄牛，耕地力大无穷，懂事听话。一天耕地时，它突然不走了，任祖公竹丝如何抽打就是不走。祖公感到好奇，对它说："牲畜，你是不是脚下有什么东西？如果有什么东西，你可以起脚，让我看看。"听完祖公的话，黄牛果然跷起了前蹄。祖公用竹棒撬开泥土一看，下面居然是一块金元宝。外面人知道我家的黄牛是头宝牛，千方百计总想偷走。祖公在夜里只好于腰间系着牛绳睡觉。长久下去，祖公感到自己太劳累了，便将黄牛卖给隔江的一个人。谁知第二天清早，一头水淋淋的黄牛，已经站在祖公的家门口。

祖公含着眼泪对黄牛说："牲畜，我收了人家的钱，你就跟着新主人走吧。"黄牛点点头，滴着眼泪跟着那个人走了。黄牛是跟人久了，也渐渐有了灵气。从此，我家祖上有了不成文的家规：子孙后代不许吃牛肉。

牛吃百样草。这是天赐农家的神物。牛是劳动者，是农家中一员。黄牛耕田，辛苦劳累一辈子，应受到人类的尊重。

正月初一清晨，母亲吩咐我用红带捆着一捆书，挂在牛角上。待牛吃过早食后，再将书解下来，放在书桌上。祖父开面坊时，黄牛一年到头，拉面磨粉，十分劳苦。忙活时，祖父也常给黄牛喂酒喂蛋。每逢四月初一，是犒赏黄牛的节时，牛也要放假休息，给它吃最鲜嫩的春草。

到年底，母亲翻开新皇历，第一眼就是看扉页上的《春牛落水图》。如果身穿青衣的芒神骑在牛背上，预示着新年天气就会冷，芒神也不敢下水地了；如果芒神站在牛旁的水地里，就预示着新年天气会温暖。

芒神，又名句芒、木神、春神，是主宰草木庄稼的农业生产之神。母亲称冒天下之大不韪的人做事为"芒神伉天拗"。芒神听天而行事，不能跟天拗，否则天下风水难调。不能风调雨顺，百姓如何生活？

农忙时，要给牛勤添料，还要喂鸡卵酒；夏天晚上，要用樟木屑等给牛栏熏烟驱咬虫。牛身上会生虱子。母亲叫我去买胡麻油，涂在牛身上除虱子。到了下雪天，母亲叫我给牛背披上破棉袍。过年除夕，她会烧一顿热腾腾的牛食，给牛过年吃上一顿热食。那年，我家开面坊，冬天里牛要拉石轮磨麦子。磨棚外北风呼啸，飘着朵朵雪花，天气寒冷。每听到帮工夜半调班的声音，双眼被竹箅镜遮住的黄牛就站在原地不走了。牲畜的意思是我已经完成了一班磨麦的任务。

一次,因赶着年底的面粉打面,人家逼得紧。为了赶紧磨麦粉,帮工嫌牛磨得太慢,拼命地用鞭子抽打着黄牛。黄牛实在拖不动了,双膝跪在泥地上。祖父看见了,走过去解开蒙牛的竹篾镜,老黄牛泪水汪汪,祖父流泪了,帮工也流泪了。黄牛就是不会说话,它是最通灵性的。母亲总是这么说,但母亲反对养狗。狗会咬人,咬人的狗会出人命的。那年一位族叔因被狗咬得了狂犬病,死得非常凄惨和恐怖!但狗来抢猪食,母亲从不赶走,只是让狗吃饱,摇着尾巴离开。

祖母在世说,外曾祖父开药店时,店里卖龙骨治病。龙骨是古人在龟背上刻字留下的东西,也就是刻有甲骨文的龟背。乌龟、蛇等是灵性很高的动物。有乡人打死了雌蛇,第二天有雄蛇卷在他家的窗口,讨着要还性命。有乡人爱吃青蛙,结果得怪病,嘴巴里都爬出蛀虫来。母亲说的事情无从考究,但只要母亲说的话,我们兄弟都是记在心上。

童年无聊时,小伙伴喜欢挖肚脐凹屎和耳朵屎,挖过肚脐凹屎和耳朵屎后,不是肚痛就是耳朵痛。母亲从不允许我们挖肚脐凹屎和耳朵屎。小时候,我常常闹肚痛。母亲便将草纸燃烧起来,放在量米的小竹筒里,趁着火的热气,盖在我的肚脐上。过一会儿肚子就舒服了。正午不煎中草药,更不许将药渣倒在路上,将晦气带给人家。母鸡不生蛋,喜欢孵小鸡,整天蹲在鸡窝里。母亲用冰冷的井水淋醒母鸡。

母亲注重生活细节。不能喝过夜茶,喝过的茶定要加盖。乡间有人因喝茶不加盖,被壁虎的尿拉在茶水里,毒死了。抱小孩子一定要端端正正,规规矩矩。邻居有对夫妻,逗孩子玩得开心,在楼上窗口将孩子抛来抛去,不小心将孩子掉到楼下摔死了。母亲经常牙病发作,疼痛不堪。她说小时候吃了太多的糖果,牙齿腐蚀严重。她要求我们从小要少吃糖和盐。夏天的井水清凉,我喜欢到井边洗澡。洗澡时,母亲从井里捞起一桶水,用水瓢舀起一瓢凉水,从我的头顶上一直淋到脚跟儿,冷得我全身直打冷战。井水冰人醒神,能防止伤风感冒。

小时候,我无知笨拙,无聊时总喜欢向河里抛一块小石子,痴痴地看着一圈一圈逐渐扩大的水波。看见好像有什么一个个"扑通扑通"地跃身河里，一眨眼从对岸水面上钻了出来。原来是一只只青蛙。这些小精灵，既能在路上蹦跳，又能在水里游泳，令人羡慕。

晌午的太阳火辣辣地炙烤着大地，我独自一人悄悄地跑到河边，站在河岸上鼓足力气，正准备向河中心猛地跳过去时，突然看见远处匆匆飞来一只喜鹊，停歇在插在河心的"保护河水，清洁卫生"的小木牌上，翘了翘尾巴，"喳喳喳"地叫了三声，匆匆地飞走了。随着喜鹊翅膀攒动起飞，河中的牌子也就漂浮了起来。小小年纪的我被这景象吓坏了，惊慌地跑回家。我把刚才所看到的一切告诉了母亲。

母亲说，夏天的河水，有水鬼会变成一朵美丽的荷花，或一件漂亮的花衣裳，一条可爱的小游鱼，专门等待哄骗小孩子。等小孩子玩耍不在意时，便将他拉下水来。小孩子不能在河边贪玩。如果想学游泳，要大人陪着一起学。

大 暑

盛暑时，温州常刮台风。每当台风降临时，母亲独自坐在窗前念经，愿菩萨保佑，台风吹过海面就风平浪静，千万别吹到陆地上，给百姓带来灾难。台风到来，她叫我们兄弟俩拿着镰刀，将镰刀口朝着台风刮来的方向摆放好。台风的名字叫"风痴"。风痴怕痛。风痴痛了，会清醒过来"回南"。温州的台风，一般从东北方向登陆，转为南风后，风势旋即减弱。每当台风到来，我们兄弟俩就拿着镰刀去刮台风，不知道这么做是否有用，但总觉得母亲的话是对的，照着做即是。

大台风刮走了邻居用稻草扎成草扇的风谷。几只可怜的鹁鸪鸟在空荡荡的屋脊上踱来踱去，看着台风刮走了筑在稻草扇里的巢窝，哭着叫着"咕咕咕"。母亲说："小松，你看这可怜的鹁鸪鸟儿，无家可归了！

在屋脊上哭着叫着'苦苦苦'。"

小暑大暑是农耕的双忙季节。农人一边忙着抢割早稻，一边忙着赶插晚稻，一边忙着晒谷入库。自从哥哥参加生产队劳动后，母亲一面忙着烧饭送饭，一面又忙着晒稻谷和稻草。瘦小体弱的母亲忙前忙后，有时要忙到夜晚才将晒好的稻谷运到家里。她汗流满面，腰肌劳损，但从未因农忙而烦恼。母亲说，一分汗水一分收成，只有付出辛勤的劳动，才能获得丰硕的果实。

因为经常受到台风的影响，天气时阴时晴时雨，乡人把这种天气称之为"踏浪天"。踏浪天的踏浪雨跟着潮水走，潮水涨上来，雨水也跟了上来。晒早稻谷最怕踏浪天。天放晴了，农家忙着将湿谷晒到草场箦簟上，转眼间下雨了，又将晒场上的稻谷重新抢进屋子里。多日连绵的雨水致使空气潮湿，谷子一旦发芽，一年的辛苦就要落空。踏浪天是母亲最忙碌的日子，忙得她有时都顾及不上吃饭。

六月六日晒霉，是不成文的家规。

每逢此日，丽日晴空，万里无云。母亲叫我帮助叔父一起，从樟木箱里拿出家藏的《章氏宗谱》和家藏的诗书画轴，放到外面晒晒太阳。晒宗谱的阳光不能太强烈，也不能太长久。一般在晌午间晒上两三个小时就要收起来。母亲从不沾手宗谱。哥哥和我长大后，每临日头偏西，母亲便叫我们先将宗谱收起，放在高凳的竹篾匾上，待日头火气清凉后，再放到樟树箱里上锁。

收宗谱时，母亲叫小叔父给我讲章氏祖辈读书成才和凡人善举的故事。现在回想起来，意思是嘱咐我一定要记住，好好读书，成才成名，为祖宗争光。家藏的那些近现代小说，父母亲与叔父从不让小孩子们看。

也在这一天，母亲从箱子里拿出衣服及首饰等东西，放到太阳底下晒霉。母亲晒的衣服各式各样，其中旗袍就有绣花的朱红旗袍、单色的绿旗袍、印花的蓝旗袍。旗袍上绸缎包花的绿玉石纽扣，在太阳下闪闪发亮。那玉器盘花纽，精致的针脚绣着印花的绸布，点缀着碧玉晶莹的钮珠，光彩夺目。

从我懂事起，就没有看过母亲穿旗袍，只看过母亲和她的姐妹们穿着旗袍的照片。那清丽束身的旗袍穿在她的身上，剪裁得体，雅致美丽。

晒霉的衣物，待晚上晾凉后，再藏进放有樟脑的衣柜箱里。一次，我发现一件儿童连衣裤。我问母亲："妈，这件漂亮的连衣裤为什么不给我穿？"素来有问必应的母亲，只是痴痴地看着我。我忽然想到，这件连衣裤或许是我那位十二岁夭折的哥哥穿过的。也许母亲留着它是为了念想。

堂兄告诉我，在我家正堂照屏上，画有身穿金甲、肩上插满彩旗和孔雀尾的大将军。这是我那已逝多年的哥哥画的作品。逢过年掸尘时，母亲总叮嘱我，不能用水将照屏上的彩色将军画擦掉。母亲每次走过照屏，总向着照屏上的将军投以深情的一瞥。母亲心中的挚爱与哀伤总是那么深沉不露，但我却能感受到她的忧伤与怀念。

母亲去世后，据小叔父说，我的第二个哥哥，长到三岁时，不知是谁感到这个孩子漂亮可爱，居然给小孩子的嘴巴涂上了脏兮兮的鸡粪。过了没几天，我的二哥就得病夭折了。谁给孩子嘴巴涂上了鸡粪，母亲当然知道，但她始终没有告诉父亲，也始终没有对任何人说。她知道一旦说出来，性格暴躁的父亲必定会闯出一场大祸来。她只有把这个秘密埋藏在了心里。为了姐姐、哥哥和我的健康成长，母亲在佛的面前许愿每逢农历五月、七月食斋念经，一直到我们成家立业还了愿。

六月里，母亲将捣碎的木槿叶取汁，拌水给我们洗头。母亲乌黑光滑的头发，不知是否跟她长期用木槿叶汁洗发有关。洗好头发，母亲坐在朝着南风吹过来的凳子上，一边梳着头发，一边欣赏着风儿吹起缕缕青丝。南风吹拂起她的青丝，美丽的光芒闪耀在那一缕缕油亮的青丝上，我常常看得痴迷。

母亲从中年到老年，一直都梳着直披到肩的长发。晚年的母亲，头发越来越稀疏，但她并不在乎，依旧保持这个发型。

那时物质贫乏，家里很少用肥皂洗衣。父亲的先生的孙子和我是同学，他家里有一棵大皂角树。有时我就跑到他家的皂角树下，摘来许多皂角荚。母亲看到皂角荚很高兴，剥开荚肉用皂角荚洗衣服，给我们洗澡。鱼汛上来，还叫我送鱼给同学家交换些皂角荚。

指甲花盛开时，堂姐妹们喜欢染红指甲。姐妹们趁我沉睡时，将我十个手指用丝瓜叶裹捣碎的指甲花汁包了起来。待我一觉醒来，撕下丝瓜叶片，指甲居然染成了红艳艳的颜色，我大喊："我是男孩子，我才不要染红指甲呢，染红指甲是女孩子的事！"惹得她们哈哈大笑。后来，姐姐又看见有的人家小男孩挂上耳环，便领我去穿耳孔挂耳环。

母亲看见了说："男孩儿挂耳环不大气。"

过去乡间，经常有人以变把戏手段，花言巧语，迷惑人家，推销膏药、肾药之东西。平时，母亲不准我跟随着小伙伴去看变把戏。她说："天下的变把戏，都是假的，骗人的。"

大暑是尝新的季节。尝新是将新打下来的早谷，煮成米饭，配上各种鱼肉蔬菜的酒席。每逢尝新，母亲便将第一碗新米饭供养给土地公公。母亲说，土地公公一年四季照管百姓的生活，非常辛苦。

尝新的菜，一般是带豆、茄子、丝瓜、江笋、猪肉、鲜鱼、鲜虾、鲜蛏、米饼等冷盘，配上新米年糕、东坡肉、鱼肉丸、鲜鸡肉、红枣汤等。茄子与带豆，是必备的菜。

茄子无中落，带豆并蒂长。茄子开花必有果，带豆结籽必成对。寓意开花有实，并蒂绵长。

尝新设宴，要请客人来。头一天晚上，母亲教我们，在酒席上后辈要坐在斟酒的位置，并且要恭恭敬敬，有条有理地给客人斟酒。出客席要多听少吃。席间，只能默默地听人家讲话，不能挑食，不能插嘴，或乱接人家话茬说话。坐有坐相，吃有吃相。坐着不能抖脚，男抖落财，女抖落衣。吃时不能嘴巴发出喳喳声，嘴巴喳喳溅口水，是人一大破相。吃饭大如皇帝。做皇帝也要讲规矩。吃菜时，要吃一筷放一筷；夹菜顺序要先大人后小孩。到菜盘夹菜，要从上而下，不能从下而上，顺着菜排的位置，就近夹菜。

筷子、酒杯、盘等，要放在自己桌位前面。一桌十双筷子，要平整，更不能三长两短。一双筷子要放整齐对准桌子中央，不能放在桌沿边，以防筷子掉落。用筷子夹菜，五指要并拢，不能跷起食指，好像指责人家的样子，更不能将筷子插在饭碗中央。乡人称筷箱为"直升"，取谐音，有直升当官之意。母亲说："放进'直升'里的筷子要圆头朝上，方头朝下。这是天圆地方的意思。"

宴间排位入席，要让年纪大的老人或长辈作为上宾，年轻人要自觉让位。坐在哪里都是吃。做人不能贪吃，贪吃懒做是最可耻。贪吃一年，也只长一岁。要有老小长幼之别，酒席排位有规矩，要端正地坐在自己的位置前面。夹菜的手不能伸到别人的位置前面。从前，有人赴宴，双手摊开霸占了邻座的位置。

邻座说："先生，有人霸占了你的私田，你看怎么办？"

"那就砸了他的手。"

邻座一笑，举起了右手朝着他的手臂狠狠地砸了下来。那人手臂被砸伤了，才明白刚才的意思。入席讲话不能大声，口沫四溅，影响风雅。辈分要分清楚，该叫阿公的要叫阿公，该叫伯伯的要叫伯伯。夹菜时筷子不能碰碗盏酒杯。筷碰碗盏酒杯，发出声响会惊动土地公公。筷子上圆下方，吃饭时，圆进嘴，歇筷时，圆朝前。拿筷子要想到天地结五谷，赐我有饭吃，双手捧饭碗，以示对天地和五谷的敬意。母亲常说：孩子家的行为粗暴，倒霉的是你娘而不是你。做人不讲礼，就像树木不敬皮！本地瑞安清末大学问家孙诒让先生，一生钻进去研读《周礼》，讲来讲去不就是讲一个"礼"字吗？

柳树上的蝉儿不停地鸣叫着，一阵阵晚风吹过来，茉莉花发出了缕缕的幽香。萤火虫儿到处星星闪闪，此起彼伏现于旷野之间。

听老师讲过匡衡凿壁偷光读书的故事，我拿了个小瓶子，捉了满满的一瓶萤火虫，躺在布幔帐里，隐隐约约地看着书。母亲发现了说："萤火虫放在瓶子里，拧紧瓶盖会闷死的。"于是她找来一块白纱布用线捆在瓶口上，让萤火虫透气。

第二天，放学回家，萤火虫被母亲放生了。我跟她嚷着要她捉回萤火虫。她说："你学的是古人刻苦读书的精神，但现在有了煤油灯，就不需要用萤火虫的光来读书了。萤火虫回归大自然。"

大热天，小壁虎也悄悄地溜出来纳凉。我总是目不转睛地盯着这个小家伙，看它静静地伏在高高的砖墙壁上，有飞虫来了，猛然伸出舌头舔了进去。有时候，它还会慢慢地蹑着前进，不知不觉地去靠近猎物，猛然地跃过去逮住它。母亲平日里总会叮嘱我不要老盯着一样东西看。她说，小孩子老是盯着东西看，对眼睛和心神都很疲惫。

没有风的夜晚，就成了蚊子的天下。调皮的蚊子想尽一切办法钻进旧布帐的小洞，吮吸小孩子的血。遇到暑天，很多人家的孩子身上长满了又痒又痛、重重叠叠的痱子。为了驱赶蚊子让孩子清凉，母亲手中的蒲葵扇，整夜不停地扇到天亮。我们长大后，母亲给我们每人一把蒲葵扇。她用蓝色或黑色的小布条，将蒲葵扇四周围了起来，用绣花线绣了三圈。并叫我用毛笔写上"恒丰大房"，下面写小一点儿的"一"（代表哥哥），"二"（代表我），"三"（代表姐姐），"五"（代表她自己）。她很忌讳"四"这个数字。父亲平时不在家，一家五口只用四把蒲葵扇。缝好扇边，写好字，再用桐油涂过几次。旧蒲扇比新蒲扇用起来熨帖、轻快。人家的扇子只能用一年，而我家的扇子可以用上五六年。直到立秋过后，母亲才会放下手中的蒲葵扇。

乡人暑天有喝"青草糊"习俗。每到此时，乡间里弄就能听到"青草糊"的叫卖声。"青草糊"是由仙草、甘草、夏枯草和菊花、金银花等加米粉煮成，能清凉解毒，生津止渴。每到暑天，母亲会煮几次"青草糊"，供我们堂兄弟姐妹们喝。

暑期，乡人设茶缸在村路口，大家轮流煮荷茶，免费供过路人解热止渴。

轮到我家时，母亲和婶娘们会到中药店里买来几斤甘草、金银花、荷叶、夏枯草、大竹叶、白茅根等，煮成荷茶。过路人说："章家人的荷茶真香真有味。"听到行人赞美，母亲的脸上露出舒心的笑容。

立 秋

明月当空，后院瓜棚下影子斑驳，夜静生凉，如水如画。我们堂兄弟姐妹们，坐在后院草场的凳椅上，听母亲讲天上月亮和星星的故事。这一群是稻谷星，那一簇是姑娘星，那像舵柄的七颗星星是北斗星，隔着银河的是牛郎织女星。母亲指着星星，如数家珍。稻谷星的稻头向上翘，时年庄稼会歉收，稻头朝下垂，时年庄稼会丰收。

北斗星，天上星星朝北斗。北斗星光灿烂，天下太平。牛郎织女隔河东，夫妻儿女各分离。只有七月初七的夜里，经喜鹊搭桥才能使他们全家相见一面。天上的星星，照应着地上的人。谁的道德好，谁的名气大，谁的福气厚，谁的星星亮。

说着说着，忽然间，一颗流星飞逝而过。母亲叹了一口气："又有一个人不吃饭了。"听母亲这一说，我就想起了祖母。祖母去世的那一天，一定也会有一颗大星星落下去了。常使我挂牵的是牛郎织女星，眼望着牛郎挑着两个孩子，隔着宽阔无垠的银河。可怜的孩子站在寒冷霜冻的宇空中，望眼欲穿地等着织女妈妈！一年只有七月七日夜里相会一次，还是靠知情的喜鹊来搭桥。可是，我一天也离不开我的妈妈啊。我不敢抬头仰望牛郎织女星星，还有两个可怜的孩子星星。

说着说着，母亲突然说："乌猪轰银河了！"大家抬头一看，一片乌黑乌黑的云，急急忙忙地朝着银河飞过来。转眼间，我们刚刚将凳子椅子搬进屋子里，人还站在门槛上，倾盆大雨就哗哗地下来了。

小时候，我喜欢刨根问底地问母亲，牛郎放的牛是水牛还是黄牛？牛郎的牛栏棚筑在哪里？到了夜里，他们有没有睡觉的床？他们肚子饿了，在天上吃什么东西？三更梦醒，我望着窗外的月亮，仿佛老黄牛站在我的面前流着滚动的泪水。梦着想着，多么希望自己也能够变成一只喜鹊，飞到天上去搭桥……

到了七夕，母亲烧起一锅锅米饼，分送给邻居。当然也忘不了送给孤独的老人昌兰嬷与娘娘宫里的思禅公。

小时候，听别人讲，月亮从天上落到海里去了，我哭了。看见月亮从乌云里露出来，我又破涕为笑了。一次，哥哥跟我赌星星，结果乌云来了星星不见了。哥哥要我还他的天上星星，我无法还他的星星，急得哭了起来。母亲叫我端过来一盆清水，一会儿星星又出现在清水里了。母亲教我还哥哥的星星，叫哥哥自己到清水盆里拿星星。哥哥从清水里拿不出星星，只好不难为我了。

母亲说："天下的东西都会变化。只有太阳和星星，永远不会变。人世间的慈悲和善良，跟太阳星星一样。"如今，每想起听母亲讲天上星星、月亮的故事，眼前仿佛出现杜牧《秋夕》的意境："银烛秋光冷画屏，轻罗小扇扑流萤。天阶夜色冷如水，卧看牵牛织女星。"母亲的话一字一句地熏陶着我长大。此后，使我对古诗"迢迢牵牛星，皎皎河汉女，纤纤擢素手，札札弄机杼。终日不成章，泣涕泪如雨。河汉清且浅，相去复几许？盈盈一水间，脉脉不得语"等诗句有了深刻的理解，一旦进入情景际遇，内心便感同身受。

母亲不许我们去看日、月食，更不许我们说日月被什么天狗吃了之类的话语。每逢日、月食，她要我们静静地坐在家里，默念着天地日月的恩泽。

秋空月圆，凉风送爽，我老是躺在蚊帐里或坐在油灯前看书，母亲会说："屋外的月亮这么圆这么亮，歇一歇读书，出去看看天上的月亮、星星和云朵吧。"

小时候，我和哥哥吵架了。母亲指着天上的月亮、星星和云朵，对我们说："你们看看，天上这么美丽的月亮，这么闪亮的星星，这么漂亮的云朵，看着你们听着你们呢，你们怎能也敢骂人？连月亮、星星和云朵都会看着听着笑着你们兄弟俩太不懂事了。不知羞吗？"

敬日月，敬星辰，是做人起码的准则。父亲与母亲不同的是，他对太阳特别崇拜！那年他和小叔父站在峨眉山金顶上，看到太阳从云雾中出来，光芒万丈。父亲引领着大家跪下来，不停地念经祭拜。在场的信众随之赞叹不已。

小时候，我和父亲一起住在海塘边守渔网。他每天晚上都要拜北斗，保佑身体健康。清晨，拜东方太阳神升起，保佑天下光明。那时的人心地单纯，做事虔诚，长大了我才渐渐地理解了。

童年时代，最盼望的就是节日。节日一到，就有美食。七夕晚上，拜牛郎织女、七星姑娘，大家吃七巧饼，听母亲讲天上的故事，其乐无穷。七巧饼，由白糖、糯米粉、芝麻制成，形似口舌。一指宽的叫"单巧"，两指宽的叫"双巧"，上面沾满了芝麻的叫"麻巧"。舅舅送来的麻巧，印着状元、魁星等纹样的巧饼，更为精美。饥饿的年代，我是用小手点着麻巧上的芝麻，一粒一粒地数着吃。有时不能"画饼充饥"，只能听母亲"讲饼充饥"。

母亲出身糕饼世家，精通各类糕饼的制作手艺。正月有百子糕、福寿糕、细沙糕，梅花糕；端午节有桂花糕、茯苓糕；七乞巧节有麻巧、油巧；中秋有三锦、白糖月、麻心月、红月饼、月光饼；过年有芙蓉糖、冻米糖、芝麻糖、花生糖、香糕等等。母亲讲得绘声绘色，我们听得哈喇子都流出来了，直落得个嘴馋肚饿。我的童年就是这样在母亲"讲饼充饥"中，度过了一个个美好向往的夜晚。

在粮食稍有充裕的农闲时，母亲和婶娘们经常制作九层糕给我们品尝。吃九层糕，母亲要我一层层地分层慢慢地吃。第一层代表天，第二层代表地，第三层代表神，第四层代表种田人，第五层代表磨粉人，第六层代表烧火人，第七层代表制作人，第八层，第九层……九层糕，层层有功劳，层层相连不可分。

那时候，很少能吃到水果。外地的表姐夫送来一箩筐瓯柑，母亲分给左邻右舍品尝。她教我吃瓯柑时，先将瓯柑果分瓣后，选一瓣顶在食指尖上，慢慢地剥开内层的薄皮，露出一粒粒细小的瓣肉，舌头轻轻地舔一下，不停地咂咂嘴巴，品尝一口甜津津的味道。这样慢慢地品尝着慢慢地吮吸着，才能过把水果瘾。

朝立秋，凉飕飕；暮立秋，热到秋。

立秋后，一场秋雨一场凉，树上的知了也渐渐地安静下来。乡间习俗，立秋不下田，怕触动秋神，影响秋收。晚上无忙事，堂兄弟姐妹们便聚集在我家灶房里，听母亲讲故事。母亲给我们讲很多生动有趣的传说：岳母刺字，做人要像岳飞那样精忠报国；昭君和番，做人要做国泰民安的使者；七仙女下凡，女子拜北斗，夫妻情爱要专一；二十四孝，王祥卧冰求鱼孝母，丁兰见羊跪乳惭愧不孝等等。蒙以养正，圣功也！母亲以一个一个感人至深的故事，熏陶着我们那幼小的心灵。

农闲时，母亲在走廊边捻苎时，教我读由父亲用柳体楷书写在正堂屏风上的《朱柏庐治家格言》。天一亮，家门一打开，第一件事就是要洒扫屋子前后的地面。朱柏庐先生第一句话就说："黎明即起，洒扫庭除，要内外整洁。"母亲是虔诚佛教徒，但她从不去巫婆那里，弄神弄鬼。

朱柏庐先生有话告诉我们："三姑六婆，实淫盗之媒。""一粥一饭，当思来之不易；半丝半缕，恒念物力维艰。"一粒掉在地上的米饭，也要捡起来塞进嘴巴。每一粒米饭，都是农夫辛勤的汗水结晶。大热天，农夫舍不得吹一阵南风；寒冬日，农夫少不得一阵朔风。省吃俭用，是做人的美德。母亲十分节省，将晒干燥的菜籽壳，做成枕头的垫心。

一位远房的堂叔，因父母包办婚姻，娶了位生性善良而个子矮小的媳妇，闹着要离婚。母亲对堂叔说，古人说过"美妻此乃败家之因，丑妇乃是一家之珍"。母亲一说，夫妻和好，白头到老。母亲常说，现在政策真好，实行一妻一夫制。过去，地方上一些财主娶了三房四妾，闹得家里总是鸡犬不宁，寻死找骂的不少。本地某人的祖公，也是娶了三房四妾。那年除夕，主人到正娘房里，其他二房四妾骂阵上来。到一位小妾房里，其他三房三妾骂上阵来。闹得一夜，不可开交。主人只好独自躺在楼梯头睡觉。

那年刮飓风，拔起了大罗山郑岙的一棵百年大榕树。这里原本是两棵大榕树，被飓风拔掉了一棵，只剩下另一棵，孤零零地站在村口。每次路过郑岙回来，母亲都会叹息道："这本来是一对百年的夫妻树，默默地站立相守百年，现在只剩下了一棵。这么孤苦伶仃地站在天地间，好可怜啊！"

小时候，我喜欢画画、练书法。可是家里穷买不起笔墨纸砚。母亲从鸡窝里摸出一个个还冒着热气的刚下的鸡蛋，给我去对面的供销社换些笔墨纸砚。我非常珍惜这来之不易的笔墨纸张，每一次都精打细算地珍惜着用。

一次，母亲告诉我，家对面的供销社楼上，到黄昏结账后，常常有人将用过的废纸从窗口扔下来。于是，每到黄昏时分，我就站在供销社楼下，抬头仰望着楼上的窗口，静静地候着。果不其然，总会有一些纸团或废纸，从窗口飘出来。我欣喜若狂，将一个个小纸团铺展平整，压在床席下。过了几天，就成了作业的练习纸，画画的用纸。母亲笑着说："你用这样的纸写字、画画，比当年岳飞将军在沙地上写字强得多哩！"

读小学三年级时，我参加永强区书法比赛，获得第一名。母亲嘱咐父亲托人，从镇上买来《欧阳询九成宫字帖》供我临摹。母亲说，父亲的柳体写得太瘦劲，堂伯父的颜体看起来太肥厚，还是欧体清俊耐看。她少年时，曾临摹过欧体。于是，我写字的劲头更大了，每天临摹写字都要用很多旧报纸。

母亲在我的小书桌旁，放了一个小竹篓。叮嘱我将写过字的废纸放进纸篓里。她说，读书人第一件事就是敬惜字纸。孔夫子当年为造每一个字，都是经过深思熟虑的。就连天上的大雁也识字啊。它们在天上一会儿写一个"人"字，一会儿写一个"一"字，是非常了不起的事。

那段时间，我没日没夜地写着大字。母亲说："心急喝不了热粥。不要着急，只要有心就行。"本地有位非常了不起的大书法家叫梅庵先生。梅庵先生是我堂兄外公的好朋友。堂兄的外公常来我家做客。母亲请堂兄的外公教我写字。堂外公告诉我，梅庵先生说写字要先懂字。比如，写"大吉"的"吉"字，上面是"士"字，但许多人都写成"土"

字。教人要教以"孝"为先。不孝者，就成不了大器。东南西北的"南"字上面是"十"字头，一定要正直，不能偏歪。那"十"字头，代表着指南针，指南针怎么可以偏歪？

梅庵先生为写好招牌字，有时一连要写上几十个同样的字，再从中挑选出最好的字。母亲在旁要我听着记住："字不在于多写、乱写，而在于精思精练。"过年时，父亲从舟山渔场归来，母亲还专门送鱼货给堂外公谢礼。逢年过节，母亲也不忘给当年教父亲认字的老先生送上一些鱼货。

读书人怕"飞、风"。"飞、风"这两个字的繁体，很难写。写字要讲究笔画的秩序。"飞、风"两个字写好了，其他的字也就好写了。母亲经常要我写着这两个字给她看。她虽不谙书法，但每次看后都会对字体结构均衡，指出她的看法。她经常对我说："写字要看第一笔，第一笔顺了，下面的笔画就会跟着顺起来。顺起来的字，就会有秩序。字写得有秩序，就好看了。"

功夫不负有心人。写好字在于下功夫。为此，母亲还讲故事给我听：

从前有对夫妻俩争吵，各不相让。一个说天破了自己会修，一个说地破了自己会补。

丈夫说："天上有一个月亮，地上也有一个月亮。"

妻子说："不可能，只有天上一个月亮，映照在水中的月亮，那就是天上的月亮。"夫妻俩争执不下，请读书人来评理。

读书人写了"二人心一月"五个字说："谁能将此五个字，用一笔连成三个字，谁就有道理。"妻子很聪明，用一笔连成了三个字。这三个是什么字？我想了好几天也想不出来。母亲用笔将此五个字一笔撇下来，变成了"未必有"三个字。母亲告诉我，写字还要多动脑筋，中国字含义丰富，变化无穷，一生也学不尽。

另一个故事是：

从前，有个男人出外学功夫，老婆在家里养猪。楼下没猪睡的地方，老婆只好抱着猪到楼上睡。老婆在家三年，整整养了三头猪。三年后，老公功夫学成回家。

老婆说："你把楼下的猪抱到楼上睡觉。"

老公犯愁了：这头二百多斤的猪，又蹦又跳，怎能抱到楼上睡觉？

老婆笑着说："你学了三年的功夫，还不如我养猪的。"说着，她双手轻轻地一夹，这头两百斤重的猪，乖乖地被她抱到了楼上。

丈夫看呆了！由此可见，功夫在于平时一点点地积累。

处　暑

立秋处暑天气凉，一场秋雨一场凉。

晚稻渐渐地进入了成熟期，田野金色稻浪起伏翻滚。谷子夜里长得快。夜深宁静，正是长谷子的时候。小孩子读书，要睡足，也要静定。睡足精神好，静定的孩子，才能读好书，读书好。谷重头低，谷轻朝天。母亲说的正是这个道理。稻老一夜，人老一年。光明如箭，从小就要珍惜时间，多读书多做一些善事。这样长大就会习以为常，受用终生。

父亲主外，母亲持内。父亲社会活动杂事多，很少关注家庭的人情往来。柴、米、油、盐、酱、醋、茶诸事，更是由母亲料理。父亲朋友多，交识广。每到逢年过节或清闲时，家里总是高朋满座。父亲的先生是清末大秀才，更是我家的常客。老先生学识渊博，精通四书五经，能背诵从三皇五帝到民国的每一朝代每一位皇帝坐多少年天下。有人拿着历史年表对照着听他背诵，没有一时差错，令乡人无不敬佩。老先生经常跟我父亲滔滔不绝地谈论《易经》《论语》《大学》《中庸》等学问。在听老先生讲话时，母亲总是毕恭毕敬地坐在矮凳上，将我搂在怀里。

母子俩仰望着，静静地听着老先生和父亲的对话。待我们长大后，父亲经常重复着老先生的话：《中庸》有教人根本的意义。读书人要记住："故君子，尊德性而道学问，致广大而尽精微，极高明而道中庸。温故而知新，敦厚而崇礼。"农人要记住："唯天下至诚，为能尽其性；能尽其性，则能尽人之性；能尽人之性，则能尽物之性；能尽物之性，则能可以赞天地之化育；可以赞天地之化育，则可以与天地参矣。"商人要记住"诚者，自成也，而道自道也。诚者，物之终始，不诚无物。是故君子诚之为贵也"。老先生的老师活了九十九岁，每天都是凌晨三时起床，游走在乡间田野里，吟诵着《大学》《中庸》的文句。父亲也为之仿效，晚年每天凌晨，游走在东海大堤上，望日出，拜太阳，吐故纳新。

中元节在乡人眼里，是鬼节。每逢鬼节，家乡宁城要举行庙会，纪念明代抗倭英雄汤和与阵亡的战士们。为此，还要举行声势浩大的城隍爷出巡活动。城隍爷出巡时，母亲忙着跟沿途人家一样，点香礼拜，给出巡活动的人，煮荷茶，递点心，送擦汗水毛巾……

做人一定要做好，做不好，就会有报应。母亲一再叮嘱我们看城隍爷出巡，要站在楼下看，不能站在比城隍爷还要高的高处看。

母亲讲，头上三尺有神明。在人间一定要多做好事，阎王爷心里都有一笔明细账。从前，一座山脚下住着一对老夫妻，膝下没有子女，无事可做。老公公用稻草秆打草鞋挂在门前，免费送人。老婆婆泡茶水，免费供应过往的行人。夏天，老人在离家不远的清泉潭里，撒上一把谷糠。他们生怕人家山路走累了，一边喘气一边拼命喝水，冰凉山水会伤气管而得病。泉水上漂浮着谷糠，赶路人只好用手拂开谷糠，待气喘顺了再喝水。就这样，天长日久，老两口一生积德甚厚，乡人无不赞誉。母亲用这个故事告诉我们，与人为善，与己方便。

乡人讲风水讲命理。母亲说做人一德，二命，三风水。做人以德为先，其次是命运，最后才是风水。人的命运机遇和风水是跟着德行走的。凡事多为人家着想。千万不能人家求你六月霜，你求人家三春雨。

母亲常说,做人要宽容待人。"十年水流东,十年水流西"。那年土改时,有人拉着地主到盐灶台上准备行刑,口渴求水喝,有乡人送他喝水。地主喝完水后问乡人今年早晚稻收成好吗,并请他传话给他的儿子,将所有的谷子都布施给穷人。人之将死,其言也善。可惜他散财积德太迟了。另一位财主一生行善积德。隆冬下雪天,给那些饥寒交迫的贫苦人,布施白米粥充饥。吃过他家白米粥的人感念其恩德,后来那位财主被批斗游行到哪里,总有被布施者跟着到哪里,给财主送水送饼,止渴充饥。

也许看透世事,母亲将生死看得非常淡泊。人的生命只有一次,所以要爱惜生命,珍惜主辈的声誉。孔夫子不收隔夜帖。这是母亲的口头禅。她经常吩咐我们:哪一天我走了,你们千万别哭。你们一哭,我的心神就不安了。在我临终时,大家手中捏着一炷清香,一齐轻声地念着佛号,送我安安静静地去西方世界就好。

我们是小小的老百姓,就像是广阔田野上的一棵棵稻子,头顶一片天,脚踏一寸地。一条茅草吃一滴露水。在母亲的眼里,人世间一丝一毫的变幻,都是有着各自的定数。

茶有茶神,她从来不把茶叶渣倒掉,而将其倒在灶台下的小罐子里,日积月累,以备给人家解毒急用;将洗净切好晒干的车前子、苦瓜藤,放在旧麻袋里,挂在楼顶的横梁上,供人索取煎水喝。在母亲的眼中什么东西都有神,连筷子也有筷子神。

她讲:从前有人从一棵古树洞里,发现有好几箩筐的旧筷子。这些筷子就是筷头神,他将人家丢失的筷子搜集到树洞中来。她绝不允许家人用筷子敲碗盏。一对筷子要成双成对,一齐儿长短。吃饭时要双手捧饭碗,盛饭时要从锅中起码要盛两次以上。每一根筷子,都要爱惜,不能随便丢失,更不能折断,或者用嘴咬破竹皮。

秤是子孙棒。做人千万不能长秤短称。买卖要公平合理,物现看价明断,秤要准。秤进要平,指买人家的东西,秤砣要略低;秤出要显,卖给别人的东西,秤砣要向上跷。那年渔业打大敲罟,母亲给孤独与贫困的老人送黄鱼,从不过秤。古庙里老太太,隔壁邻居阿太,独居乡下远离城市儿子的伯婆，独自一人生活的表叔，她嘱咐我们兄弟俩一户一户地去送。她说，有人苦难总要有人去看望。每逢过年杀猪时，她不会忘记给地方上孤独的老人送上一碗猪脏面条，送一份温暖。母亲常说，送孤独老人一碗猪脏面条，不仅仅是吃吃味道，而是让他们感觉到这世上还有人记得他们。这样使他们活在世上才会感觉有奔头！

初秋月夜，在荒凉的碾米厂里，来了一位云游四海的和尚，给我们讲了许多稀奇古怪的故事。回来后，我告诉母亲，这位老和尚穿破衣破鞋背破袋子，很可怜。第二天一大早，母亲叫我给老和尚送一包花生米。当我走到碾米厂时，已经人去厂空了。我站在那里，茫然了好久好久。

那年在食堂吃"大家饭"，哥哥提着饭桶拿着一张半斤的粥票去食堂里打粥。哥哥做事草率，走到五瘟殿的大榕树下，被一阵秋风将手中的粥票吹走了。他哭着慌慌张张地跑回家。母亲没有训斥他，只是安慰说："不要慌乱，你和妈一起去寻找看。"

母亲领着哥哥和我走到大榕树下。秋风吹起阵阵飘落的一地树叶，我们母子三人，一字排开，整整翻遍了三次落叶，怎么也翻不到被秋风吹走的那张粥票。哥哥和我耷拉着脑袋，跟着母亲回了家。母亲没有骂过哥哥一句话，只是轻轻地说："你怎么那么不小心啊？一家人要饿肚子了。"哥哥没有语言，只是默默地低着头，泪珠儿一滴一滴地滚落下来。

祖母知道后，到二叔父家端来小半碗稀粥，分给我们兄弟俩充饥。然而，母亲没有尝一口，只是默默地坐在窗口下，纳着鞋底，一圈圈金色的夕阳余晖，给她身上镶上了一缕缕明亮的光环。

姐姐去镇上读中学，邻居托她将一张二百元的购物券交给镇上的亲戚。平时细心的姐姐居然将购物券给弄丢了，吓得不得了，哆哆嗦嗦跑回家。姐姐告诉母亲，母亲没有训她，反而安慰她。为了还人家这一张购物券，全家人省吃俭用了半年的生活费。直到事后，母亲才向姐姐讲道理："钱财非是宝，人面重千金。做人要讲信用，别人交代的事要比自己的事更重要！千万不能马虎！"

做人既要疏财，又不能露财。那年，父亲办织布厂，托两位工人运送三百银圆交对方订货。由于两位工人粗心，在运送路上将银圆"露白"，让他们的朋友知道了。结果那两位运送银圆工人失踪，至今下落不明。出门在外，人心难测，钱财千万别"露白"！

那些年，父亲疾病染身，家境穷困，一场场大病消磨了他的意志和理想。母亲从未唉声叹气过，多少艰辛与困难都是她一个人承担下来。为了给父亲治病，母亲变卖了所有的金银首饰。她常说，父亲是家里的一棵大树，全家人都在大树下生活；父亲是家里的一堵墙，他能给全家人遮风挡雨。母亲从未对别人家的财富表示过羡慕。只是祈望全家人身体健康，平安吉祥。

小时候，母亲每天晚上要给外公和舅舅整理银圆、银角子、铜板等，特别到过年结账时，铜板是成桶成桶的，银圆也是一小桶一小桶的。母亲常常自我解嘲："钱多钱少一个样，该用的钱，用多的也要用，不该用的钱，一分钱也要省。"

人穷志不能穷。做人有志气最要紧。有时人情像隔层薄纸，不能将此薄纸戳破。大家都要留着一层人情好做人。那年祖母去世，是自然灾害的第二年，食物十分匮乏紧张。父亲为答谢亲邻友好对祖母病重期间的关心，备办了十几桌薄酒。父亲还特地请来了一位来自台州家道中落的讨饭老人入席。跟着老人一起来讨饭的孙子也嚷着要入席。老人说："人家请我入席，已经够给我面子了，怎能还要添上小孙子呢？"

父辈们为之动容，一齐请他的小孙子入席。老人说什么也不同意。母亲见此情景，十分叹服："大户人家就是有骨气！"说完悄悄地给小孙子递了些豆腐鲞、年糕等食品。老人急忙教小孙子跪下，拜谢我母亲。母亲慌忙抱起小孙子，感动得流出了眼泪。

白　露

　　早晨，乡间原野弥漫着白茫茫的雾水，将江南水乡渲染成水样的白露世界。这时的雾气比春天里的雾气，显得轻浮而透明。一望无际的田野，是一片水蒙蒙的景象。下垟塘浃两旁茂密的茅草间，在雾气中摇晃着稀稀朗朗的狗尾草。童年时，我最喜欢玩狗尾草，跑到塘浃边，抽出一条条肥大的狗尾花，捧着它们跑回家。

　　母亲细心地指点着，教我用狗尾花扎成一头头毛茸茸的小黄狗。我将扎好的大大小小各式各样的小黄狗，插在临风的窗口木楞上。一阵阵微风吹来，一只只活泼可爱的小黄狗，在悠悠的风中摇摆着尾巴，仿佛得意地奔跑着……

　　母亲笑着说："会摇尾巴的狗，是想骗主人的好东西吃。"狗尾花织成的小黄狗，插在门楞上可以避邪。那年，我到荡园荒野去守西瓜，编织了许多狗尾花的小黄狗，插在瓜棚的门框上，给自己壮胆。

　　天渐秋凉，一阵阵大雁开始纷飞南方。我和堂兄弟姐妹们站在门槛上，踮着小脚，仰望蓝色的天空，数点着一群群南飞的大雁。一群大雁刚刚飞过去，紧接着后面又一群跟着飞了过来。我们数得眼花缭乱，都为自己所数的数目准确而争执，吵得面红耳赤。

　　母亲看我们数点大雁，说道：大雁是天上的神鸟，会在天上写字的，它们一会儿写着"一"字，一会儿写着"人"字。后来上学读书，老师教我写"一"字和"人"字时，在我的眼前总是出现大雁在天空上写字的情景。站在门槛上数点南飞大雁时，也正是树叶哗啦哗啦飘落的时候，看到树叶一片片落下来，我自觉地提着小竹篮，跑到屋边附近的几棵大榕树下，捡拾一片片枯黄的树叶。然后把一小竹篮一小竹篮的枯树叶，倒在厨房的柴仓里，母亲正等待着这些枯树叶烧饭做菜哩！一次，我跟堂兄去大罗山上捡拾枯叶，看溪流入迷，听松风入神，追赶松鼠……回家时，母亲见我只是捡拾了很少的枯叶说："小松，你是不是贪玩看风景入了迷？"我默然地点点头，真是知子莫若母！

一天，我和几个小伙伴，仰躺在草场上数着南飞的大雁时，有人提议，我们八位组成盟兄弟，一起玩多好。母亲知道后说，大家结成盟兄弟是好事，但结成盟兄弟后，大家要互相帮助关照，长大后不能贪富欺贫，更不能贪图私利。皇帝虽有九五之尊，但也无永远的九五之福。

她说，当年本地乡贤张璁先生，人称张阁老，官至明代嘉靖皇帝内阁首辅。在他出仕前，家境困难，拜访了一位位富裕的朋友，都没有人理睬他。一次，在城里读书，他实在饥饿难熬，去拜访一位种茄子果菜的学友。那学友正好卖菜归来，桌上炒满了自家种的蔬菜，十分热情地接待了他。可是，那位学友给张璁先生喝的是黄酒，自己却喝着白酒。张璁觉得很纳闷，于是趁学友去厨房端菜时，偷喝了一口白酒。居然是一碗白开水。原来这位学友的家境也很贫困，但他还是热情地接待了张璁。张璁先生觉得他够朋友，讲义气。后来，张璁先生成为一人之下，万人之上的首辅时，专门请了这位种茄子果菜的学友到京城做客。

大雁南飞，也是"雁来红"叶子发红的时候。家乡人称雁来红为辣蓼。一天秋夜里，三更梦醒，我突然拉肚子，全身发冷，上吐下泻。母亲急得无法，从屋后百草院里拔来一把红辣蓼，摘下鲜嫩的五个红辣蓼头，捉掉辣蓼顶上的小细虫，在手中脱了好几下。叫我将红辣蓼头和着白酒，一起吞到肚子里去。过了片刻，肚子"咕噜咕噜"了好一阵，才渐渐地舒服起来。

母亲常说："辣蓼辣，辣蓼顶上生细虫。"寓意做人一定要做好人，坏人后面还有更坏的人。

那年，我中暑全身冰冷发抖，头昏脑涨，天昏地暗。母亲请来思禅公。思禅公过来站在我的床前，用双手隔着我的额头，从头顶往下一直到肛门方向按下去。在他那双推动的双手下，一股缓缓而有热度的气流在我全身滚动着。这样循环三次后，我感到一股气流从心窝朝着肚脐下面，向着肛门的方向徐徐地盘旋了下去。

过了片刻，从肛门冲出了一股冷乎乎的寒气，全身才渐渐地轻松下来。思禅公从黑色长袍的衣兜里，掏出一个小瓶子，倒出九粒芝麻般的神丹，放在我母亲的手中。吩咐母亲给我用冷水送服，每次三粒。每隔三个时辰服一次。

母亲双手合十，朝拜着思禅公说："罪过，罪过，叫你老人家用自己的真气救孩子！"

思禅公笑笑说："你家祖辈布施佛门，为人行善，这点儿小事是我出家人应该做的事。"

思禅公慈悲善良，除了给人家治病，平时还拔了许多车前子、夏枯草、苦瓜藤等草药，晒干放庙里，让人家来取。母亲说思禅公是车前子的命，夏枯草的精神。车前子任人踩踏，献给人家的是清凉解毒。夏枯草，冬至生，夏至枯，能给人以清肝火，消散郁结。

立秋栽葱，白露种蒜。处暑萝卜白露菜。

母亲让哥哥在后院分别种上一畦葱与蒜，一畦萝卜，一畦白菜。"立冬收萝卜，白露收白菜"，红萝卜和白菜成了桌上的主菜。母亲喜欢用肥肉炒红萝卜，清蒸小白菜。冬天的红萝卜似人参，白菜炒白年糕，更是香醇可口。

白露时，水藕老。母亲叫哥哥将后院残墙边水坑里的水藕块茎挖出来，放进盛满水的大木盆里，用铁锉将水藕刨出的淀粉晒好。水藕淀粉可做藕粉面条，还可做点心待客。特别是感冒或腹泻之后，喝上一碗香甜的藕粉糊，更是上等的美味滋补品。

白露秋分夜，一夜冷一夜。过了白露，夜凉白天热。农家开始忙着晚谷收成，开始冬种，番薯晒干，糖蔗打叶。到晚上天黑时，母亲才有空去洗衣服。母亲在河边洗衣服。我坐在河埠头上，看着月光下的母亲，双膝跪在河埠头石条上，洗着一件件衣服。洗衣服对水要恭敬。女人洗衣服，不能双腿叉着朝水面。女人的裤子与初生婴儿的尿布，也不能拿到河里去洗。特别是女人的裤子，只能放在家里屋檐下的脚盂里洗，这是母亲给自己洗衣服定下的规矩。

月亮静静地倒映在河里，给母亲的身上镶了一道银边儿。寡言无语的我，听着母亲"啪啪啪"的槌衣声，看着河面的水波一漾一漾地晕过去。母亲的身影在拨动衣裳的水波中，一漾一漾地荡开去，晕着水面上的月亮。月亮也成了一片片的白丝绸，在水面上漂浮着，荡漾着……人影、衣影、月影、天影，在水面上组成了一幅"蒹葭苍苍，白露为霜，所谓伊人，在水一方"的清丽风景。如果河的中央一下子冒出了个水鬼，拉着我的妈妈下了水，怎么办呢？我被自己的想法吓了一大跳。

母亲做事素来从容不迫。一次，她在捻苎时，一只不知吃错了什么药的大公鸡，忽然从屋外跑过来，惊慌地跳到了苎竹筐里，将一筐捻得满满的苎丝搅拌在一起，搞得一团糟。假如是别的女人，一定会打骂这只可恶的大公鸡。母亲却摇摇头苦笑着说："牲畜哪里懂得人语！"只好将一竹筐缠绕成苎丝团的苎丝，又重新一点儿一点儿地解开。为了解开这一竹筐苎丝，母亲又整整花掉了大半天时间。母亲说，解苎丝最见性情。凡遇急事，也要慢慢地来。天，天天光，人，日日忙。不能天天太忙太急，母亲总是这样说。

母亲捻苎丝时，我安静地坐在书桌前写作业，听她讲家乡的故事。祖父在世时，最喜欢讲家乡的事儿。我们生活的永嘉场，面朝潮涨潮落的大海，背倚巍峨起伏的大罗山，左青龙有茅竹岭，右白虎有天马山，风水绝伦，代代出人才。

明代永嘉场殿前出了榜眼王瓒。他从小爱读诗书，有时读到深夜，也舍不得多用菜油灯，将三根灯芯拧成一根。他一生清正廉洁，学问渊博，修编《温州府志》。当了大官后，他每次回乡首先要摆酒，宴请乡亲父老。到了过年时，站在自家的高楼上，看见谁家的烟囱没有冒烟，就前去询问原因。

古城永昌堡王氏家族，一门出了十三位进士，还出过武状元。当年抗倭寇，自家捐钱造城堡，保护家乡人的生命和财产的安全。王沛、王德公两叔侄，为了保护家乡，在抗倭战斗中壮烈地牺牲了。这些人的名字可以记在族谱上，万古流传。做人要做万古流传的人。乡贤是地方文化的慧根。长大后，我读了一些家乡历史名人的文史资料后，对家乡文化与名人事迹有了更深刻的感悟。

农历七月二十九日,是地藏王生日。这天全家人要吃素。晚上,母亲坐在后院泥地的小竹椅上,轻轻地念着地藏王经。我们堂兄弟姐妹,每人手中捏着一把竹丝香,在泥地上用竹丝香插成"天下太平"四个字。

"天下太平"是老百姓最期盼的大事,也是母亲每次念经必须祈祷的大事。

童蒙时,在空谷里叫一声,在那远处仿佛听到有人在应了一声。这是什么原因?我不懂地问母亲。

她说:"那是应山脉。"

她还讲了个故事:

从前,有母子俩相依为命,常被人家欺负。一天,儿子对母亲说,昨天,我去佛殿里,看见大佛也都站起来迎接我。隐约地听见,有人说我将来有一天会做皇帝。母亲不相信,悄悄地拿了把剪刀放在佛的肩膀上。儿子一进佛殿的门,那把剪刀果然从佛的肩膀上掉了下来。她说:"儿子啊,等你当上皇帝了,谁家欺负了我们,就将谁家的人全部杀光。"一传十,十传百,传到了皇帝的耳朵里。皇帝派兵来捉拿他们母子俩,母子俩逃到了深山里。儿子看看那一堵堵悬崖绝壁,惊吓得大叫:"大山要塌陷了。"这儿子本有皇帝的命,一说就中。那悬崖绝壁果然倒塌了,压在了那未来皇帝的身上。这样那压在悬崖绝壁下的皇帝,也就成了"应山脉"。

秋 分

春分秋分,昼夜平分。

白露早,寒露迟,秋分种麦正当时。

秋分时节，凉风阵阵，蝉儿渐渐地失去了声响，梧桐叶黄了，蓼花开了，黄菱上市了。一片金黄色稻浪随风起伏翻滚。远处的青山，衬托着一望无际的田野。在金色稻浪与碧波荡漾的河流间，隐约出疏疏朗朗的民居，宛若一张色彩艳丽的西洋油画。开门即见田野。母亲说："稗草翘，好谷沉。"意思说成熟的稻穗饱满低头，只有稗草迎风翘头摇摆。

春绿夏葱，秋淡冬寒的后院，百草逐渐枯衰下去了，旧石墙上挂着一缕缕即将枯萎的藤萝儿。祖母和母亲在后院里，一边念经，一边采摘着佛珠竹的珠子。我默默地站在她们身边，提着小竹篮，等待着她们将一颗颗饱满的念佛珠，小心翼翼地采摘下来放在小竹篮子里。她们将采摘下来的念佛珠收好，选阳光充足的好日子，放在竹席上连晒几天，挑选其中最饱满而坚实的念佛珠，用丝线穿成一串串念佛珠，分赠给亲朋好友。

父亲对家后院种的树也很讲究。家住居地，前不栽桑（桑谐音丧），后不植柳（柳谐音流），更不种桃花（桃花运，主淫乱）。他崇拜太阳，喜欢叔父们种植向日葵。

向日葵成熟了，向日葵天天向着太阳，知道许多太阳的故事。雨天放晴，向日葵会寻找太阳的方向。向日葵颗颗果籽，好像天上星星团聚在一起，窃窃私语着。母亲说："你竖着耳朵好好听听，一定会听到向日葵颗颗果籽在讲述着太阳里那些有趣的故事。"

此时，后院瓜架上的蒲瓜和丝瓜的藤萝儿，也渐渐地萎靡下去。清晨，母亲将一片片秋落的瓜叶与小花，慢慢地清扫起来，倒在蒲瓜和丝瓜的根上。母亲爱惜瓜花，从不随意践踏。

盛夏的季节，她看到那些生长弯曲的小丝瓜，给它挂上一块用咸草吊起来的小石子。等待小瓜拉直长大，再摘掉垂直的小石子。秋分时节，开始选择瓜架上丝瓜和蒲瓜的瓜种。经过精心选择比较后，去掉几个预备瓜种，在瓜架上留下最饱满最具长势的瓜种。

篱笆上苦瓜藤儿干枯了，干枯的藤可以清凉解毒。她将苦瓜藤洗净晒好收藏起来，以备人家前来索取治病。秋后不再吃茄子。秋后的茄子旺肝火。然而，秋后的丝瓜却是吃起来清凉可口。秋后家里有人喉咙痛或头晕、咳嗽，母亲从丝瓜架上摘下秋后的丝瓜，加点儿冰糖放在饭镬上清蒸。秋后清蒸的丝瓜清甜有味，吃了后感觉浑身清凉舒服。

中秋节，舅舅从古镇上送来一个撒满黑芝麻的大月光饼。小叔父常夸耀："张源益"老字号的月光饼好吃有香味，永嘉场第一。那是过去的事，每临中秋，母亲从舅舅家带来各色各样的"三锦月饼"，分赠给叔父和堂兄弟们品尝。

使我最感兴趣的不是饼，而是那包装月光饼的"嫦娥奔月"，或"花香月圆""凤采牡丹""年年有余"的花纸。放学回家，第一件事就是看那幅美丽生动的"嫦娥奔月"图画。那穿着华丽服饰的嫦娥，飘着水袖，绽开美丽的笑脸，一手提着小灯笼，一手抱着雪白的小兔子，朝着蓝天白云，姗姗地飞翔着……

哥哥知道我的心思，要将嫦娥奔月图画撕成两片，兄弟两人各分一半。理由很简单，舅舅是大家的舅舅，舅舅送来的东西应该大家都有份儿。但是，我宁愿将月饼全给哥哥，要一张完整的嫦娥奔月图画。当然，哥哥也不会如此自私和绝情。但他分的月饼自然要比我多了些。我买来有光纸与水彩颜色，对着嫦娥奔月一笔一画地照样画起来。那红艳艳的脸蛋，一双乌溜溜的眼睛，雪白雪白的牙齿……画着想着，天上的嫦娥真是美丽！

到了夜里，借着窗前的月光，我仿佛朦朦胧胧地走进了月宫的美丽世界，嫦娥阿姨姗姗地向我走了过来，小白兔也向我蹦蹦跳跳而来……祖母在世时，家里养了一只大白兔。中秋节是小白兔的节日。皓月当空的晚上，母亲给大白兔很多很多的大白菜，招呼它出来和大家一起赏月。

童年时代，物质贫乏，中秋没有家宴，也没有庆贺的仪式。一向讲究季节仪式的母亲，记住祖母的一再嘱咐：任何时候，一个家庭要过得年有年样儿，节有节样儿。每临中秋，母亲总是准备几样花生、豌豆、黄菱、西柿、米饼之类的水果糕饼。一家人坐在天井里，先祭月后赏月。父亲从不参与我们的活动。

母亲说，嫦娥姑娘照管月亮，一年到头独自生活，实在寂寞冷清；

小白兔四季忙着捣药融露水,给万物滋润,从不停歇,也够辛苦;吴刚老人天天酿桂花酒,忙个不停,应该先向他们祭拜一下,感恩他们为人类献上光明和吉祥!随后我们看月亮,吃水果糕饼,听着母亲讲自己见过和听到的往事。乌云把月亮掩住了,月亮的油用完了,到天庭上打油去了。月亮出来了,母亲教着我们念:

> 月光佛佛光凉凉,
> 中秋时来桂花香。
> 女儿大起纺纱长,
> 纺起长纱织衣裳。
> 织起衣裳配鸳鸯,
> 新娘新郎都姓杨。
> 夫妻双双起飞翔,
> 满间满屋喜洋洋。
> 想得嫦娥恨太阳,
> 只怨自己偷丹尝。
> 从此只是相思地,
> 不知何时回他乡……

赏月间,天上突然下起了大雨,全家人急急忙忙将凳椅搬进了屋子里。屋子里没有月光,屋外面响着飒飒的风雨声。

母亲给我们讲起了故事:

从前,有一户富翁人家,夫妻两人常常欺负邻家穷苦的孩子。富翁为了显示自家的富有,在中秋赏月那天,打了一对金人和两对银人,站在旁边一起赏月。赏月半途,忽然天降大雨,穷苦人家子女多,一下子就将桌椅板凳全都搬进屋子里面。富翁家的金人和银人,不但不能帮助主人搬东西,反而要主人把它们搬进屋子里。富翁夫妻被大雨淋得像个落汤鸡,狼狈不堪。天底下最宝贵的财富是人。没有人,什么金银财宝都是空的!

改革开放后，我和妻子搬到了古镇上住。每逢中秋在阳台上赏月，母亲一面教着孩子们跪拜祭祀月亮，一面重复着曾经给我讲过的故事。孩子们听得津津有味，为之入迷。

一会儿月亮被乌云遮掩住了。母亲说："月亮的油用光了，要到云里去打油了。"一会儿，月亮出来了。母亲笑着说："月亮打油回来了。"要学会到月亮里打油点灯，既能点亮自己，又能照亮人家！知趣的孩子说："阿婆，我长大了，要到月宫里打油点灯，还要擦亮天上的星星，让人家看得更加明亮。"

清晨，孩子起得早站在阳台上，看到东方初升的太阳时，母亲教他们一起拜太阳，要感恩太阳和月光是人类的大救星！

月到中秋分外明。月亮走我也走，我停步月亮也停步。为什么呢？我问母亲。母亲说："月亮不会走，但它跟着地球走。人走地球走，你看到的月亮在走，不是月亮在走，而是你的心跟着月亮走。"月光下，母亲讲天上的故事，声音总是轻轻的。她说越是夜静看月亮，越有味道。

母亲离世后，每临中秋，我便会默念"明月几时有……人有悲欢离合，月有阴晴圆缺，此事古难全……"泪水也忍不住流淌了下来。古往今来，许多诗词名句只是到了人生情感境遇共鸣时，才会深切地感悟其间丰富的情感。

秋分期间，有一段农闲。父辈们要选择吉日，给四合院翻修一下。晴天不修漏，落雨怨老天。这是不孝的子孙。这是祖父的话。家住的大宅院，每隔五年就要大翻修一次。大翻修时，要给房子翻新瓦背，补漏修洞，粉刷墙壁。

粉刷后的墙壁，青灰淡雅。四根大砖柱要用白灰勾勒出青灰砖块轮廓。母亲叫我用竹叶笔，细心地蘸着白石灰水，将叠结的青砖缝隙间，一笔一画地勾勒出一道道整洁匀称的白线条。整修好的房子，那四根白线条勾勒出青灰砖的大柱子，衬托着淡雅自然的青灰墙壁，显得清爽醒目，雅致美观。母亲说，房子跟人一样，要经常理发洗脸刷牙一番，就有精神了。屋子有精神了，人走进屋子里，自然也有精神了。

母亲常常独自一人跪对着祖父母的香炉，说着悄悄的话语。那年，堂兄章方泰考上大学，母亲也将此消息悄悄地告诉祖父。这是祖父梦寐以求：章家终于培育出一个大学生！

那年正月下大雪，迎着漫天飞舞的雪花，祖父在去平阳圣井朝拜的路上迷路了，不能分辨前程的方向。忽然间，前头出现了一盏灯笼，隐隐约约地指引着他，走向了圣井的石殿。祖父觉得这是神仙引路，那年的面坊生意兴隆，家庭和谐兴旺。母亲说，去朝拜时，千万不要问家运如何。如果问得好家运，一年高高兴兴；如果问得有坎坷，一年心情就不畅。只要人做好，家运时运，自然就会好转。

哥哥从小就跟随着小叔父，每年去圣井和楠溪江大若岩朝拜。从大若岩回来，一般是夜晚时分，母亲和我提着灯笼，站在水波荡漾的河埠头，等候着小叔父和哥哥以及其他人一起平安回来。第二天，母亲将哥哥从大若岩带回来的山果子、柚、毛栗等分赠给邻家和亲戚的孩子们。

寒　露

白露，寒露，露先白，后转寒。

天气渐渐转冷，万物逐渐萧落。寒露到，百草枯。感知季候的树叶，由绿色地向黄色转换。走在乡间路边榕树下，一片一片的黄叶子飘落到了头顶上，伸手接过落叶，端详了一会儿。我的心中不禁感怀：落叶知秋。夏花爱闹，秋花爱静。此时，后院篱笆下的黄菊花，一朵朵承载着银素晶莹的晨露，静静地开放着……"春露是花的胭脂，秋露是花的清霜。"母亲的话，使我从小对露水也融入了深厚的情怀。

童年时，由于我对数字比较迟钝，母亲叫我数着篱笆上的麻雀，一只，一双，两双……篱笆下的雏鸡，一只，一双、两双……或听着远处的鞭炮，一声，两声，三声……哥哥叫我数天上星星，我数不出来哭了。母亲笑着说："你就说数也数不清，不就可以了吗？"

一天清晨，我跟着母亲到后院里挖番薯。一对黑白蝴蝶，从菊花草丛中翩翩飞舞出来。我惊奇起来："这是一对大蝴蝶！"为自己对数的概念理解而兴奋起来。继而我赶紧跑过去抓那对黑白蝴蝶。母亲连忙叫住我，说不能随意捕捉蝴蝶！

她说："真是奇怪，到了寒露季节，怎么还有蝴蝶翩翩起舞？"接着，母亲给我讲起了《梁山伯与祝英台》的故事，说着说着："说不定那只黑蝴蝶就是梁山伯的化身，那只白蝴蝶会是祝英台的精魂。"经母亲这么一说，我再也不敢去后院里逮花蝴蝶玩耍了。

那时粮食紧张，母亲只要一有空，就领着我到荒地上，拔野草或寻找野菜充饥。有一种叫篱边菜的野菜，寒露时节，叶子老成，露染微红。篱边菜既可充饥，也可清凉解毒。

一次，我们在一座旧墓地旁发现一片长势旺盛的篱边菜，正当我们采撷入神时，荒草丛中，呼的一声飞出一对黑乌鸦，停歇在旧墓的枯树上，凄凉地叫着。我被这突如其来的呼叫声，吓得浑身发抖。惊慌中的母亲本能地扑向我，将我紧紧地搂在自己的怀里。我惊呆了，望着母亲偎依在母亲的怀里，听着她那"呼嗒呼嗒呼嗒"紧张的呼吸声……

在野菜补充食物的日子里，母亲经常讲，一粒谷米也要百般珍惜。祖父说过一个故事：从前，有两艘商船遇大风漂流到两个荒岛上，一艘运载着黄豆，一艘乘载着布料。结果那一艘运载黄豆的人，在荒岛上病死了。但是乘载布料的人，反而活了下来。因为黄豆不能成为人的主食，所以黄豆不能救人命。过去人用米粥稀织布的。那乘载布料的船上人，将布料里的粥稀煎熬出来，给人以维持生命，结果救了大家的命。所以要珍惜一粥一饭，来之不易啊！童年时，母亲将那镬里的饭焦片，一片片地撬下来，等待我们兄弟姐妹放学回家充饥。那香喷喷的饭焦片，至今还留香于嘴唇边。母亲说，人世间，祖先从一路走来，能吃饱穿暖的有几个朝代？每当我们有肚痛或感冒、发热，母亲要我们饥饿几顿，或以稀粥维持体能，过了几天即恢复健康。

从睡意蒙眬中醒来，透过纱帐望出去，我看见灯影下的母亲，手中拿着张小泉剪刀，静静地为祖母修整脚指甲。我钻出纱布帐，要去看个究竟。母亲马上拦住我，不许孩子看。祖母因缠脚，每隔几天要洗脚。祖母洗脚总要在夜晚，需要母亲一起帮她洗脚，修脚指甲。为了不让我们看见祖母那双丑陋的小脚，她们只好在夜晚悄悄地洗修脚趾。

祖母的兄弟舅公来做客，母亲做好点心，一大碗给舅公，一小碗给祖母。客人来了吃点心，母亲从来不让孩子站在客人面前，看着客人吃点心。祖母坐在舅公旁边和舅公一起吃点心，一起谈心。母亲静静地站在他们旁边，从不插嘴，只是默默地听着他们讲话。

小时候，外公曾经叫外婆给母亲缠小脚。外婆将敲碎的瓷碗碎片，夹在母亲的脚心里，放些防腐草药，用粗布紧紧地捆绑缠扎起来，疼得母亲日夜大哭不止。

大舅舅跟外公外婆理论多次，老人家就是不听，理由是没有缠脚的女儿嫁不出去。直至大舅舅发怒，再给小妹缠小脚，自己就不再经营生意了。这样，老人家才肯罢休。母亲每逢大舅舅过来，总是讲起这件事，并竖起大拇指说："全靠大哥，救了我这双脚！"

清晨，梳理发髻是祖母一天重要的生活开始。老人家对着镜子梳理头发，固定发髻的造型，戴上黑丝髻网后，对着镜子反复多次修整，一丝不乱，直到看起来庄重整洁为止。祖母理好发髻，总要叫我母亲过去看看，或帮她重新打理发髻。祖母梳头有她专用的篦子。那时乡村孩子头发爱生虱子，要用篦子梳虱。

祖母爱清洁，每次都要用自己专用的篦子。祖母叫我母亲梳成像她样式的发髻，母亲说还是梳直发简单方便。

母亲对祖母的敬仰是发自于内心的，孝敬阿婆是做人的本分。母亲曾给我讲过这样一个故事：从前，在我们五甲的邻村是六甲的地方，一位刚到任的温州府台路过这里，听到老人叫喊着孙儿打婆婆。府台进屋子一看，果然是一位少年抡着拳头使劲地打着婆婆。府台旋即将这少年抓了起来。一看孙子被捕，老人慌了主意："我家的孙子是疯子。"

府台不信，拿了一碗白米饭和一碗人屎，放在少年面前，看他吃哪一碗。结果少年吃了白米饭。府台说："这个地方不孝敬老人，民风不淳不正！"吩咐官兵，抄没了六甲整爿地方。现在的六甲成了一片墓地。一人不孝敬老人，给整爿地方带来了灾难。

邻乡有以捕蛇为业的人，整天背着一蛇篓，蛇篓里装满了蛇。我朝着蛇篓里一看，一条条翘着头儿、瞪着小眼睛的蛇，凶恶可怕。这位捕蛇者经常出没在六甲荒凉的旧坟墓地以及山坳里，每天捕捉一竹篓蛇。他以卖蛇赚钱为业，平时以蛇肉当饭吃，剥蛇皮晒成琴盖。我将看见的事告诉了母亲，母亲给我讲了一个故事：

从前，有善良的农夫，给人家当长工时，每年端午节都买蛇放生。谁料那年放生时，那条毒蛇转过头来朝他狠狠地咬了一口。被毒蛇咬伤后，农夫只好回家治伤。可是，在他回家的那一天晚上，东家的房子倒塌了，压死了好几个同伴，唯独他逃过了一劫。

过了不久，那位捕蛇者在大罗山上捕蛇遇邪，得病身亡。

乡间常有卖针线的卖绡客、卖鸡客，也有卖杨梅、枇杷、山果子的货郎等，停留在我家门前。调皮的小堂妹悄悄地偷了人家的一个小糖梨，藏进自己的裤兜里。等卖糖梨客走远了，大家都夸她聪明能干，机灵可爱。此事被母亲知道了，把我们堂兄弟姐妹们集中起来，讲了一个故事：

从前，本地有个叫项三桂的人。小时候，爱光屁股，喜欢一丝不挂，为了偷小货郎的一个银角子，居然将银角子夹在屁股沟里偷走了。项三桂的母亲，夸耀儿子如何如何地聪明灵巧。又一次，有渔民来卖黄鱼鲞。项三桂将人家的黄鱼鲞放在墙壁上，用赤条条的身子贴压住，没有被人家发现，母亲又是一番称赞。母亲一再鼓励和夸耀，使得项三桂的贼胆越偷越大。后来，居然偷到国库里的金银财宝，被朝廷捕捉坐牢，并要杀头。项三桂在砍头前，请求判官让他见母亲一面。当他看到母亲时，猛地扑过去，一口咬掉母亲的乳头。项三桂痛哭流涕，后悔莫及地说:"我小时候偷人家东西时,如果你严厉训诫我偷东西是犯罪的,今天也不会落到杀头的下场!"

听了母亲讲的故事,堂妹把小糖梨丢到猪槽里去喂猪了。从此,我们大家族的小孩子们,谁也不敢随便动人家的东西。

祖母去世后,母亲自觉地担当起父亲四兄弟的家事。全家族的每一人每一事,都记在她的心里。那年堂兄考取大学,到杭城读书,全家族人高兴祝贺。母亲将父亲分来的冬天膏蟹和鳗鲞,装好给堂兄带到学校里和同学分享,以免城里的学生欺负乡下来的同学。

母亲能记住全家族孩子们的生日,有时婶娘们忘记了自己孩子的生日,母亲予以提醒。乡俗习惯,生日吃点心。因为父亲是渔民,家里常留点儿鳗鲞、虾米之类的鱼货。届时母亲会送给他们作为点心的佐料。堂兄弟姐妹们说:"还是阿嬷好,记得住我的生日。"大宅院里,无论大人或小孩,母亲老远一听到他们的咳嗽声、脚步声,就知道是谁。

无聊的冬日晚上,堂兄弟姐妹们团聚在我家的灶房间里,母亲教我们猜谜语,启发形象思维。

比如:画时圆,写时方,冬日短,夏日长。

谜底:太阳。

四角四丁香,掉落河中央,河底倒拔起,明朝天光脱衣裳。

谜底:粽子。

扇扇有凉风,日日在手中,年年五六月,夜夜打蚊虫。

谜底:蒲扇。

刘备头戴四角巾,孔明肚内借东风,赵云当阳抱阿斗,张飞擂鼓守城门。

谜底:风车。

底圆外方。

谜底:倒臼。

外圆底方。

谜底:铜钿。

上方下圆。

谜底：筷子。

下圆上方。

谜底：箩筐。

两头白狗，躺在门口，五个警察，走来拔走。

谜底：挤鼻涕。

世上什么最深？

谜底：三寸喉咙。

世上什么最浅？

谜底：眼睛窟。

二兄弟同样长，天天担饭到平常。

谜底：筷子。

天上一个锅，落地纸样薄，谁人捉得起，给三百元五角。

谜底：雨起水泡。

母亲的谜语好记有趣，我们猜得有味。

每逢农闲，乡人汇聚在四合院的正堂里听温州鼓词。母亲和婶婶们热情地给听客端凳端椅，烧茶泡茶。母亲喜欢听鼓词，但她从不去别人家听鼓词。在自家听鼓词，她总是独自坐在远远的天井一角。我们是主人，要将好位置让给客人坐。母亲对《二度梅》《龙凤再生缘》《九美图》《七侠五义》《封神榜》《高机和吴三春》等鼓词的内容，记得清楚，也讲得分明。

夏天纳凉，冬天闲月，母亲生动地给我们堂兄弟妹讲着鼓词里的故事。唱鼓词就是劝世文。告诫世人如何做好人。一次，邻居小妹因嫌未婚男人太黑，吵着要解除婚约。母亲说，包文拯墨墨做清官，杜仲墨墨吃补肾，目鱼墨墨吃眼光，男子汉墨墨身体最健壮……讲得小妹听笑起来，愿意嫁给那男人，婚后生活美满。有邻居老娘常嫌儿媳妇貌丑，挑拨儿子离婚。母亲知道了给那邻居老娘讲了十几次《孔雀东南飞》的故事。听得那老娘心服口服，善待媳妇，后来婆媳关系十分融洽。老娘逢人便竖起大拇指："大媛的劝世文，劝得真好！"

霜　降

　　十月寒露和霜降，稻穗菊花相对黄。

　　橘子红了，桂花香了，菊花黄了。江南的乡村，正是深秋季节。收割过晚稻的田野，刚种下的冬种作物，还没有绿意。远远地望去，灰蒙蒙的一片，辽阔悠远。飞走了小燕子，送走了南飞的大雁，初冬的寒气，一天比一天寒冷。碧绿的河波，清幽静美，凝碧似玉，倒映着山色与田野人家，清明而淡雅，亮丽而透明，像一幅宁静的淡水墨中国画。

　　寒潮过后天转晴，一朝西风有霜成。

　　秋风悠悠地吹来，屋前舍后的桂花，送来阵阵花香。桂花树儿轻轻地一摇，金黄色的桂花雨便纷纷扬扬地飘落下来，铺了一地金黄。

　　母亲将打落的桂花，晒干盛放在祖母留下的三个大蓝花瓶里。客人来了，泡一杯茶，都要撒落几朵黄澄澄的桂花，漂浮在绿茶上面，蒸发出几缕淡淡的幽香。逢年过节，捣年糕、炊松糕、印糕饼、煎九层糕等，也要撒上一大把桂花。放了桂花的东西就是香。母亲将色香俱佳的桂花糕，分赠给邻居和亲戚，来享受大自然馈赠的美味。

　　母亲喜欢花儿，但从不折花。夏天的篱笆上，爬满牵牛花，秋天的篱笆下，依偎着黄菊花。空闲时，母亲对着笑逐颜开的花儿，默默地念经。她喜欢对着花儿念经，是不是"郁郁黄花无非般若"的启发？不得而知。

　　母亲晚年住在我家，在大阳台上种了几丛大理菊花。一枝大理菊花，居然开出五颜六色的花儿来。一朵花儿一种颜色，花朵又大色又艳。母亲凌晨起来，坐在小椅子上，朝西面对着鲜花盛开的大理菊，微闭着眼睛，双手拨动着佛珠，轻轻地念着经。有时走到花坛边，伸手捡起落花落叶，轻轻地放在花根上。花落归根，这是她常说的话。母亲不仅对花，对大树也很敬重。乡间河畔有大树，树下有小庙。母亲走小庙祭祀时，也不忘了给大树拜拜。

霜降也是树叶飘落时，我到野外采集各种落叶，放在水沟的淤泥里沤上半个月，再拿出来用肥皂洗净风干后，树叶成为脉络分明的叶片。母亲教我染上颜色，用毛笔一张张题上《千家诗》。母亲将我写的树叶书签，分赠给亲朋好友。他们的好评是对我最好的奖赏。后来，我才明白这是母亲潜移默化地引领着我，一步步地走向艺术殿堂！

母亲的生活原则是"买吃常买用"。

味道吃好只一餐，好用的东西用一辈子。平日的家常菜，以自家种的天落瓜、蒲瓜、茄子、苦瓜和自家养的鸡蛋等为主。苦瓜是君子菜，苦瓜的苦宁愿自己苦。苦瓜和任何肉或菜烧，从不染其他菜的苦味。

天落瓜与蒲瓜是清雅君子，味淡平实，利于肠胃。霜降是红柿上市时，母亲也偶然买几颗红柿给我们吃。她说红柿清凉寒气，不能空腹吃。母亲提倡早睡早起身体好，无银买补食，睡睡当养息。我第一次下海涂捉跳跳鱼、捕蟹儿、钓泥蒜，有时只搞到点儿鱼货，比带去当饭包的干粮还少。母亲总要上锅烧起来。她说这是祖母的交代：孩子下海第一次捞鱼，就是一丁点儿也要上锅。这是对孩子最大的鼓励。

母亲是出身于贵族家庭的"玉桂"，生活的风霜使她成为吃苦耐劳的"柴爿皮"。面对着生活的一切境遇，她都是坦然以对。那瘦小的似乎弱不禁风的身躯，却永远是挺拔人生的意志。

乡人说，人情大于债，无钱四尺锅也牵出卖。寓意人情往来是家庭的头等大事。母亲常说：看人家仰门首先看"八字"。这"八字"首先是"礼"字，看人家待人是否彬彬有礼；其次"七字"是"柴、米、油、盐、酱、醋、茶"。这"七字"是家庭常备物。这"八字"主要体现在接待客人的茶与点心上。

泡茶要讲究，新客到来的第一杯茶，要用滚烫的水泡上十五六片新茶，两三朵白菊花，五六瓣香桂花。茶要泡得色、味、香俱佳。茶要热气腾腾,茶杯要放在茶盘上。向客人献茶,要双手捧茶盘,鞠躬向前。敬客的茶,绝对不能不温不热。人情往来要细细计较。待人如待己,人家待你十分,你要回报人十二分。

人家讲吃好是口福,穿好是身福。天下有多少人能够吃饱穿暖?吃饱穿暖就是福。母亲教育我们和她一样,从不讲究好吃好穿。但母亲待客讲究做点心。点心是人家的门面。乡间永嘉场的点心,在温州城里非常闻名。潮汛到来,生猛海鲜,应有尽有。海鲜是点心的上等佐料。即使在鱼讯清淡的"九月九日,渔民隔涂走"之后,母亲总是老早储藏一些虾干、乌贼干、鳗鲞片、鱿鱼干等点心佐料。

母亲能做得一手好点心,加上家里储存着丰富的点心佐料,更加发挥了她的特长。年轻的客人给炒粉干,年老的客人给烧汤水粉干或面条。炒粉干时,先将煮熟的汤水粉干捞起,在火热的油锅里拌来搅去,把鲜白柔嫩的粉丝炒成仿佛抖动的纱丝,素丽艳美。

母亲将主食盛在朱红的景德镇陶瓷点心碗里,再将早已烧好的各种佐料铺上去。那油炸的蛋饼,融出鲜红的虾须,好像初升的太阳放射出红艳的光芒。嫩白的龙水潺,好像飘浮的白云,再铺上猪肉片、鳗鲞片、小鱿鱼等等,成了太阳旁边的多层云彩。有时候,纱丝般细软的素面,热气腾腾地浮上金黄云彩般的蛋丝与乌云般的紫菜,嫩红的虾米和雪白的乌贼片,白絮般的龙水潺,淡淡地隐在点点小油花的水波里,清明鲜美,色彩爽朗。

有时候,单料的点心,也是清味可口。比如,冬天里的泥蒜冻,敷在清淡的素面上,鲜美可口;或者是文蛤鲜汤,加入粉干清汤,鲜味清香;瓜子蛤肉,拌炒着粉干,淡鲜适口;海蜇花烧面条,清汤鲜味,滋味醉人;王鱼烧粉丝,鲜美爽口,嘴留滋味……

父亲的朋友戴先生,是位斯文的读书人。每逢渔汛到来,戴先生会跑到我家吃点心。戴先生与父亲相对而坐,相酌叙情,谈古论今。戴先生吃一口佐料,抿一口烧酒,津津有味地吃着,啧啧称赞:"大嫂烧的点心,永嘉场第一!永嘉场第一!"

母亲微笑着,欣赏着客人对她手艺的赞美。就是在那个食物贫乏、没有佐料的年代，母亲也是尽量就地取料，采摘野藕花、地衣、野葱等佐料，烧起好点心供给客人。戴先生常常来我家做客，喜欢从《辞源》里抄几个偏字，让我来辨认。我认不出来，他就头头是道地讲给我听。记得先生讲过"柰"（其意是林檎，并解说：温州俚语"林檎好吃树难栽"）、"罛"（大渔网）、"罟"（小渔网），先生分别从《诗经》《国语》里解说，引申到我父亲捕鱼的大渔网与小渔网的捕鱼功能；还有"崈"（同崇），先生解说五种意思，一是高的意思，二是积累，三是尊敬，四是增长，五是充满。做人品格要高，学问要靠积累，对师长要尊敬，知识要不断增长，对前途要充满信心。

背后，我不服气地对母亲说："我也从《辞源》里选几个偏字来，恐怕老先生也认不出。"母亲责备我："小孩子不得无理。老先生好心好意教你认字，多多见识，是好事情！"现在想起来，实在愧对老先生。老人家虽然找冷偏字考我，其实是在有意识地熏陶我走向治学之道！

母亲烧点心有两大原则：一是凡是来客，不管亲疏远近，是贵宾或是一般来客，同时来的客人，点心的品位，佐料的多少，酒盏的统一，都是一视同仁。二是烧好的点心盛在碗里，一定要端正地放在雕花油漆的调盆中央，点心碗左边是一盏烧酒，右边放一双红漆的筷子，恭恭敬敬地送到客人面前。这是母亲的规矩。家风是家庭的门面，更是子孙后代的社会品位，更重要的是影响着子孙后代的婚嫁迎娶。

母亲手艺精巧。她的右手食指曾生过指疮，弯曲似钩。那时医学不发达，手指生疮腐烂到骨头，无比疼痛。但是还要干活、养孩子。母亲绣花女红，方圆十里堪称一流。她会绣花枕头，修补精致的旗袍、布衫。什么鸳鸯戏水、龙凤呈祥、凤采牡丹、莲子荷花等等，经她手都绣得色彩斑斓，栩栩如生。

母亲最拿手的手艺是钩绒帽子。那时乡间的老人，在腊月隆冬能戴上一个青绒帽子，是最为得意的事。母亲钩的绒帽子，不仅样式多样，而且适度结实。每到秋冬时节，母亲都要替老人们钩上数十个绒帽子。她给人家钩帽子，往往都是免费的。

有时钩到寒夜三更，从不叫苦，也从不怨人。"我钩一个帽子，能给一个老人带来那么多年的快乐与温暖，内心非常满足！"母亲是这样说，也是这样做的。

无聊的冬夜，我们兄弟写作业，姐姐在缝衣服纽扣，母亲织绒帽、绣花枕头。母亲织累了，借着煤油灯的光，教我们双手对着煤油灯，变化着板壁上的手影。

我们学着母亲的样子，双手变换着各种姿态的手势，在远处的板壁上出现"老马吃草""兔子蹦跳""黑人对打""母子相抱""鸭子戏水"等手影，活灵活现。手影在板壁上，不停地变换着各种动物与植物的姿态。看谁的手影最形象！姐妹兄弟们比赛着、玩耍着、欢笑着……这是童年游戏中最令我回味的。

玩着手影游戏时，母亲说："人有三条生命。一条是身体；一条是品德；一条是影子。"做人身体要健康，品德要高尚，影子要正气。没有影子的人，就没有生命。人失去了影子，就无药可医了。人正不怕影子歪。人正影子自然正。影子跟人走。黑夜里的人，也有肉眼看不见的影子。偷盗的人趁黑夜偷东西，以为别人看不到，其实人影的神早已在关注他。人不能将自己的头影映在赌博桌上，让人家洗麻将时拼命地摸着搅着；也不能让女人的脚踩着男人的影子，更不能在众人争议殴打的地面上，留下自己的影子。母亲对影子有她的一大套理论，跟祖母一样，她们认为人的影子都是有生命的！长大了，我才慢慢地懂得了她说这些话的真正含义。

小时候，我常常跟着哥哥玩吹纸田鸡比赛。纸田鸡是母亲教我们用旧报纸折成的小玩具。哥哥力气比我大，往往赢了我一大把一大把的纸田鸡。我吵着要他还我纸田鸡，他说什么也不还我。但是他把我赢去的纸田鸡被人家赢去了。母亲对我说："你的东西给人家赢去了，没有理由要人家还你。你要自己动脑筋，想办法把人家的纸田鸡再重新赢回来。"

在母亲的指点下，我用小纸田鸡对着哥哥的大纸田鸡吹。我装着大口气地吹，其实在轻轻地吹。哥哥大口气地使劲地吹着，将自己的一个个大纸田鸡吹掀翻了。我把从哥哥那儿赢来的纸田鸡保存起来，从不跟外人吹。哥哥悄悄地偷走我的纸田鸡，还是被别人赢去了。

母亲说："你哥比你大方，他从不存私东西。你比你哥小气，会考虑后果。你兄弟俩各有所长，各有所短。这是你们的性情使然，最好今后各自能够扬长避短。"

立 冬

乡人喜欢将一年二十四节气，分解为精要的四季八节。四季为春、夏、秋、冬；八节为立春、春分、立夏、夏至、立秋、秋分、立冬、冬至。这样能够更好地把握季节的要领。

立冬，即冬天开始。冬，终。农作物收藏的季节到了。立冬时节，梧桐叶簌簌落下之后，紧接着银杏的落叶也纷至沓来。此时，门台上的青草枯黄了，灰蒙蒙的天空，压在青灰色的瓦背上，一股股寒气吹起了正堂缺角的旧春联。童年多愁的情绪，也浮起了一片片惆怅的流云。

天气寒冷，童年时缺衣少吃，冻得哆哆嗦嗦。母亲从古镇上买来了三五个木陀螺，分给我与堂兄弟。每当我冻得哆哆嗦嗦时，拿着缠上长布条的竹竿子，朝着石板坦上的陀螺使劲地抽打起来。有时候，堂兄弟姐妹们一起比赛，看谁的陀螺旋转得最长久。大家不停地抽打，打着打着，一会儿汗水渗出来，浑身热乎乎的。

冬天里的一个陀螺，抵得上一件棉衣。母亲看我们抽打得有劲，意味深长地说："贱陀螺，贱陀螺，不抽不打不旋转。"

一次，母亲叫我洗番薯晒番薯干，我说天气这么冷，手都冻僵了。说完就跑出去玩了。玩了一会儿回来，母亲指着浸在水里的荸荠说："小松，你想吃荸荠吗？""好的。"我伸进水里便捞起几颗荸荠，"咔嚓咔嚓"地吃了起来。母亲笑着说："你手伸进水里捞荸荠吃，不怕冷吗?"经她这一说,我不好意思,红着脸就乖乖地卷起袖子洗番薯。

刚刚辍学时,百无聊赖的我,喜欢独自静静地坐在河岸边,观赏着塘河的风景:"半川寒日满村烟,红树青林古岸边。渔子不知何处去,渚禽飞落拗罾船。"母亲见我心神恍惚,天天发呆地望着塘河水,怕我入神出事,叫我跟着姐姐去学裁缝。学了几天,我就不想学了,这是女孩子的活儿。

母亲说:"裁缝是手艺,你人小力弱,只能学手艺。"我执意不听,便去生产队劳动。哥哥十五岁辍学,我十四岁辍学,都去务农,母亲的农事和家务更是忙碌了。

母亲衣着朴素,穿着青灰色的棉袄,喜欢膝前围着靛蓝的旧围身布。她说:"衣以穿暖为主,过去人过六十岁,就不做新衣了,浪费布料太可惜。"

母亲平日里非常珍惜家物器具。小时候,哥哥生性好动,经常拿着小刀将菜橱门雕花的油漆剥掉。

母亲说:"制作一样家具,要经过木工匠、油漆匠、绘花匠、雕花匠、小铁匠,每一道工艺都省不掉。工匠们辛辛苦苦,还要花那么多的心思与汗水。小孩子家应该懂得珍惜每一样家具。"

母亲特别对祖上遗留下来的器物,倍加珍惜。什么茶杯,酒盏之类的物什破了,马上请老司补了又补。留下一件物器,就是留下祖宗的一片情。她经常在小孩子面前唠叨着:这是曾祖外公留下的花瓶,那是祖父留下的墨砚……哥哥生性活泼,豪爽大气,童年玩伴多,常常拿祖上留下的花瓶、玉饰等器物跟别人一起玩。

一次,母亲发现家传的一件玉象饰物不见了,问哥哥。

哥哥说:"送给同学了。"

母亲问同学的家长,家长说没见到。母亲没有责备哥哥,只是轻轻地对他说:"你将好东西送人家,人家识货,让别人快乐也好。怕人家不识货,糟蹋了多么可惜!"哥哥默默地点头,从此便珍惜家传的器物。

立冬时节,最怕是阴雨连绵,番薯干晒不成,汤圆粉也晒不成,冬种的农作物，被雨水冻泡后不能生长。更可怕的是，种在农田里的苜蓿和麦种，浸泡在冬天的冷水里，烂了根芽，还要重新补种。

下雨天，路滑天冷，糖蔗叶剥不了，糖蔗也砍不了。没有了糖蔗叶，晒不干糖蔗渣，连煎糖的柴也没有了。这是母亲最辛苦的季节，有时三更半夜起来，冒着寒风冷雨，收集晾在田头竹帘上的番薯干和汤圆饼，还要抢晒糖蔗渣。母亲一件事一件事，慢慢地细心地干着。她总是说："船到桥头自会直！"

晚年的母亲，坚持吃素。素食比荤食吃起来更有益健康。她说，把一盘肉食与一盘素菜，同时放在太阳下晒一个时辰，那盘肉生出了虫子，素食却还可以吃。母亲喜静，一静就念经。少年时，我是听着母亲的念经声，进入一个个平和宁静的梦乡。

一年正月，热闹的龙灯滚过后，我静静地站在母亲身边，微闭着眼睛，跟着母亲一起念着观音经。我抬头一眨眼看见天井里，飘飞着一大片一大片的雪花。我抬头又看看母亲，只见她仍然安详入神地在念经……一次，我跟母亲站在天井里念经时，发现一只从天井下水道里爬来的小乌龟，静静地停在母亲的脚下，听着我们母子俩念经。念完经，母亲待小乌龟爬回去，才走到屋子里。

晚年时，母亲每天凌晨就起来，坐在朝西的窗口，像一朵静静伫立的荷花，一边念着经，一边用小竹篾蘸着朱砂点着经牒。那灿黄的经牒上，点染着匀称序列的小红点，宛如清静淡泊的原野，悠飞着淡淡的云霞，流淌着潺潺的清溪。使我感到欣慰的是，我用毛笔为母亲抄写《禅门日诵》，供母亲在家天天做功课。有时，母亲将念好的《太平经》送到老家的寺庙里去烧化，保佑老家地方太平无事。

母亲的佛道心肠，往往超越了"小我"的境界。那年，我从作家王蒙的北京四合院捡来许多成熟的红枣。母亲舍不得吃，挑选饱满的八颗红枣，供养在观世音菩萨案前。晚年时，母亲还朝拜九华山地藏王道场，普陀山观音道场，平时常常要回老家，参加乡人组织的佛事活动。

"文革"时，红卫兵到我家抄搜书籍与文物，什么古书古董统统上交了。母亲却悄悄地保存了记录着全家人出生时辰八字的年庚。

我年幼总嫌母亲太迷信太无聊。保存年庚，对人的生活有什么用途？留点儿什么金银首饰，兴许关键时刻还能派上用场。

年庚记录着每个人出生的时空观，是依据周而复始的"天干"与"地支"来排序的。这就是将每一个人出生在这个世界上的年、月、日、时，放到广漠的宇宙时空中去认识与定位：生命存在于宇宙的价值与意义。至今，我才真正明白母亲当年保存年庚的真正含义。

冬天偶有空闲，母亲会教我学织渔网。一张数十丈的渔网，要一眼一眼地织起来。童年时，织渔网总是心不在焉，常常会漏网或跳眼、大眼、小眼。母亲说："织渔网是女孩儿的事，但是淬炼你的细心与耐心。每一眼网结，都要织牢。一眼网结松劲了脱节了，其他的网结也就跟着松动了。网眼松散了，渔民捕不到鱼。"

做人讲诚信最重要。当年乡间有人到镇上，拿苎丝织渔网，都是不上账的，只讲我是某某地方，地方的财主是谁，绅士是谁，就不要记录了。因为财主、绅士是地方品质的榜样。人家就凭一个名字，就利益于地方人了。千万不能做地方上的二流子，成事不足，坏事有余。本地有个年轻人，虽然长得不错，但好吃懒做，到处欺骗人家，骗了一家一人倒不在乎，可怕的是使更多的人不相信这个社会了。

小 雪

西风呼啸，天气寒冷，农家的屋子里变得充实起来了。屋子的楼上堆放着糖蔗叶、糖蔗渣，还有稻草秆、园坎柴等，楼头或檐头下，挂满风干的腊肉、腊鸭、腊鸡、鳗鲞、带鱼鲞等过年货，谷库里储藏着充实的稻谷与番薯干等粮食。

昏暗的油灯下，母亲纳着布鞋底，或绣着鞋面的纹花样。玻璃的花窗上，褪了色的红花纹样，隐约晃动着母亲纳鞋底的影子。母亲纳的鞋底，是她自己制作的。她将洗净的破旧衣，剪成一片片，用麦粉煎成的糨糊，敷上一层糨糊再贴上一层旧布，用炭火的熨斗熨平一次。一连贴上六七层旧布料后，再敷上一层新白细布。母亲手力不大，厚厚的布鞋底，大眼针穿不过。她用右手食指上凹入点点小圆孔的铁指戒，顶着大针眼，使劲地压过去。那布鞋底是一针一针地织起来，织得密密麻麻。那游动着龙飞凤翔的图案，一针一线织得分明清爽。

织一双布鞋底，要用五六个晚上。有时织到黎明鸡叫。不管事情如何忙，到了正月初一，母亲绝对要保证全家人都有一双新布鞋。一双新布鞋，差不多要穿上一二年。小时候，我正长身体，脚也长得快。刚穿上新布鞋，觉得空荡荡的，可是穿了不到半年，就感到脚背紧绷绷的。母亲笑着说："你自己长大了，怎么也不知道？"

穿衣穿鞋不讲新旧，但要整洁朴素。穿衣要讲究领和袖。领袖整齐了，衣服就整齐。每年清明一过，我就喜欢赤着脚走路。只是晚上到河边洗脚时，穿一下布鞋。遇到下雨天，我舍不得穿布鞋走雨路。布鞋渗水，一渗水就会烂线脚。鞋底的线脚一烂，布鞋就会笑露了嘴巴。冬天也是如此，除了下雪天，我总是赤脚上学。

那时候，有的同学在大雪天里也是赤脚上学。我为自己能够拥有一双布鞋，感到很幸福。每一想到母亲在昏暗的煤油灯下，一针一线艰难地织着布鞋底，磨浅了手指上的簸纹，冻裂了手背的伤口，手指上贴满防裂的白胶布，自然珍惜起自己脚下的布鞋。

乡村有农闲，但母亲总没有清闲的双手。下雨天，她坐在窗口，不是补衣服，就是给人家钩绒帽。母亲的一手好针线活，不仅是手艺，而且还能陶冶情性。照母亲的话来说：心灵手巧。心不灵手自不巧。好手艺叫人忍住寂寞。人静手灵巧，心静手艺精。

母亲在去学堂启蒙前，外公先送她去邻近裁缝老司学针线。外公说，学手艺次要，小孩子从小做事要耐心存静。其实，母亲的一针一线，不仅心灵手巧，还密织着家人与他人的爱心与慈悲的情感脉络。

乡村里做饭、烧菜，都是烧稻草柴、糖蔗渣、园坎柴等。在那柴料紧缺的日子里，母亲说："火种，火之种。缺一把稻草，也烧不熟米饭。"我家每隔五六年，要翻新一番灶房。每次重新砌灶，母亲总是站在泥水匠身边，边观察边指点着泥水匠，怎样砌灶窝可以节省柴料。

　　我家的灶台左右分两个大锅，中间前后分别镶着两个小铁罐。两个小铁罐，一个是烫罐（洗脸用热水），另一个嵌罐（煮猪食类饲品）。这样内外两大锅烧东西时，挨着两锅间的烫罐和嵌罐里的东西，也跟着烧热了。

　　烧饭时，灶窝里的火，既可以烧饭，又能热烫罐和嵌罐里的水。烫罐里的热水，冬天可以洗脸，也可以作烧菜汤用；嵌罐里的水可以煎猪食等。有时候，烧火的灶窝里要塞进一个小手罐。一顿饭烧熟了，烫罐里的水热了，嵌罐里的猪食也熟了，手罐里的水也沸腾了。冬天夜晚，母亲将未烧尽的稻草火种，盖在灶口小坑底的手铁罐旁边，让稻草火种慢慢地燃烧着已经埋在手铁罐左右两边的稻草。

　　到了天亮，经过一夜火种慢慢地燃烧熏蒸，手铁罐里的稀粥也就烧熟了。母亲这样做不仅节省柴火，还有一层珍惜草料的意识。她无论是烧菜或烧饭，都要做到恰到好处。她常说，烧菜烧饭一定要烧透，但要珍惜一草一柴，不能暴殄天物。在母亲的意识里，一把柴就是一把草，一把草就是一片绿地！

　　我家灶房有特制的风箱，比别人家的风箱稍大一点儿。每年要换一次风箱推板的羽毛，使风箱拉风轻松而风口力大，省力又猛火。过年时那柴草渣、糖蔗渣等，一经风箱鼓吹，火头猛然上来。放学回来，我常常帮着母亲拉风箱做饭。那时乡间老鼠多，常常有小老鼠躲在风箱推板后空隙里，被推板的风气吹来吹去。"最苦的是风箱里的老鼠，两头受气。做人经常会两头受气，但忍一下就没事了。"母亲讲这些话，我知道都是她亲历的经验。母亲的忍辱精神，确实给我的人生带来了许多潜在效应，因此也让我避开了生活中的许多烦恼。

　　西风凛冽，天气干燥，草木枯黄。母亲说："肺怕秋燥。"她买来猪板油蒸北枣，供家人润肺滋补。咳嗽喝白茅根，尿短喝车前子，尿黄喝淡竹叶，喉痛喝夏枯草。母亲从不带我们去看医生，只是自己煎点儿草药，给我们喝下了事。

冬天的干柴容易着火。乡间民居都是木结构的房子，一旦着火，后果不堪设想。尽管人家都知道注意火烛重要，但每到年关总有人家遭遇火灾。少年时，我常看到一些人家因火灾后，一家人坐在火烧基上，悲泣痛哭，万念俱灰，惨不忍睹。父亲一生小心火烛，在家时每天临睡前，总要检查一番四户人家的灶房。一旦发现谁家的灶房还未熄火，就会大吵大闹。有时婶娘们埋怨父亲太多事。母亲知道父亲待自家人脾气暴躁，但完全出于确保全家族平安的好心。每当父亲大吵大闹之后，母亲总要给婶娘一边致歉意，一边解说留心火烛是家中第一等大事。失火会造成几代人的苦难，男人见过的世面比我们女人多……

勤力省劲，这是农家的本色。过去本地有田地人家，虽然家境富裕，但十分勤劳节约。主人走亲戚家，都是赤着脚走路。直至亲戚家不远时，才在河边洗了脚穿上草鞋，以示礼貌。人家欠你的钱，你可不要逼着人家要。但是，你借人家一分钱，要马上归还。有借有还，再借不难。这次借了不还，下次借人家就难。平时省一分钱，也是为自己多留一分面子。人生没有什么过不了的坎儿，关键是人要心正理顺。心性正大光明，神明也会暗地里保佑你。心术不正，方向歪了，一切就都歪了。

俗话说："好女不去闹花灯，好男不游三春景。"三春是农家种秧田，耕地的繁忙时节，农家子弟怎能去游春？正月初一开田眼，不算勤力不算懒。正月初一，就干农事，应该说算勤劳了。但是你为什么不在年底，就将农事干好呢？

一次，哥哥叫我早上去自留地耘草。我推辞说早上露水太浓，等到中午太阳出来，再去耘草。母亲听到了说：过去有懒汉贪吃懒做，家人叫他去除草，总以种种借口拖懒："天光露水白洋洋，不如正晌晒太阳。正晌太阳上晒下，不如黄昏黑暗摸。黄昏蚊子嗡嗡声，不如明天天光清。"听了母亲的话，我无言以对，戴上斗笠，就去田里耘草了。

乡间的冬天，经常听到一声声悠扬的笛声。这笛声是劁猪人的笛声。小时候,我怕听到有人家被劁猪的叫声,至今,在我的耳边一旦萦绕着劁猪客的笛声与小雌猪的惊叫声,全身就会打起战来。乡人喜欢冬天劁猪,冬天劁了猪,养到第二年年底宰杀了,正好过年或办喜事时派用场。这位劁猪客是一位寡妇,因她的丈夫刚去世,每次吹笛过来,母亲给她泡一杯茶或吃一顿饭,和她聊天或谈心,消除她内心的郁闷。

母亲的朋友大多数是寡妇,孤苦、无依无靠的弱势群体。她有一个理念,关爱与同情寡妇与贫穷孤苦的人,给她们以心灵的温暖。她认为这是最大的功德,特别是要尊重残疾人。"凡是有人家跟我们闹矛盾,背后谩骂我们,首先要想自己做事有没有错的地方,然后再想人家的过错。古人有语,君子绝交不恶声。人家过错你要原谅,自己过错要知错就改。"

生活中坚持一个"忍"字,可以避开许多灾祸。"忍"字是刀戳在心上!母亲常常为此而讲故事给我们听:从前自家伯公与亲房族某家争论。理是自家赢,但人家穷,天天骂你你也无法。三月的一天早晨,伯公去农田拔秧路过他家的门口,被某家的老母亲骂得忍无可忍了,到他家里吵了一场。谁知当夜,该人家久病的老母亲死去了。人家诬告伯公故意打骂死了他家老人!这样,双方打起了官司。

某家请来了当地大官,要抓伯公坐牢。为了打官司,伯公将积蓄本来想去买田的数百块银圆,全部用去打官司,还借了人家的钱,才使官司平息。如果当时伯公忍一下,就没有这场官司了。打官司赔了钱,还天天过着提心吊胆的日子。本来几代人积蓄的钱,可以造福后代了。这么一吵,就吵出祸端来了,失了财也乱了平静的生活。

百忍堂中有太和。凡事忍一忍,柳暗花明,让一让,海阔天空,退一退,悬崖勒马!经过了一场官司,本家的亲房隔了一代人矛盾,后来到第三代又相好了。流水不争先,平溪一起流。回过头来看看,正是"今日不知明日事,争强斗气一场空"。

一年冬天,摆在我家门口对面路头卖零食小摊的孤独老人发现自己的三块钱丢了,硬说是我的哥哥和几个小伙伴偷了。站在路边大骂我的哥哥："平日只听你娘教养好，想不到也会教出个偷钱的儿子来。"母亲知道了，先问哥哥有没有拿人家的东西，哥哥摇了摇头。

母亲走到老人身边说："我养了儿子十二年，知道他平时调皮爱动，但从未偷过人家的东西。"

老人执意称："我转眼不见钱时，只见你的儿子与别人家的两个孩子站在我的身边。"母亲一边劝慰老人不要着急，一边问清老人丢钱的数目。老人始终盯着说，就是你的儿子偷了我的钱。

母亲无奈只得将老人请到我家里，请她将自己身穿的所有衣服的衣兜，重新清理一次。老人从内衣里摸索出了刚才丢失的三块钱，破涕为笑："大嫂对不起，真是对不起你！"

母亲微笑着说："你老人家挣一分钱也不容易，一时丢了钱，难免惊慌失措。"

事后，母亲给我们兄弟俩讲了两个故事：

一个故事是《瓜田不系履》：从前，有人从南瓜田园路过，鞋带断了。他低下头系好鞋带时，却被守瓜人逮住了。以为人家低头伪装想偷南瓜。后来，那个守瓜人发现确实是路人鞋带断了，才放过那过路人。

另一个故事是《眼见不实》：从前，有位学生每天晌午过后，都要给私塾老先生送一碗汤圆点心。一天，老先生老远看见学生端着点心过路时，从碗里捞起个汤圆吃了。老先生点了碗里，只有七个汤圆。而平日一碗都是八个汤圆。

老先生纳闷：这个学生平时诚实，今天为什么偷吃汤圆？如果想吃汤圆，叫我留几个给他不就得了？第二天，老先生发现碗里有九个汤圆，比平日多了一个汤圆。老先生问学生："今天为什么是九个汤圆？"

学生回答："厨房里的厨师说，昨天因食料不够，缺一个汤圆，今天再补上一个。"

老先生笑了起来又问："昨天我看见你端着汤圆碗过来时，手在碗里动了一下，这是怎么回事？"

学生感到羞涩："昨天我端着汤圆经过屋前的树下，正好一片树叶飘到了碗里。我觉得树叶上沾着汤圆的鲜美汁味，丢了太可惜，便将树叶放在自己的嘴里吮了一下。"

老先生哈哈大笑起来："天下的事，真是眼见不实啊！"

大 雪

大雪节气，江南大地开始飘飞雪花。蜡梅花蕾初绽，柳叶纷落而下，枯枝迎风飞舞。霜雪后的枫丹红叶，也悠然地飘落了。然而，真正下大雪天，还是在小寒时节。晒番薯干、晒糖蔗渣、烧饭、喂猪等家务劳动，忙得母亲跑前跑后，累得气喘吁吁。

尽管如此，每年"更冬"一事，是母亲必须遵循的一大项目。大雪过去是冬至，"更冬"要在冬至之前。"更冬"即是祭祀天地、谷神和本地神明及土地爷。"更冬"也叫"冬至还愿"，比如今年去过哪些道观神殿许过什么愿，要在冬至前向神明还愿。"更冬"还愿要备办好三牲六礼。三牲分别是猪头，或者是米猪头，嘴衔尾巴，全鸡、全鹅。配有六样礼分别是鱼饼、豆腐、豆芽、鳗鲞、蛏子、目鱼干等；或配有祭祀素食：黄花菜、豆腐鲞、黄豆芽、花生饼、香菇、紫菜等。凡是祭品都配上大红枣（红起早）、桂圆（大团圆）、柑橘（有官有冠）、福禄寿喜百子糕（子孙满堂）、长寿面（长命百岁）。

祭祀时，母亲总不忘带上五彩的生花生，寓意子孙生育旺盛。母亲讲究礼器的精美，有时要跑到隔村的堂伯父家，借来雕刻精美的糖果盒、大木盘，洗了又洗。最后用柳枝蘸着净水符水，给祭品洒上一次又一次的净水。

每次"更冬"她总是领着我去，叫我先给神位诸神敬酒，酒过三巡，再帮火化金银纸、元宝纸等纸钿。这是祖母的交代，让孩子参加祭祀站在旁边，边看边学边思。母亲说，孔圣人的母亲，很重视对圣人小时候的祭祀教育。无仪不成礼。懂祭祀才会懂大礼，懂大礼才能成大器。祭祀时不能讲话，默默地听大人祈祷，要恭恭敬敬。

"更冬"后，母亲在屋檐下开始挂起了一排排腊肉、带鱼鲞、鳗鲞等等，备办年货。

寒冷的冬天，母亲喜欢说《孟姜女送寒衣》的故事。孟姜女因丈夫范喜良修长城，千里风雪送寒衣，情深似海。当孟姜女冒着北风呼啸，大雪纷飞，送寒衣到长城寻找不到丈夫哭倒长城时，母亲总是泪眼婆娑。打仗总不是好事！死人又使天下多少人妻离子散！百姓只求天下太平！牛郎织女，耕种牧牛，织布家务，养育儿女，本是平民百姓生活的事。可惜王母娘娘，也不懂人情，硬将他们夫妻俩拆散！

母亲识人情世故，邻居凡遇到红白喜事，总请她去参谋商量。什么四格、六盒、方乘，婚丧嫁娶，人情往来，她心中都有数。礼尚往来，要讲礼仪。人情回合，要因家境而定。凡遇人家婚丧嫁娶，尽力做到门当户对。不门当户对的人家，迟早出事情。

母亲的原则是讲究风情习俗。比如人家是订婚，要有一对大小均衡的用红纸包好尾巴的鲫鱼。这是从《诗经》里开始，就讲究鱼儿成双成对的好彩头。给人家做寿送礼，长寿面是必需的，并要贴上红纸龙凤呈祥，寓意夫妻双寿的面花。如果是订婚或结婚，要贴上石榴，寓意子孙满堂的面花。人家不会剪面花，她早早叫我剪好一批保存着，供人家顺便带去。如果是婴儿满月或周岁，要送上百子糕、福寿糕。送上的礼品要放上万年青树叶与柏树叶，以示松柏常青。而且所有礼物数目要做到偶数，尽量避免奇数。

姐姐出嫁时，母亲一再嘱咐她，聪明的女儿，要争两边气。在娘家帮娘家，在夫家旺家。母亲还讲究柜箱的意味，什么樟树箱、棉柜箱、铜钱箱、高斗箱、五斗箱、落地箱、矮脚箱、扁皮箱。姐姐结婚时，为了一只随身箱，母亲托人跑遍镇上的老店才买到。随身箱象征娘家的钱财随身带着，一是不忘娘家恩情，二是寓意好树移栽夫家后，更加茂盛。

快到冬至时，日头短。早晨天还没亮，我要早早起床，走过六甲一片荒凉的坟地，赶到七甲轮船埠头，乘坐轮船到镇上中学读书。这一片荒凉的坟地，到处是棺材和坟墓，人称"棺材场"。经常出现"闹鬼"的故事。大白天也是一群群野猫子，在棺材背上、野草墩上跳来跳去，叫声凄凉可怕。天没亮，鸡叫三更，母亲走到床头将我叫醒，给我热水毛巾洗脸后，她将热饭盛在碗里，放在桌上等我去吃。

母亲说，清早出门，以防风寒，千万不能空腹出门。至少也要喝一杯热水，暖暖身子。我匆匆地吃着饭，母亲静静地坐在我的旁边。冬日的早上，天还没放亮，母亲陪着我送我过六甲走到七甲轮船埠头等候轮船。荒凉的六甲棺材场路上，我走在前面，母亲走在后面。母子俩静静地走着，轻轻地念着《观音出门经》。

母亲嘱咐我，走夜路时要昂起头，只管朝前走。天底下，一个做事正派、积德行善的人，在黑夜里走路，不管谁叫你都不能回头看，大胆地朝前走。人心中有盏光明的灯，能照开一切妖魔鬼怪让路。

待我上轮船后，母亲独自站在轮船埠头的路灯下，等候天亮回家。姐姐和哥哥初中读书三年，凡遇冬日清晨上学，都是母亲送着走过荒凉的坟地，乘坐轮船去学校。母爱，如此细腻而伟大！使我常常惭愧自己不成器而悔恨。哥哥和我长大后，每当我们兄弟俩出差在外，母亲在家就不断地念经，保佑着我们一路平安，大吉大利。

"文革"时期，我曾抱怨母亲不该将我带到这个多灾多难的世界。天天干着苦力，没书可读。母亲默默地看着我，没有回答我。但是，母亲通过一些故事，暗示地教育我：神农尝百草，嫘母养蚕，大禹治水，不都是为劳动人民着想吗？黄金生勤俭人家。种田郎做财主。一农不耕，民有饥者；一女不织，民有寒者。

母亲还给我讲了个故事：

从前，有老人临终时，对着两个争财产的儿子说："爹有金块落在自家后园里，你们兄弟好好精耕细作，也许能耕到金块，谁耕到归谁。千万别对外人说。"兄弟俩听父亲的话，天天勤劳精耕细作。到了秋天收成了，还不见金块。兄弟俩迟疑了，然而，抬头望着一片丰收在望的稻谷，恍然大悟：原来黄金就在自家田里，靠勤劳致富。

在那农耕劳作时，我常常摸着自己满手带血的厚茧，唉声叹气："我本是读书人，怎么会干如此繁重的农活？"

母亲说："手茧是你对土地的感情！人生在勤，勤则不匮，力能胜贫，谨能避祸。"

现在想起母亲的谆谆教诲，令我万分惭愧。那年，我参加高考成绩上线了，但被人家"后门"挖走了。我痛苦懊悔，躺在床上，好几天也吃不下饭。母亲静静地坐在我的床前，轻轻地说："天无绝人之路！人心不要太高，平平淡淡才是真，平平安安才是福。古人说，野鹤无粮天地宽，鸡窝有食锅烫近。生活中，还是当个平民老百姓最惬意！"

母亲平时对待事情处理十分平和。有时候她一听到不高兴的事情，或者生活中遇到苦恼，她就会独自一人走到楼上，坐在面对着西方的窗口，静静地念经。一念经，心就会慢慢地平静下来。心一平静，心内心外的烦恼也就慢慢地消减了。皈依佛门的和尚告诉她一个排除烦恼的办法——人一遇到急事或烦恼事，特别是人家欺负你，心中有怒火时，就赶紧念佛。

一天傍晚，天上飘着雪花，我们堂兄弟姐妹站在屋檐下看着天井中飞落下来的雪花，说着悄悄话，母亲也坐在屋檐下纳着鞋底。

一个卖水缸的小贩，挑着两只小水缸，边走边叫："卖——水——缸——卖——水——缸——"

调皮多嘴的堂妹也叫着："卖水缸，卖水缸，雪飞路滑走留心，一步一滑，人和水缸，仰翻天！"

母亲听到了训着堂妹说："坏丫头，人家冒着风雪天，挑着水缸叫卖多艰难啊。你有没有想想，他的全家人正在等着他卖水缸的钱用。你小孩子，怎么能讲人家不吉利的话。"

说着，她给我们讲起了木鱼与木鱼槌的故事：

从前，有位卖水缸的小贩，家境贫困。下大雪的除夕，还挑着两只水缸在街上叫卖。在叫卖时，遇到了正想买水缸的人。当买缸人正在给卖缸人付钱时，站在旁边的一个人突然多嘴说道："朋友，你怎么到了年底还买水缸？等待明年三月天，会有很多的卖缸客，一大船一大船的水缸送过来。那时候的水缸又多，质量又好，价格又便宜，随你挑拣。"

那位买水缸的人，经他这么一说，就不买了。因这位多嘴的人一说，卖缸人将这担水缸挑了一天，还是没有人买。到了除夕晚上，天冷下雪。卖缸人又饥又寒，心情焦急，家里人还等着他的卖缸钱过年。他挑着两个大水缸走在雪滑的桥上，一脚不小心，连人带着水缸，掉落到冬天的河里去了。

正月初一的早晨，卖缸人的老母亲知道儿子掉到河里淹死了后，老人家觉得活着也没有意思，投井自尽了。就这么一句话，害了一个家庭，死了两条人命。后来，卖缸人与那个多嘴的人，到了阴司仍然双双扭打不休。最后，阎王将多嘴的人判成了念经的木鱼，让卖缸人成为木鱼槌，让木鱼槌天天不停地敲打着木鱼。

冬　至

冬至时节，天气寒冷，不是下雨天，就是阴天。农活干不了。乡人生气地说"冬至边，棺材天"。特别是晒汤圆米粉时，遇上数天阴雨，米粉发霉，一场辛苦落空了。

乡人吃汤圆的米粉由四分糯米、六分粳米水磨而成。冬日农事忙，只能在夜里磨汤圆粉。水磨的糯米和粳米要浸着水，磨得慢，磨得细，才口感好，味道润。所以推磨时要有耐心，缓慢地一进一退，悠然自在。母亲说："推磨是练耐心磨性子的好运动。"过去到师傅家学生意，考徒弟，第一件事就是看你推磨有没有耐性。慢工出细活，有耐性才成大器。

冬日的太阳出来照着墙根时，祖母穿着长棉袄，双手捧着铜火炉，空腹念着大悲咒。冬至大于年,这是母亲的话。冬至早晨吃汤圆是重要的习俗。母亲烧好汤圆,首先送到念经的祖母面前。

祖母吃着汤圆说:"大媛烧的汤圆,无论是咸还是甜,都有好味道。这是源益家的好手艺。"

祖母吃着汤圆感慨着:"吃汤圆,孩子吃了长一岁,大人吃了却又少一岁!"

冬至日,母亲将汤圆与番薯干粉、黄豆粉、小麦粉,送给地方上孤独的老人。当我敲门时,有的老人才从被窝里穿衣出来,嘴里不停地念着:"罪过,罪过。"我把热气腾腾的汤圆与馍馍倒在老人的碗里,老人不断地感叹道:"你娘,真是天下第一好人。逢年过节总是惦记着我们这些孤苦的老人。菩萨一定会保佑你们兄弟姐妹健康长大,将来准会有出息。"

夏至日长,冬至夜长。人的生活要跟着太阳升起一起去做事,随着太阳落山一起歇工。母亲说:"人是太阳的子孙,要听太阳的话,过着快乐的日子。"

冬夜清闲的是母亲做针线活的好时光。母亲手指粗糙,但灵巧敏捷。她能纺纱、织布、绣花、织绒衣。一颗小小的盘花纽,她都能织上精致的蝴蝶花结。人家说我母亲的智慧在心灵上,美德在手指上。然而,母亲说:"人只要有耐性细心,什么针线都能学好。"

母亲以手巧心细得到乡邻的爱戴。每逢冬日,地方上的老人会送来几绞绒线,请母亲给他们织绒帽。我一觉醒来,母亲总是还在昏暗的煤油灯下,静静地织着老人的绒帽或纳着鞋底、缝补衣服。有的老人送来的绒线不够织,母亲总是凑上一点儿。有的颜色与年龄不相称,母亲送到镇上染色的表兄那里,给他们免费重新染色后再织。

在母亲去世那天,有许多不相识的老人和妇女前来送殡,前来祭拜灵堂。

一天晚上,一位中年妇女由女儿陪她过来,敲我家门外的铁栅栏门。我打开铁栅栏门让母女俩进来。那妇女边拜边哭:"阿嬷真是大好人。"她丈夫去世后,母亲经常去她家安慰她,资助她,使她度过了那段精神上最难熬的日子！在送殡的半路上，当我们兄弟俩跪拜答谢乡人请求止步时，他们居然流泪说："你母亲做人做得这么好！不送她到墓头，我们感到遗憾。"我们兄弟感动得泪如雨下。

一次冬至前，母亲领我去"更冬"时，路过塘河边的大榕树下，她指着那成为生产队仓库的章氏宗祠对我说："祖父母的灵魂就寄托在祠堂里！"回来的路上，她给我讲祖父在世时，每年从祠堂祭祖回来，在家里都会讲章氏祖上仔钧公的家训，还要叔父们背诵家训。家训简略好记，意义深刻。母亲一边背着家训，一边解说着"传家两字，曰耕与读；兴家两字，曰俭与勤；安家两字，曰让与忍；防家两字，曰盗与奸；亡家两字，曰嫖与赌；败家两字，曰暴与凶……"

讲过家训，还给我讲章氏为什么叫"全城堂"堂号的故事。

千年房族百年亲。房族是千年互助的团体。亲戚最亲也只是百年的往来。对亲房族众，男女老少，都要客气敬重。做人生有住处，死有归宿。传说从前有位修谱先生住宿祠堂，夜梦有妇人在祠堂门外啼哭，问其何因，那妇人说，先生昨天你修谱时，将我的名字放在布帐袋里去。我的名字修不上谱，所以我也进不了祠堂。梦醒后，先生朝布帐袋里一看，果然忘了将那妇人的名字修补上去。

有姓必有宗，有宗必聚族，聚族必敬长。每当族长到我家与父亲聊天时，母亲总要烧好点心，招待族长。

一位同宗的伯祖母，因儿子是学术权威而在外地工作，老人回到老家生活。孤独的老人独自居住乡间的旧屋子里，母亲不仅每逢节日给老人送点儿礼品，还经常和老人聊天谈心。伯祖母每次见到我母亲，总是紧紧地握着我母亲的手，含着眼泪说长谈短。

母亲羡慕伯祖母家个个是读书人。读书有出息。这是祖父的话。但伯祖母却羡慕种田人家，子孙绕膝，朝夕相处，享天伦之乐。母亲说："做人要将心比心。"孤独的老人，更需要去看望他们，安慰他们。苦难中给人家以温暖，人家的眼前也会一亮。手指有长短，命运有顺境，也有逆境。对别人得尊重，要记住，凡人家跟你讲知心的话，一定要留在心里。邻村有些寡妇人家，每遇烦恼总找我母亲谈心解烦。母亲能帮助人家的事，她总是尽心地去做。一句良言，赛过金宝。她从未讲过一句伤害别人感情的话。

那年，堂伯公去世，家里搭起了豪华精致的灵堂。祖父看了很羡慕说："总是人家的儿子读书好。"并盼望自己百年之后，有此灵堂就心满意足。谁知堂伯公灵堂七七四十九天前两天，祖父急病去世了。堂伯公的灵堂就移给了祖父。只是遗憾的是，堂伯公葬礼有七座路祭。乡人规矩，有子孙读大学的，才能允许给逝者摆路祭。摆路祭也是一种体面。祖父不能摆路祭，因为子孙没有读过大学。后来，堂兄考上大学，全家族为之兴奋不已。

母亲说："现在世道不是世道，不分是非。"当年章恢志伯伯去日本留学，研究枇杷无丸栽培法，用毛笔写了起码有数人高的稿纸。不管寒冬腊月，夏日暑盛，不计昼夜，写得好辛苦啊！伯伯在日本的房东见他如此刻苦读书，又为人诚恳，甚至要将女儿嫁给他。但被他婉言谢绝了，选择了回国服务。

回国后，伯伯到武汉华中农学院教书，远离温州，孩子读书讲普通话。伯伯说遵循传统，要求孩子们讲温州话。温州话语种多，有闽南话、畲族话、蛮话等，伯伯要孩子讲温州的永嘉场话，这样既可以和祖母交流，也可以铭记家乡的文化根源。

读书人总是会派用场的。那年，哥哥和小伙伴们站在风雪纷飞的"第一山"悬崖下拍了一张照片。听爷爷说，"第一山"这三个字传说是一位读书人梦见仙人赠笔写的字。母亲看了照片后，笑着说："这张照片看到你们几个小伙伴将来读书会有出息。你们将来如果读书好，有一天将自己写成的文章印在书本上，刻在崖壁上多好！"

无聊的冬日，我和小伙伴躲在旧泥墙底下晒太阳。旧泥墙的小窟窿里，躲藏着很多过冬的小土蜂。小伙伴们用一条柔软的塑料电线，冲进窟窿里，穿出一只只小土蜂装在小小的火柴盒里，带到学校里跟同学们交换柿子、白纸、纸青蛙等等。

有一次，我们在交换小土蜂时，被母亲发现了。她惊讶地说："你们小孩子家，真是不知罪过啊！人家好端端地藏在泥墙窟窿里过冬，你们怎么能这样做呢？"母亲一脸严肃，小伙伴们都不好意思了，从此再也不去弄小土蜂玩了。

乡间的孩子，常常拉帮结伙，互成派对，到野外摔跤打滚。母亲说："小孩子不能互相拉派对，结伙伤人，你更不能做孩子王！"在摔跤打滚时，我们衣服上的纽扣经常会掉几颗。每天晚上，母亲都要检查我衣服上的纽扣。一旦发现掉落了纽扣，她从纽扣盒里找出合适的纽扣补上。"衣冠不整非君子。没娘的孩子没纽扣。小孩子没纽扣，人家会骂娘的。"母亲边钉纽扣边对我说。

小时候家穷，我穿的衣服往往是哥哥穿了再给我穿。乡村的孩子野外活动多，衣服的补丁也多。特别是冬天的衣服，往往破洞更多，补了又补。母亲说："这是百衲衣。小孩子穿百衲衣，穷人孩子苦骨头，会快快长大。"

我上学时，母亲还在我的布鞋前头绣上威武的虎头花。因为鞋前的虎头花可以辟邪。但我知道，真正"辟邪"的不是虎头花，而是母亲一针一线绣上去的爱。现在，每当我念到唐人孟郊的"慈母手中线，游子身上衣"，眼前就会出现母亲在油灯下补衣的情形，我的眼睛就会湿润起来。

小时候因患鼻炎，我常流鼻涕。母亲给我准备两条手帕，天天换着用。小孩子手帕要常带身上，可以擦鼻涕，也可以在外面洗脸，还能包东西，如遇风寒可遮额头。手帕常洗常用不浪费。

那时候，乡间常听到人与人之间互相殴斗的事情。母亲常常说："大家都是人，大家也都是一条虫。"不知母亲其间含义何在。她经常讲《人是一条虫》的传说故事：

夜晚，有妇人在油灯下纳鞋底，见丈夫呼呼大睡，怕他着寒，给他盖被单时，突然发现丈夫的鼻孔里，爬出了一条又白又嫩的小虫子。她听人家说过，人睡深沉时，灵魂会出窍。这条小虫子莫非是丈夫出窍的灵魂？她端着油灯，看着这一条小虫子，急急忙忙地爬过家门槛，爬到了一条小阴沟里。这条臭气熏天的小阴沟里，居然爬满了一群一群的小虫子。从丈夫鼻孔里爬出来的小虫子，也挤在里面拥来拥去，好不热闹！过了两个时辰，那条小虫子慢慢地沿着原路回去，爬进丈夫的鼻孔里面去了。小虫子一爬进去，丈夫就伸了个懒腰，打了哈欠，醒了过来。他对妻子说："我刚才梦到自己从戏台下看戏回来。那里人山人海，真是热闹极了。"妻子听了丈夫的话，笑了笑说："你玩得高兴就好！"

现在想想，这个故事的杜撰者还真挺有想象力啊！

母亲不看重金钱，也许是她见过的钱多了。外公家当年的糕点店生意兴隆，每天都有来自永嘉场四面八方的进货人挤在店门口。到过年拢账时，每天收入的银圆一大箩一大箩的，更多的是成桶成桶的铜板。现在舅舅在食品公司工作，当制作糕饼的老司，心里没有往事的牵扯，活儿也干得格外轻松。

我不禁回忆起母亲经常给我讲的另外一个叫《财多心忧》的故事：

从前，有一位财主，天天愁眉苦脸。妻子问他："你看人家长工阿三叔，一年到头在田地里干重活儿，汗流浃背。但他每天进进出出，都是有说有笑有唱。你拥有这么多财产，为何天天还苦闷不乐？"

丈夫笑对妻子说："我明天就使阿三不声不响地苦闷起来。"过了几天，长工阿三果然不笑不唱了，进进出出，愁眉苦脸。再过了几天，丈夫对妻子说，"我明天可以使阿三有说有笑又有唱。"第二天，阿三果然又恢复了又说又笑又唱。妻子问他有何秘诀。丈夫告诉她，他暗中在谷库里放了一袋银圆，叫阿三去碾谷。阿三在碾米时，拿了主人的一袋银圆该怎么办呢？他从此就苦恼起来。过了几天，他问阿三有没有发现谷库里的一袋银圆。阿三将一袋银圆交还给了主人，他的心情也就轻松了，走起路来又说又笑又唱了。

"大厦千间，夜眠八尺。良田万顷，日食一升。"过重地看重钱财，也是一种精神上的负累！母亲真是个"有故事的人"啊！

小　寒

　　下雪天真美！静默的田野，飘着白茫茫的雪花。漫无边际的雪花，首先从屋前的篱笆上，勾画出错落有致的线条，再渐渐地勾勒出远处的河柳枯枝、堤岸坝坎，小桥流水，原野人家。再过两三个时辰，那雪花似浓淡相宜的水墨般，悠悠地渲染出一幅天地和美、静寂无声的中国水墨画境。

　　下雪天，母亲说："雪花一飘，农人笑了！"她早早地叫我赶紧起床，去扫雪或堆雪人。她搬出一个大木盘，放在正堂中间，叫我和哥哥从篱笆边或天井里，撬来一面盘一面盘的大白雪，放在大木盘里，指点着我们一起堆雪人。母亲喜欢指点着我们堆弥勒佛，一个雪白矮胖胖的弥勒佛堆好了，在大肚子背后挖一个大窟窿。在窟窿里，点起一盏红艳艳的大蜡烛。火红的蜡烛映得弥勒佛的雪身透射出美妙的红色光芒。

　　大雪天，我喜欢在雪地上，用一根小竹棒支撑着大匾筐。在大匾筐下面放着一大把一大把的秕谷。等到饥寒交迫的小麻雀飞到匾筐下面吃秕谷时，将系在小竹棒上的线绳一拉，小麻雀就被罩在匾筐里面了。母亲看见了说："这么冷的天，小麻雀冷了饿了，看到有秕谷高兴极了。你们反而把它们骗过来，逮住了它们，真是罪过啊！你可以仔仔细细地看匾筐里的小麻雀，让它们吃饱了秕谷就放生吧。"

　　大雪融化后，母亲领着我去探望住在塘河边的老太婆。老太婆两个儿子都漂泊他乡。唯老人独居在百年旧屋子。母亲经常送东西给她。我走在老太婆家附近的塘河边，看到一棵落光了树叶的榕树冠上，挂着一个孤单单的鸟巢。母亲指着树上的鸟巢说："这是一个喜鹊的空巢。多么可怜啊，夏天来时，树上还有许多喜鹊在唱歌跳舞，冬天的雪，已经把喜鹊巢都填满了,鸟儿都住到哪里去了呢?"

在回来的路上,母亲走到榕树下,悄悄地捡起一片树叶,端详了好久,将它带回了家里。回来后,我问母亲:"为什么将这片树叶带回家?"

母亲轻轻地说:"人家都说那老太婆的儿子是侠客,失踪几十年了。他经常睡在树叶上。夜静更深时,从树叶上飞下来,跑到老人屋子里,母子俩讲讲悄悄话。不知是真是假。"我问母亲为什么不亲自问一问老人呢?母亲说:"此事一问老人,会叫她更加伤心!"

遇到结冰时,母亲叫我将火箱盒上发烫的盖子,放在冰冻上慢慢地热一会儿,然后再拿开火箱盖子,水面上浮上一个圆圆的小冰圈儿。我将圆圆的冰冻圈儿,用一条红头绳穿起来,提在手中,感到挺好玩的。

下雪天,母亲用刚下的雪花融成雪水,煮成开水,泡着谷雨前的茶叶,给我们堂兄弟姐妹每人一碗雪水热茶。母亲说:"喝了雪水泡谷雨前的热水茶,一年四季会六根清净,读书还能清心入神。"母亲还叫我从墙角或树梢间,将最洁白的雪块撬到面盆里,积蓄在小水缸里,待来年盛夏烧雪茶喝。当时我太年少,不知喝雪茶的味道,只是感到好玩而已。母亲说,这是祖宗留下来的习惯。记得晚年的母亲,很喜欢坐在朝西的窗口,喝雪茶,念佛经。回忆起来,不禁感到无限的惆怅。

小时候,我最喜欢仰头看大雁飞翔。小寒时节,天空不时地有北飞的大雁,每到此时就是快要过年了。过年前夕,我家对面的一位乡村的老书法家,会在大路边摆一张八仙桌,挥毫给路人写春联。老人叫我给他拉对联写字,我看着老人写字,偶尔会被天空上的大雁叫声吸引。仰头看看大雁飞翔,低头看看老人写字,心中特别感动。

我敬佩老人无论写对联或诗词,都是一气呵成。一个人怎能记得住这么多优雅的对联和那么多优美的诗词?冬日的太阳照临着一个个墨色四射的字饱墨浓的汉字,闪耀着智光神韵的风采。看着老人穿着一身蓝色的长衫,悠闲地拂拭着被轻风飘动的胡须,一番写字得意的神采风度,流露于眉宇之间……令我童心惊讶,感叹不已!

可是过了没多久,老人去了另一个世界,永远也不回来了!每当放学回家，我总要看看对面的门庭，希望从他家里走出老人来。为此，我路过人家的门庭，看着老人写的对联，驻足仰视好久好久。

老人去了几年后，仍然还有人家的门庭上贴着老人写的对联。人死不能复生，但人死后，他的字仍然还在。人生百岁，也是转瞬即逝，但写的字还是能够留世！我何不学学写字呢？这就成了我后来喜欢写字画画的缘由。

关于写字画画那是后话。当时，我的童心感到十分恐惧与惊慌。人就像一片树叶，秋风一吹，飘落了下去。世间所有的万物都有生死吗？有生死的万物，终极依存在哪里？母亲说："人做好了，走向天堂过上快乐的生活。人做坏了，死后要下地狱，永远受苦受难。"这样一想，我就感觉不可怕了。生命的起点与终点，不都是有一个世界了吗？

在寒冷的冬天，祖母去了她老人家所向往的天国世界。在睡意蒙眬中，母亲轻轻地叫醒我："小松，阿婆要行西方了。"

我揉搓着眼睛，挤过密密麻麻的人群，走到祖母的床前，父亲静静地按着祖母的手脉，心情沉重地说："娘，已经行西方了！"

父亲含泪点头，示意着堂伯父。堂伯父默默地点起了一束香烛，每人分一炷，双手捧着一炷香烛，一起轻声地念着："南无阿弥陀佛……"我望着袅袅的香火，也自觉地跟着大人念着："南无阿弥陀佛……"意念中感到祖母随着这一缕缕青烟，飘悠到遥远遥远的地方去了。

祖母临终前，嘱咐我母亲一定要给她戴好戴正法名，好让她上西方之路。祖母的法名跟祖父的法名，是他们生前亲自到大罗山仙岩古寺，请从普陀山大佛寺来的大德高僧所取的。我不知道祖母与祖父的法名，祖母临终前，母亲和婶娘们给祖母沐浴更衣后，只见祖母静静地躺在床上，右手腕上戴上一个雕刻十分精致的小木牌儿。小木牌儿上雕着精美的花纹和法名。这个法名也许就是去往西方佛国的通行证，祖父早祖母十五年而去，十五年来，祖母天天盼望能与祖父早日重逢。

母亲对祖母的敬仰是发自肺腑的。每天早晚请安是必定的功课。祖母病重期间，母亲陪着她聊天、睡觉。曾听母亲说，我出生后不久，她便因病卧床，咳嗽不止，人家说她得了肺痨。祖母听人家说，用毒茶籽饼泡茶汤喝，可以治肺痨。

命在旦夕，母亲深信祖母说的每句话。于是母亲喝了毒茶籽饼茶后，头晕昏迷过去了，幸好半个时辰后醒来，并将毒茶籽饼液全都呕吐出去了。祖母怕我父亲知道了，会说她迷信害死人。祖母就叫我母亲不要告诉父亲，母亲也从未将此事告诉父亲。后来，母亲对我说："阿婆其实是对我好，只是那时科学知识太落后了。"

乡下的冬天，寒风呼啸，祖母病重怕冷，母亲叫哥哥用旧报纸将屋子的一条条门缝粘贴好。哥哥粘贴好旧报纸，母亲还仔细观看着一条条旧报纸，生怕旧报纸上有毛主席老人家的相片。如果不小心将老人家的相片撕破了或用来贴门缝，那可是极大的罪过。

祖母去世后，家里正堂搭起了灵堂，灵堂四周挂满了挽联。望着祖母的遗像，在我的眼前浮现出一幕幕往日景象——晌午的太阳晒到窗口时，一只美丽的红蜻蜓悠悠地飞过来，静静地歇在祖母念经的小木鱼上；祖母那缠脚后的小脚，不停地踩着纺纱机的桃木小转轴，手中的棉纱缓缓地拉出了子孙身上衣裳的纱头……看着祖母穿过的小布鞋，仿佛看见祖母仍然坐在椅子上，念经、纺纱、讲故事、猜谜语。

祭七期间，每天早上，母亲端来一面盆温热的洗脸水，轻轻地敲了一下祖母椅子前案桌上的铜钵，轻声细语地说："阿婆，请你洗面了！"

接着，母亲奉上一小碗冒着热气的白米粥和素菜说："阿婆，请你吃天光！"祖母的祭七，七七四十九天，母亲和婶娘们每天都奉上祭祀，一日三餐，早晚洗面盂汤和洗脚水，像祖母仍在世上一样。和婶娘们不同，母亲每天清晨和晚上，独自一人静静地坐在祖母的灵前，与她老人家唠唠家常。

祖母七七祭祀后，在往生法会道场的烛光辉映下，长长的案上摆着一排排祖上亡灵的牌位，母亲指点我朝着祖母与祖父的灵牌前，双手合捧着香跪拜着，我的眼泪簌簌地滚落了下来。祭拜过祖父母，母亲叫我走到两位去世的哥哥灵牌前，母亲从未向我说过这两位已经去世的哥哥。我望着两位哥哥的灵牌，眼泪再一次滚落下来。在我眼前仿佛走来了两位英俊的小伙伴，泪水模糊了我的眼睛，我泣不成声……

母亲常常给我们堂兄弟姐妹们讲起祖母给她讲过的往事。令我印象最深的，就是关于太外公的传奇故事：

太外公是药材商人，并喜欢收藏古董。家里藏有许多财宝。从前有个采宝客过来，要花十五两黄金买太外公家的一块玉佩。太外公说自己不愁吃也不愁穿，为何要卖这个宝贝？

过了几年，生意不景气，采宝客又过来要买这块玉佩。太外公想出手了，但是采宝客看了一下玉佩，淡淡地说不值钱了。什么道理？那采宝客将玉佩对着太阳说："这个玉佩里面生存着一对玉燕。本来是活的，但是现在已经死了，它们一定为主人避了一场灾难。"

太外公想起了那年他去海上进货时，遇到了强盗，同船的人都被强盗的机枪打死了，只是他感到自己的耳朵边，子弹呼啸而过。事后，太外公感恩玉佩双燕救了他一命，将玉佩送给采宝客，希望能够救活玉佩里的双燕。我没有见过太外公，但从这个故事来看，他老人家真是个"传奇人物"啊！但话说回来，好像那一代的人个个都带着点儿"传奇"色彩。

大　寒

大寒时节，天气更加寒冷，雪花飘飞。冬天的原野总掩盖不住，透露出春天的情信，给人以东风催春的希冀。灰蒙蒙的田野，麦苗青青发亮，豌豆绿艳清亮。

远处的青山、田野、人家，隐于雾气之中，整个乡村仿佛一幅线条简练明爽的木刻画。

除夕前夕，农事已歇，乡人忙着过年。母亲拿着新皇历从头到尾翻了一遍，盘算着新年安排家里的喜事。

童年过年时,真是年味十足。乡间到处是除尘,贴春联,捣年糕,放鞭炮,鸡跳狗叫,一派热闹而祥和的景象。

望着冬日的原野,看着乡间人家一派繁忙的过年情景,母亲说:"'风调雨顺'与'天下太平'对于老百姓来说,是多么重要啊!"

过年必须有的一个程序就是除尘。母亲穿起襄衣,拿起长柄扫帚,打扫着正堂与后堂横梁上灰尘,擦洗大门小门,大窗小窗,以及所有的家具,并将收藏在食柜里的古董碗盏也重新清洗一番,准备作过年用膳的器物。

腊月二十四夜,是祭灶神的日子。母亲讲究灶神台的设施。在灶台的烟囱前,她吩咐泥水匠要设一个灶神台。祭灶神前,首先要更换旧灶神像,在灶神龛里贴上新的灶神像和新对联。对联是新的,但内容年年是"香火因缘功德过,神仙福分子孙多",横批也总是"一方平安"。

在灶神台上的灶神,穿着金碧辉煌的服饰,华丽而威武。灶神的身旁站着许多小子孙。母亲说:"灶神真是子孙满堂啊。"

祭灶神的晚上,母亲将百子糕、福寿糕、籽麻糖、花生糖、爆花糖等九样糕点,放在灶神前的灶台上。并在祭品前,放一个景德镇陶瓷小酒杯。母亲先在灶神前,点燃三炷清香,一对小红烛。

母亲引着我们跪拜,嘴里轻轻地念着:"灶神爷,感谢您老人家,一年四季,忙里忙外,辛辛苦苦,照看内外火烛,保佑家人平安。今天,备办小祭品,敬重您老人家。请您勿嫌简单,敬请享用。还有全家大小,有时讲话有轻有重,不敬之处,敬请包涵,千万不要上告天庭。明年初五,早点儿从天庭回来,照看我家内内外外,大大小小的事情。确保全家大小平安吉庆。"

跪拜后,母亲叫我们分别给灶神爷敬酒。每人都要给灶神敬酒三巡。祭祀后,是送灶神上天。全家人跟着母亲一起走到天井里,将刚才祭祀过的金钿纸,火化在脸盆里,并把刚才酒杯里的祭酒和酒壶里的酒一起,洒在纸钱灰上。大家跟着母亲一起朝着西方遥拜天空,目送灶神上天。

捣年糕是乡人过年重要的项目。大宅子附近人家只有一个捣臼,除夕前几天，母亲把捣臼洗干净，让大家轮流着捣年糕。父辈四户人家轮流捣年糕，都安排在一个晚上。捣年糕的晚上，孩子们跟着大人一起提着灯笼跑来跑去，好不快乐。孩子们一会儿在灶房里看大人们做年糕，一会儿在捣臼边看大人高高地举起石杵敲打着热气腾腾的年糕，发出一阵阵隆隆的响声。

母亲在灶房里烧柴火，脸色被火光映得通红。正如温州竹枝词云："一年忙碌到寒冬，做到年糕气喜充。头甑敬天次敬祖，神厨烛影总烧红。"伯伯叔叔们在做年糕，母亲叫我静静地看，静静地学着大人做年糕、圆宝、匾糕，用木匣子印着状元糕。乡人过年，一般两种年糕，加红糖的红年糕，做成圆宝、状元糕，给客人回礼用；白年糕，又叫水蒸糕，做成一条条长椭圆形，浸泡在水里，可以吃到新春的二三月。那快乐的情景正是"哥哥弟弟印双双，会做秤锤压米缸。侬却做成小元宝，窗前度岁伴釭红"。

烧火的空隙，母亲教我学着用米糕捏马、牛、羊、鱼、虾、蟹，还有什么飞机、轮船、大炮之类。照着她的话说，少年是玩玩，长大当衣饭——意思少年时当成手工玩玩，长大可以成为生存的手艺。

除夕夜晚，父辈兄弟四人聚集在煤油灯下，每人盘算着自己家里一年的收支账目。通过各自盘算后，大家再酝酿新年打算。父亲是老大，由他来总结谁家有困难，大家力所能及地予以支援。

母亲经常说："兄弟是手足，你们长大后要像叔叔们一样，分家不分情！"那几年，父亲重病在身，家境贫困，叔父们给予我家的支持最多。父亲也总是推让，但父辈之间相互关心、相互帮助的品行，给我的童年留下了深刻的印象。

过年免不了要杀鸡宰猪。杀鸡宰猪时，母亲总要念往生咒。家里人都不会杀鸡宰猪，杀鸡也要请邻居的阿公过来帮忙。当邻居阿公抓住鸡时，母亲站在远处，念着往生咒。宰猪是母亲早半个月就准备的事。宰猪前几天，母亲给猪烧一点儿鲜番薯加点儿鱼卤等饲料，让它好好享受几顿。

喂食时，母亲静静地站在猪的身边，不停地添料，看着猪吃得津津有味，扇动着大耳朵时，母亲心事沉重地轻轻地摸摸猪的背。到宰猪的清早，母亲将早已烧好的汤水交给屠夫之后，自己站在老远的家门口。听到猪在宰杀凳上发出一声声凄惨的叫声时，母亲站在家门口，不停地唤着平时喂猪的声音。当猪听到主人的呼声时，屠夫的刀唰地戳了进去……

在平时的日子里，母亲也是十分关心猪的生活。在除夕忙过活儿之后，在打关门炮前，母亲总要去看一看猪栏里的猪，给它们撒上一些稻草料。

过年最快乐的事，母亲叫我写对联。母亲说："对联是门庭气象的象征。"对联字要写好，词句要吉祥。本地有位大先生，每逢春节前后，挨家挨户地看着人家的对联。看谁家的对联写得好，谁家的子孙就会有出息。小时候，我喜欢写毛笔字。那时家穷买不起纸。母亲托木匠做一个漆上纯白油漆的留书板。留书板写毛笔字，可以用清水擦了再写，反复使用。

除夕时，母亲叫我去家对门的供销社里买来几张镶金的春联红纸，要我学着写对联。四合院大门台和堂屋后屋，前前后后要贴十二对春联，往年都是父亲亲自写的。母亲说："写对联要写大字，写大字才有气魄。写字一回生，二回熟。写字要心平气和才能写好。"

那时候，我跟潮流学"毛体字"，写字龙飞凤舞起来了。我把写好的对联贴在柱子上。

父亲说："你的字，开始写得大，后来写得越来越小，说明你以后做事，会越来越不成气候。你看人家毛主席写的字，都是往后写得越来越大，最后一个字总是最大的。"

母亲则说："写字不能有大有小，最好是每个字一样大小。写字一要恭敬，二要心存——一分恭敬一分收成，一丝心存一丝成功。孙中山先生的字，个个写得清清楚楚，工工整整！"写对联时，母亲总不忘吩咐，正门的横匾要写上"正大光明"四个字，正所谓"一正压百邪"，并且一定要贴得端端正正。

夕阳余晖返照在朝西的门台上，映着灿红灿红的对联，映着那色彩斑斓、神气活现的门神。一幅崭新的乡村风俗画卷，让经过一年劳作疲惫与辛劳后的乡人，精神振作，喜气洋洋。除夕遇上大雪天，白茫茫的大雪弥漫在乡村大地上，一座座连绵的民宅，在刺眼的白雪映衬下，门台上的红对联、屋檐下的红灯笼，显得庄严堂皇，蔚然大观。

年少时写对联写到"春回地暖"，眼前会出现一片白茫茫雪花下的池塘青草、蛙声咕咕、秧绿麦黄、燕子翩翩、油菜花开、蜜蜂嗡嗡叫……一片"大地回春，万象更新"的景象。

春宵一刻，万物皆春，天地间，人与大地一起迎春。一次，我写了"六合同春"四个字。母亲问我"六合同春"是什么意思，我却说不出。母亲严厉地说："你写字的人都不知道写的字是什么意思，一问三不知，算是读书人吗？"

小叔父最喜欢我写的"丰仓盈满"四个字。他年年要我写"丰仓盈满"贴在谷仓的门板上，但年年谷仓里的谷子总不盈满。小叔父说："哪一年能够丰仓盈满，一家人不愁米饭，那真是过上天下太平的好日子了。"

每次写对联，母亲总不忘要我将写好的"大吉"贴在牛栏的门楣上，"大利"贴在猪栏的门楣上。她说人要过年，牲畜也要过年。正月初一，还专门将烧熟的牛食和猪食，送到栅栏里给它们吃。正月初一，母亲不许我们说"发西风"。乡人有语："正月发西风，十个牛栏九个空。"

贴好对联，母亲在天井里点燃放好的艾叶、樟树屑等，叫我和堂兄弟姐妹一起，一个个从火堆上跳过去。母亲说这叫作"燀红"，"燀燀消灾晦，燀燀年年红。"除夕的傍晚，我按照母亲的吩咐，在正堂、后屋、水缸边、灶房旁分别点起一盏红艳艳的岁灯。岁灯映照着红彤彤的对联，屋檐下的三官灯上点点香炷闪闪发光，映照得整座宅院暖融融。

远处不停地传来鞭炮声，听到爆竹声，看着天井庭园一角的蜡梅欣然开放，我情不自禁地进入到白天写对联的意境："遥闻爆竹知更岁，偶见梅花觉已春。"

除夕晚上，母亲忙着烧花生饼，做油煎豆腐鲞，烧过年的素菜。童年时，我很听话，陪着母亲在灶房里帮她烧火。待所有的食品都准备好了，母亲将菜刀收好，放在菜橱的角落里。正月初一这一天是不动刀的，包括菜刀、剪刀之类。初一用火要用隔年的火。母亲在灶房的烧火窝里，留一条长长的煨火纸，作为隔年火种。初一早上点火前，母亲口中有语："鞞、杀、社，大吉大利，时时刻刻，火烛留心，一年四季，安全吉庆。"

除夕前，母亲要准备好拜年的礼物。那时拜年，走亲探戚，习惯送上一个纸篷包。纸篷包是一张又大又硬的粗纸，折成上下两个平行四边形的纸包，里面放些红枣、桂圆、柿饼之类果物。包纸篷包是一种较难的手艺，母亲出身糕饼世家，包的纸篷包漂亮又大方。四邻亲戚也请她去包纸篷包。包好纸篷包，母亲教我用红纸剪成石榴花图案贴在上面。还叫我用金纸剪金元宝，贴在量米升斗和炊松糕的饭蒸笼上。

除夕夜晚，一切准备好了，连倒臼里的石槌也要搬到屋里过年。母亲叫我从屋外悄悄地端来一碗清水，放到家里的灶房台上。这是"见水生财"的寓意。此时，母亲给正堂、后屋，每个房间都要亮起油灯。为了防止夜间油灯倒掉引起火灾，母亲将油灯瓶放在盛着水的脸盆里。油灯点到天亮，照应着家人一年到头前程光明正大。

打关门炮前，母亲开始叫着我们堂兄弟姐妹，一起"扫银末"。所谓"扫银末"就是从门庭外朝着屋里扫地。平时扫地，是从内向外扫。过年时"扫银末"，要从外扫到屋里，将金银财宝朝家里归。扫完"银末"，小叔父和我们一群小孩子开始打关门炮。三声关门炮，一炮三声，三三九声响过，小叔父和我们一群小孩子从四合院大门开始，朝里一门一门关好。关好门，但屋子里的油灯还在亮着，迎来光明，大家静静地等待着谷龙的到来。

小叔父说，传说过去有大户人家，除夕亮着红灯，大家围着灯笼守岁，等到夜深人静时，有谷龙从天上飞来，带来滚滚的谷浪，将他家的仓库里装了满满的谷子。母亲接着小叔父的话说，谷龙爱飞向善德人家。有谷龙飞到一恶霸财主家，发现飞错了又重新飞出去时，还带走了他家谷仓里的余谷。

现在想想，小时候没有故事书看，缺少精神食粮。多亏了母亲他们讲的这些神话故事，才不觉得精神空虚。

夜深了，母亲在我们的枕头下，放一对印花状元糕，寓意"年年高"，读书成状元。再放一对柑橘，寓意"有官吉祥"。然后对我们说："你们小孩子先睡吧。等谷龙到来时，我再将你们叫醒。"就这样我们一觉睡去，直到新春的开门炮将我们催醒。于是，大家早早地起来，穿上新衣服，快快乐乐地开始过新年。

自然物候是宇宙生命节律的标识。中国农耕的生产与生活，是建立在物候的节律基点上。中国传统人文精神，体现在协和于"天人合一"的自然物候。然而，现代工业社会，信息社会的飞跃发展，改变了中国农耕社会的生产与生活的方式，经济结构的模式，使中国传统农耕文化失去了生存的土壤。

我常常想，其实母亲的去世所带走的是那个农耕社会的生产、生活，以及东方女性的人文精神。母亲的一生，真正意义上传承与弘扬了祖先对自然季候的理解。母亲作为一位平凡的女性，身上却蕴藏着丰富的东方儒释道文化精神。她和大众的母亲一样，是东方千年文化凝聚的精神琥珀，永远闪耀着人性、人伦、人道、人情的光芒。

现在，我写自己的母亲，也许有人认为我是在标榜自己的母亲。其实不然，我想将母亲的生活和精神品格写出来，不仅仅是一种对母爱精神的怀念，更是在寻找中华民族的东方女性传统美德精神。我笔下的母亲，不仅仅是社会大众审美中的母亲，而且还蕴含着大众的东方母亲的美德与高尚品格。

瓜棚野语

《山海经·海内南经》载:"瓯居海中。"

东晋大学人郭璞注:"今临永宁县,即东瓯,在歧海中。"

"东瓯",即瓯江下游古东瓯国,现为温州地区一带。我的家乡永嘉场在温州市区瓯江口东南沿海地带,那里是泥沙积淀所形成的一片平原。

唐宋时,朝廷命人在这里建盐场,故称之为永嘉场。永嘉场背依巍峨的大罗山,面朝浩瀚的太平洋。那儿本是个杳无人烟的地界,是祖先们在汹涌澎湃的潮水中,用双手将一块一块的涂泥一圈一圈地围垦,才建起来一片片赖以生存的土地。

靠近海边围垦起来的涂滩叫作塘园,塘园的泥土中含有钠盐,要经过几年的雨水淡化后,才能种上农作物。格子式的塘园两边是宽阔的塘浃。大暴雨或台风季节,塘浃里的水会沿着大横河奔流到大海里去。

大旱时,塘浃里的水用来灌溉农作物。经过规划和开垦后的塘园,整齐划一,纵横有序。塘园刚从海滩上开垦出来,泥土里积存着大量的鱼虾等有机物,庄稼长得特别茁壮丰满。在这片土地上,种植番薯或糖蔗，长势特别茂盛；种出来的西瓜，又大又圆，又香又甜。

说到西瓜，我不由得回忆起那段难忘的时光。那是"文革"期间，我刚踏进中学校门三个月，遇上罢课闹革命。为了生存，我只好拎起锄头去生产队里挣工分。在艰苦的务农劳作中，值得我回忆的是去东海边塘园，替生产队守西瓜的日子。

一

炎热的夏至到了，靠近海边的塘园，泛起了叠叠的新绿。下雨天，栽下的番薯藤秧，过几天就亮起了成簇成簇的绿。此时，在番薯的畦与畦之间爬起了西瓜的藤蔓。转眼间，一张张手掌般大小的西瓜叶，绿油油地舒展开去。

在茂盛的绿叶藤蔓间，冒出了一点点耀眼闪艳的黄花。花儿虽小，但每一朵都光彩照人。在这散发着芬芳的西瓜花丛间，小蜜蜂也开始忙碌起来。

小家伙这儿点点头，那儿闻闻香，这里打个转儿，那里打个滚儿，在花丛中快乐地飞来飞去。一群群小蜜蜂嗡嗡嗡地在塘浃坎边，那一排排的蜜蜂箱下的小门口，争先恐后地拥进去又拱出来。

一群可爱的"小精灵"啊！哪里有蜜源，哪里就是它们飞翔的方向！它们不停地飞着，采集着花蜜，太累了。当我看到将要累死在采蜜路上的小蜜蜂，情不自禁地停住脚步，躬下身捡起那幼小的身子，在掌心端详了好久好久。知情的"小精灵"，斜着眼睛看看我，望望天，使我为之腾起无限的敬意。心中不禁默念起：

不论平地与山尖，无限风光尽被占。

采得百花成蜜后，为谁辛苦为谁甜。

养蜂的人说，西瓜的蜂蜜是营养最丰富、蜜质最纯净的。在西瓜流蜜的季节，养蜂人吩咐我，不能用农药给西瓜除虫，要爱护小蜜蜂，保证蜜源的纯净。在此期间，我总是小心翼翼地走路，生怕自己的赤脚踩上累死在采蜜路上的蜜蜂。这些"小精灵"短暂的生命使我悲悯，无私的辛劳令我惊叹。我希望它们安宁地回归大地，回归花草丛中……

到了西瓜开花结果的时节，需要有人日夜照料瓜园里的西瓜。派谁去守瓜园？经过队长和计划员商量，挑选的人，一要诚信，不能偷吃西瓜，也不能随便将西瓜送人；二要勤劳，不能懒惰，要经常给西瓜铲草、除虫、浇水；三要有知识，要计算并记录每一个西瓜的成熟期，并按农药、化肥的配水比例，及时除虫、施肥。队长和计划员认为我基本符合条件，经社员们一致通过后，便派我去守瓜园。

守瓜，就要有瓜棚供人住宿生活。我们队长是个爱翻皇历的人，早早地选了个动土的日子。到搭棚时，社员们将竹竿、稻草、麻绳、铁锅、碗筷等，用水泥船运到塘园。

搭瓜棚，要选择朝东南方向，左临塘浃水边。东南方是紫气东来的方向，人居其间，东南风吹过来，清凉舒适，能看到太阳和月亮升起。左临塘浃，也是符合"左青龙，右白虎"的风水说法。

瓜棚构造简单，棚顶呈三角形，由一根大毛竹竿为横梁支撑起来，左右两边分别由稻草苫披下来。以竹竿构架的门框，用铅丝系上朗眼竹条门，就算是棚门了。大白天门是敞开着的，到了夜里才掩上。

瓜棚一般是3.5米长，2.5米宽，2米高，铺一张小竹床，砌上一个小泥灶，可以过上简朴的生活。

在瓜园里劳动，虽然起早摸黑，从不清闲，但自己计划着自己的活儿，不受别人支配，行动自由。在那个祸从口出的年代，独辟一处，安心劳动，也是福分。父母喜欢我去看瓜，怕我平时胡言乱语，招来是非。这也是我留恋瓜棚生活的缘由。

刚搭好稻草棚，在阳光下不知从哪里飞来了一群小麻雀，叽叽喳喳地叫着，蹦蹦跳跳地寻找稻草苫上的小秕谷。

队长说："麻雀生发，雀跃，一看到新瓜棚，就来唱歌跳舞。今年西瓜丰收的好兆头！"

没过几天，在稻草棚顶上，居然听到了小麻雀叽叽喳喳的悄悄语。原来这些小家伙在这里搭窝与我一起生活了。祖母和母亲一再告诫我，要爱惜燕子和麻雀的窝。人不尊重小动物的窝，将来也就没有了人窝。

那年人们砸了铁锅到食堂去吃大锅饭，农民没有了自己的房子，几十户人家拥挤在一起居住。你盯梢着我，我监视着你，不许你与我乱说人家不好的话。

祖母和母亲老是唠叨着："当年戳了麻雀的窝，杀了无数麻雀的报应。"现在麻雀愿意与人住在一起，正是我的住地地气暖，风水好。

瓜棚生活简单，一个铁锅，两个碗，一双筷子，购置了柴、米、油、盐、酱、醋、茶等日用品。主食是从家里带过来的大米和番薯干，菜是将晒成半干半柔的西瓜皮，加点儿菜油和盐清蒸起来。偶尔从塘浃里捞点儿鱼虾或摸点河蟹，放点儿虾子卤清蒸，蘸着酒加醋，是极品的下饭菜。

有时，过路的渔民送点儿从海潮里捞过来的新鲜小虾子，清蒸着河蟹，蘸点儿酱油和醋，就能配得上一顿饭。吃饭时令人讨厌的是，苍蝇飞来飞去，赶也赶不走。

母亲说："海边塘园里的苍蝇是干净的，不能随便打死它。"但我总觉得讨厌，拿起苍蝇拍狠狠地拍过去。尽管你拍死了它们的小伙伴，可它们还是照样勇敢地向着你的饭菜，一阵阵地团围过来。

鱼汛时，守瓜的伙伴们派人轮流去海潮里捞海蜇。刚从海潮里捞上来的海蜇，像个大磨盘，撒上一点明矾，一下子萎缩成一片薄薄而透亮的玉片儿。乡人称海蜇为藏鱼。藏鱼是从"矾里生，矾里死"。

温州沿海一带的藏鱼，缘于温州平阳矾矿。有矾水流到海里，才生长出藏鱼来。藏鱼一碰到矾水，马上萎缩了。将萎缩的藏鱼，切成一条条小丝儿，冰晶玉砌般的晶莹发亮，光洁透明。这些玉丝条儿蘸一下咸卤的虾子，真是上等的好饭菜！

午饭后，一大群一大群的小蚂蚁，黑压压地跑过来，一起尽力拖着、拉着、推着、顶着河蟹盖壳儿和大小不同的蟹腿壳儿，好不热闹啊！雷阵雨之前，这些小东西老早就爬到瓜棚的稻草苫上去了。从这些小东西身上，我可以预知雷阵雨的到来。

为了给瓜棚增添花饰的美趣，我在瓜棚的东边移植来几棵小苦瓜，西边移植来几棵小喇叭花。一转眼，苦瓜的藤蔓爬满了整个瓜棚，新开的小花儿泛着点点灿黄。又一转眼，在茂密的绿葱葱的藤叶间，疏疏朗朗地露出一颗颗黄澄澄的小瓜。此时西边的喇叭花也爬起了藤蔓。我将喇叭花的藤蔓围着瓜棚脚下蔓延开去。瓜棚上面爬满着苦瓜的藤蔓，点缀着星星点点的黄花，棚脚下则是一大片鲜艳的紫红色的喇叭花。开黄花的苦瓜藤和开紫红花的喇叭花之间，经常有一群群快乐的小蜻蜓与花蝴蝶翩翩飞舞。它们不停地扇动着美丽的小翅膀，在这儿闻闻，在那儿嗅嗅，像过节时的小孩子似的。还有那些小甲虫、小蚂蚁、小蚱蜢、小螳螂等，一块儿赶来凑热闹。有时候也有成群成群的小蜜蜂，嗡嗡嗡地唱着快乐的歌儿过来凑热闹。那快乐的劲头儿，就像小孩子跟着赶集的大人到集上看热闹一样。

清晨，这些小花朵与小生灵会向我亲切地致意。这里的每一朵小花，在沐浴过阳光和雨露后，洁净得如同小天使一般。月光下的小花朵，感恩大地的哺育，充盈着亘古而神秘的意气。我不敢高声话语，不想破坏这幽雅而平静的诗意王国！挨近瓜棚的塘浃坎上，一排整齐的向日葵，一起开花，一起向着太阳的方向旋转，闪耀着金黄色的光彩。那点点花蕊的耀眼，仿佛在感知着那来自遥远星际的光芒。这光芒来自于太阳，是太阳的语言。这是向日葵的灵性与悟性。这生命的灵性与悟性，默契地支配着它们，昂首迎接东方日出，低头感恩欢送夕阳落山。过路的社员说：还是读书人好，知美识趣。这不是瓜棚而是花棚！

瓜棚上成熟的小苦瓜，全身长着油绿油绿的疙瘩，摘下来放到米桶里闷几天，就泛起金黄色的光泽。这时候剥开苦瓜，露出红艳鲜嫩的籽肉，吃得满嘴沾着甜津津的红脂。

那一粒粒隐着淡淡斑纹的苦瓜籽，晒干可做草药，能清热解毒。洗过的苦瓜皮,经油盐炒熟后,淡苦味里渗透出一股清香。淡淡的清苦沾着舌头,舌底下却是渗出清甜的津液。如果将苦瓜和猪肉一起炒,可谓是"香着猪肉苦着苦瓜"。母亲说:"这是苦瓜为君子菜的妙处。"

塘浃里的鱼也深通人情。每顿饭后,我将饭渣或剩菜倒在塘浃里,引来一群群小鱼争抢。吃完饭渣和剩菜后,鱼儿在水中探出头来,朝着水面来回漫游着,打着一个个小水泡向你致以谢意。转眼间,懒洋洋地钻到绿藻丛中的深水里,慢条斯理地游走了。日子久了,一看到我的照影或听到脚步声,绿藻丛中的鱼儿一起浮到水面,朝着你不停地打着水泡泡,仿佛催促主人,给它们快快撒放饮食!

端午节,母亲托人带来了粽子,三个煮熟的鸡蛋和一纸袋雄黄,一瓶糖汁烧白酒。嘱咐我在端午正午时刻,将雄黄拌烧酒喷洒在瓜棚四周,以防毒蛇恶虫偷袭入棚。我将吃过的沾着饭粒的粽叶扔到塘浃里,聪明的小鱼儿一群群地游过来,居然会仰着头团聚在粽叶下舔粘在其上的糯米饭粒,我被这些小家伙逗乐了。于是,后来我每次吃完粽子,在粽叶上多留些饭粒。看着小家伙们随着水流漂动的粽叶,拥来挤去。

更有趣的是有的鱼儿钻进粘有蛋白的蛋壳里,随着蛋壳一起在水面上打着滚儿。也有狡猾的小家伙从后面游过来,挤进去争抢着这么一点点蛋白。热闹时,一群鱼围着一个蛋壳,游来抢去,抢来滚去。

守瓜人白天给西瓜除虫、铲草、浇水、施肥等杂活之外,有时夜里还要起来巡逻瓜园,以防有人偷瓜,或是老鼠偷吃西瓜。皓月当空,我"嘭嘭嘭"地敲着竹筒,沿着塘园的浃坎不停地巡逻着,赶跑偷吃西瓜的"小尖嘴"。

月光下的"小尖嘴"总是挑最香甜的西瓜吃。凡被"小尖嘴"咬了小洞的西瓜,虽然看外相丑陋,但一刀切开,尝一口总是香甜甜的。

为了防鼠,有的守瓜人总是在西瓜畦头,放上几堆老鼠药。我实在不愿意看见这些活泼可爱的小东西暴死在塘浃边或瓜畦上。吃了药的小老鼠,口渴找水有的跌死在塘浃里,鼓着小肚子瞪着小眼睛,实在可怕啊!我宁愿自己辛苦一点儿,夜里起来敲敲竹筒,赶走这些灵活的小家伙。更何况乡野的蓝天、皓月、繁星、清风、天籁、涛声、蝉鸣……这是一个多么美妙的景象！

在瓜园里，跑得最快的要数老鼠狼。老鼠狼比老鼠大得多，从不吃西瓜蔬菜类的食物。乡人说它吃老鼠，可是我没有看到它吃老鼠，却常常看到它静静地蹲在塘浃边，出其不意地抓水里的游鱼。它高兴时会在塘浃岸上跳舞打滚，特别在月夜里，它的跳舞打滚动作跟人一模一样！也许它知道我的善意不会伤害它，常常会在我远处的塘浃岸上翻筋斗。

我吹起鸟鸣声，它还会和着我的节拍翻筋斗。它们的灵趣与人类无异，我怎能索然无辜地伤害它们？

守瓜的日子，虽然辛劳，但在这里可以远避"文革"的阵阵风波，不再畏惧可怕的谗言恶语。从夏至开始搭棚到大暑拆棚，大约五十多天，我就在这一座孤棚里，度过了一段难以忘怀的岁月。

二

明代徐光启《农政全书》载："西瓜，种出西域，故之名。"

明代李时珍《本草纲目》指出：西瓜又名寒瓜。"陶弘景注瓜蒂言永嘉有寒瓜甚大，可藏至春者，即此也。盖五代之先，瓜种已入浙东，但无西瓜之名，未遍中国尔"。

温州古称为永嘉郡，陶弘景曾在永嘉一带修道炼丹，他的名著《真诰》在永嘉楠溪江大若岩陶公洞所著。唐代段成式《酉阳杂俎》卷十九记载隐侯的《行园》诗云："寒瓜方卧垄，秋蒲正满陂。紫茄纷烂漫，绿芋郁参差。"诗中寒瓜（西瓜）卧垄的季候所生产的秋蒲与紫茄，和温州一带的季节相符。西瓜喜高温干燥气候，生长适宜温度25℃～

30℃。这是温州暑期的天气温度，正适应西瓜的生长。可见，温州地区种植西瓜，历史悠久。

西瓜是江南水果之王，果瓤脆嫩，味甜多汁，含有丰富的矿物盐和多种维生素，是夏季主要的消暑果品。西瓜清热解暑，对治疗肾炎、糖尿病及膀胱炎等疾病有辅助疗效。果皮可腌渍、炙蜜饯、果酱和饲料。种子可榨油、炒食或做糕点配料，为乡人所喜爱。每到暑期，温州城乡的西瓜到处皆是。

我们种植的是本地西瓜。本地西瓜有青皮与花皮之分。花皮瓜斑纹里夹杂青黄的色彩。青皮瓜则是以青色斑纹为主。金黄瓣肉的西瓜叫作黄沙瓜，一刀切开露出黄纯纯的颜色。其间点缀着点点黝黑的瓜子，吃上一口满嘴甜津津的，舌底下久久地奔涌着香甜的津液。

清明时节，农人将饱满的西瓜子撒落在由稻秆与草根拌着埂土烧成的火泥土里，盖上一层薄薄的干稻草。根据天气给予喷水照料，五六天后种子发芽。半月后，从烂化的薄稻草间，钻出瓣瓣嫩绿而厚实的小叶子。

此时，将长到两片嫩叶的小瓜秧，移植到塘园里。每株西瓜相距1.5米到2米左右。待西瓜藤蔓旺盛时，再将番薯藤苗栽在西瓜两旁的畦背上。这样使西瓜与番薯错时生长，提高土地的利用率。

西瓜与番薯的习性不同。西瓜藤蔓是不能随便翻卷，而番薯藤蔓每淋一场雨后，就要牵动一次藤蔓，防止藤节边的脚须借着潮湿的泥土伸展到泥土深处。西瓜成长过程中，要经常铲松泥土和铲除杂草，这样有利于西瓜的茁壮成长。

我看守的西瓜园，是三片一眼望不到边的塘园。三片塘园可种上两万多株西瓜。塘园两边是宽阔的塘浃，除雨天外，天不亮就要起来给一株一株西瓜浇水或铲草、除虫、施肥。给西瓜浇水的是一把三米来长细竹柄子的水勺子，将塘浃里的水掠起来，浇到园畦中间的西瓜根上。

遇到旱天，塘浃里水浅了，长竹柄的水勺子要伸到浃坎的草丛下掠起清水，给一株株西瓜浇水。从清晨到晌午，累得筋疲力尽，饥肠辘辘。有时直挺挺地躺在塘浃的草垛上，默然地仰望着蓝天流云，心也随着流云，飞向了遥远的无尘无忧的天空中去……

西瓜分枝性强，叶子互生，有深裂、浅裂和全缘。雌雄异花同株。开花盛期出现少数两性花。西瓜可以一株多瓜。我们为了确保质量，基本保持一株一瓜。待小瓜长到大拇指大小时，在众多的小瓜之间挑选壮健的一颗为落瓜，将其他的小瓜捏掉。落瓜时，不许说脏话和吸烟，以免亵渎瓜神。选定落瓜后的西瓜，每天要浇一次水。如遇天旱，有时一天早晚浇两次水。落瓜后，要及时剪除基部的一些老叶和病残叶，以利于瓜果长大。

听到公鸡第一声啼叫，我就要匆匆起床。从瓜棚里钻出来的第一件事就是仰头看天上的云色。从云色里观察天气变化。如果是下雨天不必给西瓜浇水。

在守瓜日子里，我学会许多农家谚语："早上乌云张，日昼晒死老和尚。清晨花斑云，整天雨蒙蒙。雨打水泡丁，今日落不清。久晴西风雨，久雨西风晴。虹挂瓯江口，大风吹倒臼。南边起云头，雨阵最风流。"这些农家谚语为我看天识云，带来了许多方便。

西瓜喜晴怕雨，最怕的是刚落瓜时下梅雨。江南梅雨天，有时一下就是半个月甚至一个月。雨天一久，刚落定的小西瓜就会烂掉。一季的辛勤劳作也就落空了。一旦连续下落两三天雨，我就会双腿盘坐在瓜棚的床杠上，朝着细雨蒙蒙的西方，默默祈祷天气早日转晴。

西瓜成熟期，要在早晨太阳升到扁担高前给西瓜浇好水。日头高，阳光强，快成熟的西瓜会因水热而崩裂。下午要在太阳挨近山头，大地热气消退后才可浇水。中午期间塘浃里的水，发着烫热的水汽，一旦浇在西瓜根上，会烫伤根和叶子。

清晨的水经过一夜冷却后清凉适宜。果实肥厚的西瓜要少浇或不浇水，以防止水分过多。有时浇水不是一株挨着一株，而是将水勺举得高高地向四周溅洒开去。

早晨的阳光照射下，溅洒的水珠成了一道转瞬而过的五彩缤纷的彩帘。彩帘间，飞翔着蜻蜓或蝴蝶，把天空装点成太虚幻境。

浇水累了，独自站在塘浃坎边，嘴边哼着："公社是棵常青藤，社员都是藤上瓜啊。瓜儿离不开藤儿，藤儿离不开瓜啊。藤儿越壮瓜儿越大，藤儿越壮瓜儿越大……"哼起这首歌，看到生产队的西瓜丰收在望，心中高兴起来。

给西瓜浇水，还要注意不同特性的西瓜所需要的水分。竹皮瓜皮薄，水要少浇，一旦水分过多，遇到日晒就会崩裂。青皮瓜皮厚，可多浇点儿水。一旦有空儿，我就赤条条地爬到塘浃里捞起一把把水藻，围掩在一株株西瓜的根系部。或者给西瓜的根系施上猪栏粪，使根系保持养分和水分。

雨天后发晴，娇嫩的西瓜经不起强烈的日晒，要从浃坎边割来一些野草，掩盖防晒。最可怕的是六月前后，出现台风。超强的大台风来了，愤怒的海潮会冲垮海堤，将海水倒灌到塘园里去，使西瓜无果可收。只有经过农事后，才会深切地感受到祖先对天地的崇拜，祈求风调雨顺的生存文化的含义！

选好的落瓜边插上一根小竹签，写上某月某日选瓜的日子。选定落瓜的日期，一般在农历五月中下旬。从开始落瓜到成熟期，一般一个月左右。这样根据选瓜的日期，即可依照成熟期来决定采摘西瓜的日子。

西瓜长到足球大小时，要根据瓜果的长势和藤蔓的态势，选择留作种子的西瓜。在选好作为种子的青皮瓜或者花皮瓜的小西瓜上，用小手指甲在娇嫩的西瓜皮上，轻轻地刻上一个"种"字。这个"种"字，也就随着西瓜长大而逐渐扩大起来了。

先预选五十来颗西瓜种，到成熟期确定为三十八颗。三十八是一个吉祥的数字。三，在乡人心中是最大的数，预示生生不息，瓜瓞绵绵。八谐音"发"，预示来年好运发财。生产队里正好是十九户人家，每户人家分一对西瓜种。这是队长早已计算好的。我必须认真而严肃地完成任务。吃留种的西瓜先要用筷子将瓜瓣上的一颗颗种子，小心翼翼地挑出来，放在竹匾上趁着好日头晒好。因为经过人的嘴巴舔吮吐出来的种子，会影响发芽与成长率。

眼看着落瓜一天一天地长大，心里有说不出的喜悦。在我的睡梦中，常常出现一株株落瓜的形色。在晚上睡觉前或清晨睡醒过来，我的

"脑电图"首先将所有的落瓜扫描一次，思考着哪一株落瓜要捉虫、铲除杂草，哪一株落瓜要施肥、理藤等等。

火热的太阳炙烤着大地。我戴着竹笠，给西瓜松土和铲除杂草，或者用锄头在根边轻轻地铲松。太阳晒得浑身火辣辣的，从额头落下一滴滴黄豆般的汗珠，滴在干燥泛白的泥土上，晕开一点儿淡淡的水痕，转眼间就不见了。蓝色的粗布衬衫上浸了一天的汗水，留下了一道道白色的汗痕，像空中飘浮着一丝丝流云。

下了几场小雨，西瓜叶背爬起了一群群小蚜虫。过不了几天，叶子就萎蔫了。消除小蚜虫要用"乐果"。按照20%农药稀释配制，每桶百来斤的清水要加上二两"乐果"。清水倒进"乐果"，一下子变成了乳白色的药液。那好看的颜色，使人想起了牛奶的滋味。可是，这好看诱人的颜色，却散发着浓烈的药味。

用"乐果"药水喷杀蚜虫，最好是选择晌午阳光晒射下，浓烈的药味借着炎热的火气，杀虫效果好。在浓烈的药味中，不停地走着喷杀着……肩膀压着数十斤的药水喷雾器，感到一阵阵的酸痛。一股股浓烈的药气堵在胸口，熏得胃不断地泛酸。

一天除虫下来，疲惫不堪地躺在竹床上，身子像融化的酥油糕，抖落着一层一层的细碎片。可是看着那逐渐精神起来的西瓜藤蔓，心情又随着西瓜藤蔓逐渐舒展开来……

西瓜的底肥以人粪及牛栏粪、猪栏粪、鸡栏粪为主，化肥为辅。要注意平衡施肥，分层施肥。有时候也施些油菜渣饼做基肥。刚落定的小西瓜，用塘洯水稀释淡化人粪尿施肥。

待西瓜长大到猴头大小时，才给施少量稀释淡化的化学尿素。西瓜施人粪尿，自然不同于施化肥的西瓜。施人粪尿的西瓜，塘园土质松软，瓜大味甜。施化肥的西瓜，土质黏硬，瓜大味淡。社员注重施人粪尿或猪栏牛栏肥料。

在人粪肥料充足的情况下，尽量减少或不施化学肥料。在浇水或施肥时，要观察西瓜成长的长相，分析叶子的颜色。发现长不大的小西瓜或枯黄的叶子，在施肥时予以特殊的照料。

有时候还要观察分析生长的土壤质地，来判断瓜小叶黄的原因。农人十分珍惜每一点儿肥料。有时我独自一人站在荒野之下，对准西瓜的根部，顺风撒尿，随着尿在西瓜根部泥土逐渐泛起白泡沫时，全身有轻松飘然的快感！在荒野上撒尿排泄内在淤气，也有一种痛快的美感！

西瓜一天天不断地冒出翠绿鲜艳的藤蔓，追随着太阳、月亮、星星，调适着生命的感受，承受着雨露、雾气，不断地适应着生长的意向。

也许出于对西瓜的感情，在我的心目中，那一绺绺的西瓜藤蔓，是书法笔墨意象的走向，是艺术形象的情感流露。那修长满畦的西瓜藤蔓，多么像大书法家傅山笔下的行草，浓墨渲染的笔墨线条，弯曲的态势流露出内在的张力；那结果时的藤蔓，正如王铎的书法笔意走势，疏朗中呈现出风华正茂的精神；那接近收瓜时的藤蔓，正如怀素的草书，疏朗清雅的藤条走势，令人惊讶于空寂无为的境界！

三

宽阔的塘涘倒映着蓝天流云，碧绿重叠的水藻间，快乐的小鱼在悠闲地游来游去。炎热的三伏天，我真的想变成一条小鱼，在阴凉清明的水底自由自在地漫游着。各色各样的水蛭虫在水藻上快活地爬来爬去。唯有青蛙静静地蹲在水草丛中的一片小荷叶上，面对着东方，咕咕叫着。

青青的浃坎草丛中，生长着柴花草、狗尾草、蜡烛草、蒲公英，各自享受错落有序的、平等自由的生存空间。它们之间互不抵触，各自依照着各自的生长规律，快乐地互相照应着。成熟的蒲公英，轻风一吹，那一朵一朵漂亮的小白花，在风中悠悠扬扬地飘荡着。那一种飘逸自在的神态，会使人想起魏晋时代的竹林七贤独立山冈，那么一种迎着山风、宽带飘舞的神态。

原野上每一种物种的生存与成长，都有着自己顽强抗争自然的意志与毅力。每一棵小草，每一朵小花，看上去无意识，其实都有着自己生存的智慧。它们也许会在黑夜里约会——雌雄花蕊的神秘结合。

爱的力量也是势不可当，只是不为人类所识破而已。它们对光的敏锐力，对泥土的选择性，对风的亲和力，都是无与伦比的。特别是它们敏捷感应节气的精神，令人感动。它们似乎能够感知二十四节气，感知宇宙季节时空的周期秘密。它们绝对不敢冒犯大自然的神圣规律，独自去寻找与开拓生存的时空带。

土地是庄稼生存的家园。真正对土地热爱的人，对脚下的泥土总是有着一番真切的感怀。泥土的芬芳，泥土的细腻，泥土的黏稠，泥土的气息，泥土的神采，泥土的湿度，泥土的温度等等，只有真切地跟土地爱得死去活来的人，才会真切地感受到泥土的一番特殊的美感。

春天的泥土初醒焕发，是耕田播种的时候；夏天的泥土精神充足，是庄稼茁壮的季节；秋天的泥土芬芳平和，是彰显收成的季候；冬天的泥土安然清凉，是宁静休整的时节。

天地氤氲，万物醇化。人类与万物也就是利用泥土与天水的交融得以生存。这种泥土的"云雨"之情和万物繁衍"云雨"之情，有着本质意义上的协同感应。一阵雨后，长在泥土上的庄稼，一下子仿佛长高的孩子，精神特别饱满。

你站在雨后的庄稼园子里，闻到那股雨后清新的空气。那夹杂着泥土因雨水饱满后的叶绿素的气息，使你变成正在茁壮成长的一根禾苗，一条藤萝，一张蔗叶，让你愉悦的心情融合在庄稼丛中。

特别是一阵雷阵雨后，远处的彩虹将田野的庄稼渲染在七彩弧形之下，一缕缕淡淡的水烟，弥漫着泥土袅袅蒸发的水汽。如此美景，让人如痴如醉……

我每天在泥土里摸爬滚打，泥土成为我生命的一部分。也只有耕种过庄稼的人，才会对土地有着一种特殊的真情实感。一天到晚，握着锄头跟着泥土打交道的人,每一锄头下去,就是一块块的泥土。锄头与泥土的关系,从表面上看去是十分机械的关系,但是这里面蕴含着农人丰富的情感与憧憬。

民以食为天,食来自于农夫耕种的土地。没有了土地,不仅仅是农民失去了赖以生存的根本,使天底下所有的臣民如何生活下去。当锄头敲碎着泥块飞扬起泥粉时,我的心中感到庄稼有了泥土营养的充实。当雨露或阳光洒落在土地上,那潮湿的泥土透露出泥气的芬芳时,我的心中感到泥土正在滋养着庄稼茁壮成长。没有泥土也就没有人类的一切。看上去那一块块干巴巴的泥土,没有一丝生命力的气息,但将它放在阳光雨露之下,仅仅是几天就会冒出了点点生命的绿意。

冬天大雪后的泥土灰蒙蒙的一片,立春后几阵春雨,一下子天底下冒出了一点一点接吻着大地,连绵着天涯海角的春草绿波。初春挖塘浃园坎时,从锄头下挖出一身两断的蚯蚓,劈去脑袋的小青蛙,断了尾巴的蜥蜴……

这些可怜的小动物,静静地美梦于冬眠之中,却被我出其不意的锄头结束了小生命。每当见此情景,我的嘴里情不自禁地念起了《往生咒》,以洗自己的罪过!干活儿累了,我随手从土地上抓起一把泥土,或在浃坎边摘几张柴花叶子,或几朵小野花,仔细端详着泥土与花草。在那无聊乏味的蹉跎岁月里,使我那迷惑而惆怅的心情,从中多多少少慰藉着土地所蕴含着的绿色生命含义的理悟。

有时忙完白天劳作,趁着原野的月色,我拖着疲惫的身子,静静地伏在塘浃水面上,仰望着暗蓝深邃的星空,冉冉上升的月亮。有时拨开浃坎边的乱草,沿着浃坎的水草边慢慢地摸索着,摸到河蟹洞时,手臂沿着洞口伸进洞里,摸出一只十脚长着茸毛的大河蟹。满肚子红膏的大河蟹,放在小虾子咸酱里清蒸起来又鲜又美。有时从河蟹洞里摸出一条水蛇来,手一触摸到粗糙的蛇身皮儿,全身毛孔像皮匠的锉刀一样,顿时竖起了疙瘩。

一次夜里在浃坎下摸河蟹,从一个河蟹洞里面蹿出一条大水蛇,嗖的一声,猛地一下蹿进了我的短裤裆,一动不动地盘踞在小裤裆里。我全身冷战了大半天，那调皮的家伙才慢吞吞地从裤裆里游了出去，吓得我从此不再穿短裤下塘涂了。

碧波荡漾的塘涂，是一道多变的风景。那多变的云彩在流动中，不断地变幻着色彩与形态，映照在宽阔明亮的塘涂水面上，变幻着多彩的光与影。

天空中的云彩倒映在漾漾的水波中，水波中的云彩交映着多层次的水藻的层面，加上穿行在云彩中太阳的光辉，以及涂坎边的西瓜、番薯、芦苇、蜡烛草、茅草等花草杂物，齐衬着水中天空，使塘涂的水面变成了一幅丰富多彩的水彩画。水中一层一层的水藻密麻麻地伸展着，浅绿深绿黄绿碧绿的，在太阳光与月亮光照射的不同时空中，产生不同的色彩效应。

朝霞与晚霞的光华倒映在塘涂里，更是成为一匹匹多彩的花布。一层层水色，一层层水藻，一层层游鱼，一层层光彩，好似鸟在水中飞，鱼在空中游……这是多美的水中世界啊！劳作疲惫之后，我坐在涂坎上，独自一人痴迷不语地看着，一看就是两三个小时。我从水中看到了一个寂静的世界，也从水中学会了倾听寂静的声音，从水中悟到了一个空寂的人生理念。

多少个青春的美梦，就在塘涂的水草丛中浮动着、漂浮着、悠扬着、荡漾着，一漾一漾地消失在水样的年华岁月之中。在那个动乱的年代里，有谁能懂得我的心灵中的水色世界，有谁能像我这样从水色世界里，解脱无聊痴情的痛苦？

黄昏时分，一大朵一大朵的火烧云弥漫在天空中，映射着涂坎边的狗尾草。多彩的塘涂水面反射着涂坎边的狗尾草，闪烁着耀眼的光芒。摇晃着狗尾草倒影的涂坎边的水面，荡漾的水面漂浮着狗尾草的影子，来回不停地刷洗着水下的晚霞与火烧云的云朵。

水中的云彩越刷越亮，越亮越鲜，越鲜越美。轻风吹过来，塘涂的水面成了一片碎花的水袖，随着西瓜和番薯的藤蔓，一起飞翔起来了。一会儿连同自己也卷入了这一片天然的织锦，飘飞到天上去了。

月亮逐渐地暗淡下来，天上的星星渐渐地闪亮起来。天那么的蓝，

母亲的季候 / 瓜棚野语

星那么的亮，淡淡的月亮隐藏在遥远的天际边。我独自坐在塘浃边上，看着水中的天是暗蓝的。可爱的星星此时更是眨动着亮晶晶的眼睛。

远处的青蛙在塘浃下，"咕咕咕"地叫着，首先是一两只，接着一大片一大片地跟着叫喊着。那热闹的叫喊声汇合着远处的潮音，像贝多芬的《月光曲》，响彻了整个原野。

一阵阵清凉的晚风轻轻地吹过来，拂动着浃坎边的花草，荡漾着整个原野的瓜藤……

夜深了，露水湿润了衣裳。一天的劳困疲意也渐渐地消退了，我的脚踏着月光如水中的影子，走回到瓜棚中去。

四

清晨，一碧朦胧的瓜园上，弥漫着浓浓的雾气，整个世界成了一个雾水的世界。这时候远近不同的浓厚的雾气和淡薄的雾气纠缠着，东边的太阳露出了蒙胧的睡脸，投出了惊醒的眼光，透射出淡弱的微光。

这时的雾气，成为奇妙的紫红色、淡红色、红蓝色的，层层缠绕的色彩组成了层次丰富而变幻着的天空与原野的空间。近处忽隐忽现的田野、瓜棚、乡居，衬托着远处起伏连绵的大罗山，朦胧的美，将整个湿漉漉的世界装饰得无比神奇。人仿佛被这个雾色的世界所融化。

清新的空气里透露出庄稼醇香的气味，使人感到整个胸肺里弥漫着一团雾气，滋润的心田感到无比的舒适清新。

没有大雾气的早晨，塘浃上蒸腾着水烟岚气，升起一袭袭轻纱般的薄雾。太阳慢慢地升起，水面上的烟雾渐渐地淡化开去，露出了水的波光。西瓜藤蔓儿与浃坎边的柴草花，在微风中轻轻地摆动着。

正是《诗经》的意境：

> 蒹葭苍苍，白露为霜。所谓伊人，在水一方。
> 溯洄从之，道阻且长；溯游从之，宛在水中央。
> 蒹葭凄凄，白露未晞。所谓伊人，在水之湄。

雷阵雨到来之前，远处的山头，一片片雪白的棉絮般的云彩，向天宇中间延伸着延伸着。转眼间云层里钻出了一层层乌黑乌黑的云头。乌黑的云头迅速地向四周扩散，浃坎边的柴草、芦苇摇摇摆摆起来。

一刹那间，雷声紧跟着闪电，隆隆的雷声响彻原野和大海。在暴雨中，我躺在瓜棚的小竹床上，仿佛水一下子就要漫到了床边。潜意识中莫名地出现燕子妈妈在风雨中，想到屋檐下的小雏燕还正饿着肚子叫着，飞翔着赶回家的匆匆身影。

雷阵雨后，阳光透过蒙蒙细雨，雨帘中亮着弧形的彩虹，远处的青山与瓜棚、田野淡淡地隐约在彩虹之间，使整个原野成了奇妙美丽仙境。

夜里下起雷阵雨，一道道耀眼的闪电穿过一个个大大小小的稻草苫的空隙。一道闪电就是一道触动着神经的电光。我独自躺在竹床上思念着家里的母亲。

童年站在门槛上听响雷时，母亲走过来轻轻地说：响雷时人不能靠着柱子或墙壁，更不能站在门槛上。母亲教我轻轻地念着："雷响雷雨经，雷响通天神，世界万物有经念，无人念我雷雨经，有人念我雷雨经，保你家人有精神，天有响雷人间患，每天吃素多念经，一天念过七卷经，保佑全家大小好精神。"

西瓜喜欢干脆利索的雷阵雨，最怕是连日的阴雨。下天雨，小蜜蜂也不能出来传播花粉。有时多天雨后，刚一放晴，被雨水闷久了的小蜜蜂，一窝儿飞拥而出，整个瓜园里可就热闹极了。夏至，有时淅淅沥沥地要下上半个月的雨，这叫作"夏至赖"。种西瓜最怕"夏至赖"。夏至是西瓜长势最重要的季候。种西瓜讲究天时、地利、人和。天时，即要大自然的小雨多晴；地利，即是土壤成分；人和，即是农民要勤劳苦干。风调雨顺是农民永远盼望的，是丰收的根本保证。

雷阵雨后，在塘园浃坎边的小草丛中，冒出了东一簇西一簇的地衣。人们双手捧起来闪着晶莹的光泽、亮着透明明的绿色的地衣。地底蒸腾着阳光余热的暖气。不到片刻工夫，就能捡到一篮子地衣。将其冲洗干净，用菜油拌盐炒起来再洒一点儿老酒，香喷喷地蒸腾着整个草棚。或煎上荷花蛋，黄黄的蛋饼交融着碧绿的地衣，散发着阵阵香气，更是一道下酒的好菜。

月临中天，月光的清晖给原野铺上一层一层朦胧的轻纱，远处的瓜藤像绿色的轻波，一漾一漾地起伏着，鸣蝉的歌声一起一伏地和着海堤外的浪波哗哗的潮音……

月光透过稻草苫门的缝隙，照到了棚边的枕头上，我抬头望着月光，听着远处潮涨拍岸的韵律。一起一伏的潮音拍打着海堤，卷着一层一层浪潮的音韵，激起了我思绪的波纹，轻轻地荡起涟漪，荡开水晕，卷起了人生苦短、情爱失恋、前程无望、世局迷茫的无限惆怅。

我的眼角沁出点点淡淡的泪花：生命的月光随着如水的月光，无影无踪地消失了，再也回不到青春的年华。此时，我感到自己和瓜棚，整个世界都沉浸在海潮与月光交融中去了。然而，也在这个沉沉的浪潮与漫漫的月光中，蒙蒙眬眬地睡去了。

一觉醒过来，双手摸索着枕边的《唐诗三百首》，全部的意念寄托在这一本祖传的陈旧的唐诗上。我激动时跑出瓜棚来，独自蹲在月光下的塘浃边，一阵阵晚风夹杂着清幽的草儿、瓜儿、藤儿的清香，诱惑着清凉着我的灵识，出神地望着清清的塘浃水面上，带云行走的月亮。清明的月光在碧绿的苔丝水藻间，织起了一层深绿色的光，越往下去亮光越深沉，越幽远。

夜里，心灵的耳朵开始倾听着浃坎边草丛中芦苇开花的声音，担忧着农夫的镰刀何时收割它们；谛听着西瓜在对话，白天炎热的太阳灼烤着如何艰难地成长。原来植物与动物，乃至人类都有着自己的烦恼！

失眠时，眼睛透过草棚漏缝看着深夜的月亮，孤独地挂在天穹一角。我个体的生命竟然如此的渺小，宇宙的银河系外存在着无穷的星际系群，我歌唱我呻吟，也是宇宙宏大旋律交响乐曲中极其微弱的音符。

这样越想越难以入眠,甚至连着濒临死亡的恐惧之心也和云朵一起,飞翔在清寒的夜空……

这时候,怎么也睡不着觉,就干脆爬了起来,走到邻队的瓜棚里叫醒了伙伴阿巧,请他拉京胡给我听。我最爱听他拉的是《萧何追韩信》,在我眼前出现了一幕动人的情景:似水的月光,在苍茫的夜空中,逐渐地弥漫开去。不断变幻着缓慢与紧凑的节奏韵律,与远处海堤的潮音交融起来,一勾残月下的江南原野,慢慢地演变成了广漠的北方原野,衬托着遥远的、起伏的山丘下,一匹大白马和一匹大黑马,相互追赶着奔跑着……

晴空月圆时,大队俱乐部里的青年朋友,坐着河泥船游荡在原野的大塘河上,一边演奏着乐曲,一边观赏着月夜美景。他们有独奏的也有伴奏的。伴奏的有二胡、京胡、板胡、琵琶、月琴、口琴,也有手风琴。

他们有时齐奏着《大海航行靠舵手》《战士爱学老三篇》。有时月琴独奏《昭君出塞》,横笛独奏《空山鸟语》,板胡或者二胡独奏的《赛马》,京胡独奏《萧何追韩信》。在宁静的原野与广大的空中,不同乐器特有的音乐质感,使人感受到的是一种奇妙的心灵感应:江南乡村的夜静,原野上奔腾着北方荒漠的群马,啼鸣着空山的鸟语,飞翔着塞外寒风的秋雁。

从此以后,我再也没有听过在江南特定的自然风光中,那么一种极美的乐器独奏,打动着我的心灵。有时候,伴奏的乐曲随着青年姑娘的嘹亮歌声,掺杂着青春热血的激情,给整个乡村原野唱出了此曲只有人间有的美感。特别是《大海航行靠舵手》的伴奏和着大合唱,那嘹亮的歌声,仿佛荡漾起整个乡村的原野与原野上的人家。

有时我受其感染,情不自禁地跳到船上去,跟着哥儿们拉上一曲二胡独奏《除夜小唱》。那全身心投入的感情,使我手中的弓拉着弦和奏出来的音符,是平时意想不到的妙趣。这种感觉只能意会不能言传。这是心灵与自然的交流,人与人,人与自然的纯真感情的流露。随着感情的投入与和声融入如水的月光,流进了静静的绿野,我也成了一道月光,一股流水,一片绿叶,一只萤火虫……

伴着乐器，最动听的歌声是孙小妹独唱的《听妈妈讲那过去的事情》："月亮在白莲花般的云朵里穿行，晚风吹来一阵阵快乐的歌声，我们坐在高高的谷堆旁边，听妈妈讲那过去的事情……"那好醉人的歌声，那好美的人儿，叫我听得如痴如醉。夜里独自躺在瓜棚的竹床上，望着稻草门外的月光，悄悄地窥视着丝帐里的我。

月亮越来越分明，我望着帐外的月亮，双手紧紧地抱着胸前的一轮明月，沉沉地睡去了。

五

原野是庄稼和花草的生长地，更是鸟儿虫儿热闹的世界。只要你一仰头，看到蓝天白云中，飞翔着一群群快乐的小燕子、小麻雀、喜鹊，有时也有小鹌鹑、小翠鸟、白头翁。随着季候的变换，更有南飞的大雁、盘旋苍穹的老鹰等等。塘涘两岸的乱草中，蹦跳着大蚱蜢、纺织娘、螳螂和飞翔着的花蝴蝶、花蜻蜓等等。

清晨在涘坎边给西瓜浇水时，被惊动的一只只大蚱蜢，从草丛中刚刚睡醒，身上沾着晨露，往往飞不起来，也跳不动，一伸手就被你乖乖地逮住了。在西瓜或番薯的藤蔓与涘坎草丛的野花儿之间，花花绿绿的蝴蝶总是喜欢成对成对地飞舞。有时，我会向着成对的蝴蝶，洒上一勺塘涘里的清水。被清水溅散的一对花蝴蝶，忽而飞到东来，忽而飞到西去，最后无奈地各自飞了。

转念一想，我是《红楼梦》里的薛宝钗，看到一对翻飞的蝴蝶而引起对宝玉与黛玉的醋意。有时知趣的螳螂和纺织娘，喜欢到瓜棚里做客，肆无忌惮地跳到小灶台的锅盖上，或歇在竹床的被子上，跟你比瞪眼，看谁不先发出笑声……

来做客的小家伙，自然要爱护它们，更不能随便糟蹋它们的小生命。一个雨天的中午，瓜棚外面的雨韵忽远忽近，我独自躺在床上，在宁静的雨韵里入迷地读着《聊斋》。倏忽间，一对在风雨中缠绵的大蜻蜓飞进了瓜棚里面，颤悠悠地歇在一根探头到瓜棚里的苦瓜藤蔓上。那花蜻蜓身子特别大，淡蓝色的翅膀轻轻地摆动着，上面的红蜻蜓精神抖擞，然而显得小巧玲珑。快乐无比的红蜻蜓，得意地将自己的小脚在花蜻蜓的身上不停地舞蹈着。那一根苦瓜藤蔓，被它们弹奏的喜悦的旋律，震荡得微微地颤动着。

我闭上眼睛，听着雨打草棚的声韵，顷刻间眼前飞满着红蜻蜓、蓝蜻蜓、花蜻蜓、黑蜻蜓……到了夜里，那一群群来回不停的蚊子，老是团团地围在纱帐外，嗡嗡地吵闹着，竭力地叫着："饿死我了，饿死我了……"

早晨，太阳给西瓜花蔓、番薯藤蔓、浃坎边柴草上的露珠，洒上一层五彩缤纷的光彩。白头翁喜欢在西瓜藤蔓上逗着我，在我前面跳着飞着唱着。我用长竹柄的水勺，从塘浃里撩起一勺清水，向它泼了过去。

小精灵站在藤蔓上抖了抖翅膀上的水珠，朝着我叫了一声，不高兴地飞走了。它又仿佛在说我太不礼貌，人家跟你开玩笑，你怎么这样无理地戏弄人家？它也许知道我是在逗它玩，过不了一会儿召唤来了一只小伙伴，又调皮地飞在我的前面，朝着我不停地唱着跳着。好像等待着我用清水戏弄它。

我举起了水勺朝着它们洒一勺勺的清水，小家伙们不停地抖搂着羽毛上的水珠，站在藤蔓上仍然唱着跳着，好不快乐啊。这些小家伙，每天清晨浇水时会飞过来与你作乐。有了它们做伴，使我感到浇水不是一种艰辛的劳作了。

塘浃永远是一个宁静而美丽的世界。清澈的水面上，长着各式各样的水藻。喜欢清晨缠绵的青蛙一对对亲切地背卧着，静静地伏在浃坎的水草边。有的悄悄地躲卧在野荷叶上，有的静静地浮在水面，不知在交配还是在阴阳双修。

父亲常说，人类的鼓腹呼吸气功疗法，是从青蛙身上学过来的。小时候，父亲教我如何如何地鼓腹呼吸。看着小青蛙静静地蹲着呼吸，我情不自禁地坐在涘坎边的野草上朝着东方，不由自主地一凹一凸地鼓着肚皮，顺理成章地呼吸起来。天、地、人逐渐交融起来了，分不清这是阳光，那是我；这是西瓜，那是我；这是水藻，那是我；这是青蛙，那是我；这是水蛇，那是我……

茶余饭后，我独自蹲在塘涘边，看着那一排排交叉而重叠的芦苇、茅草和狗尾草，倒映在清清的水面上，摇晃着水中的蓝天白云。小巧玲珑的翠鸟，那精灵鬼从这边的芦苇秆上，叽叽一叫，钻到了对面的芦苇丛中。忽而间从水面上敏捷轻快地叼起了一条小鲫鱼。另一只小翠鸟为同伴叼到猎物而感到高兴不已，叽叽地叫着飞过来以示祝贺。

雨后或黄昏之际，蜻蜓成群地围着塘涘飞翔着，有的在塘涘边成群地旋飞着，有的在藤蔓上起起伏伏，飞来飞去。还有那可爱的小蝴蝶，在西瓜地的黄花丛中飞来飞去，跳着轻快的舞蹈，传递着快乐的音符。

月亮出来了，月光下的藤蔓，风吹过来微微起伏，像荡漾的河水轻轻地一漾一漾着。哎呀，一片瓜叶上爬着一条绿黄的大爬虫。一条拇指般的大爬虫，在月光下慢条斯理地挪动着，好像在欣赏着月光的皎洁，也好像在享受着月夜的空寂。那悠闲自在，那谦谦君子的风雅，令我肃然起敬！

假如是大白天，我将会毫不犹豫地把它消灭掉。我一直静静地注视着它，那贵族优雅的风姿，在月亮之下，更加显得高贵文静。月光下的甲虫，真是美丽啊！那红艳艳的甲背上，染着点点黑亮亮的小圆晕。用嘴巴轻轻地朝着它吹了几口气，那慌慌张张爬行的动作，那么迟缓那么紧张，真是叫人好笑。白天看到的可恶的小虫子，在月光下使我的情感出现了巨大的反差，突然觉得这些小虫子像是美丽的小精灵，那么温柔而体贴。那绿油油的胖乎乎的番薯藤虫，在银白色的月光清辉照耀下，慢慢地挪动着懒洋洋的身子，像一条活动的绿莹翡翠，真想用手去摸一摸它那光滑的身子。也真想将它作为女人的翡翠头钗，送给我的未婚妻。

那大飞蛾在西瓜黄花丛中，飞来飞去，用长长的触须，一会儿点点那朵小黄花，一会儿探探这朵小花儿，精神那么专注，行动那么勤快，感情那么散淡。

月光下的飞蛾、黄花，那么协和亲切，跟白天看到的小动物，完全是两样的感觉。也许月光是小昆虫生命的情感光晕。我被月光与昆虫的静美，这生命的奇丽幻美深深地震撼了。在浃坎边的草丛中，用手轻轻地一拂，从草丛中呼地一下飞出了一群蚱蜢，扇动着透明的翅膀，在月光的映照下飞得轻快而自由。

看着一群群跳来跳去的蚱蜢，我会想起祖母木鱼上的红蜻蜓。自从我懂事开始，就知道念经是祖母的必修课程。

一天，祖母正在入神地敲着小木鱼，念着观音经。一只从窗外飞过来的红蜻蜓，悄悄地歇在祖母正在敲打的小木鱼上。我以为祖母不知道，蹑手蹑脚走过去想伸手捉住美丽的红蜻蜓。当我走近时，谁知祖母轻轻地呼出了一口气，被祖母口气感应的蜻蜓，悠扬地攒动翅膀飞走了……

看着想着，人坐在浃坎上被露水打湿了身体，疲倦的身子一失神居然睡着了。一觉醒来，想起了祖母离世快十个春秋了，祖母一去不再复返了。

此时，眼前出现了当年父亲在祖母去世后，在自家的门庭上写对联的场景："白日思亲无子路，黄昏梦里见颜回。"白纸黑字，闪耀在我的眼前，一颗颗泪珠滚落下来。

六

蒙蒙的雨中水烟随着淡淡的轻风，飘进了瓜棚里。孤单的人躺在孤单的瓜棚竹床上，雨也成了心中的惆怅。厚厚的花夹被上，那靛蓝色的纱毛上，顶着细小的水丝儿。蓝白相间的被面上，用手轻轻地一摸感到手心湿漉漉的，心里也感到凉丝丝的。

看着花夹被上王十朋中状元纹样，我会想起祖母对我说的话："小松，你看，这是人家王十朋十年寒窗苦读，中了状元成名后的快活样子。"然而，祖母离开这个世界，快十个春秋了。我现在躺在瓜棚里，还有什么出息呢？想到此，茫然不知所措的心情，更是飘来了一阵阵迷茫的烟雨云雾……

我从枕头下抽出家传的《唐诗三百首》。这本《唐诗三百首》是我从墙壁洞里取出来的，带到瓜棚里。

《唐诗三百首》成了我的好朋友，无聊与痛苦的阴云来了，这本书就成了我心中的太阳与月亮。

望着雨中的塘浃坎边，青郁郁的芦草，摇晃着水淋淋的叶片，黄豆跟随着咸草一起摆动着身子，碧莹莹的菖蒲舒展着修长的叶子。承蒙着雨水的滋润，连在瓜棚前的几株本来枯萎的小草，也露出了欣然的神色，精神逐渐饱满了起来。

这时在我的眼前，出现了"兰叶春葳蕤，桂华秋皎洁。欣欣此生意，自尔为佳节。谁知林栖者，闻风坐相悦。草木有本心，何求美人折"的诗中草木风华的精神。眼前的风景，不就是诗人的精神写照吗？春天的野草与秋天的柴花，有着一样的繁荣与皎洁的美。草木有着自己的性情，人生的际遇仿佛是一种命定的姻缘。

"飒飒东风细雨来，芙蓉塘外有轻雷。"那漾漾的塘浃水面，正是"漾漾泛菱荇，澄澄映葭苇。我心素已闲，清川淡如此"。风雨中，眼前忽然飘来"孔明庙前有老柏，柯如青铜根如石。霜皮溜雨四十围，黛色参天二千尺"，感到自己仿佛走进那一排排高大参天的大柏树间。今生今世如能到武侯祠，看看那雄伟高大的柏树，摸一摸那柏树的青铜色皮，该是多好啊。

"云来气接巫峡长，月出寒通雪山白。"那柏树的气势，来之不易啊！杜甫先生，真是一位有远见胆识的诗人！他能够从宇宙天地的广大世界，来认识柏树的生命精神气象。树比人命长，诗比树更长。树长在大地上，诗长在心灵里。人类的生存需要大自然的树，人类的心灵更需要诗的滋养。树就是诗，诗就是树。这是我在瓜棚里感悟的一个新理念，一直融合在我的心灵与血液里。

小时候，虽然我很听长辈的话，但在生活中还是喜欢自己细细地去观察去思考。果然发现在我们生活的地方，一棵大树下，就有一座神庙。在浙江温州的乡下，在河边的大树下或大树旁，总会看到一座神庙的。树总是要跟神在一起的，还是神总是喜欢跟树在一起？一看到古柏，我的心自然而然地腾起了深深的敬意……

读杜甫的《古柏行》，常常会使我走进古柏行中，听着诸葛亮独坐空城上，弹奏出好美的琴声。那美妙的音韵，在古柏丛中荡漾着荡漾着……后来，在我有机会跨进成都武侯祠时，看不到那"孔明庙前有老柏，柯如青铜根如石。霜皮溜雨四十围，黛色参天二千尺"景象时惊慌地问导游："武侯祠的古柏哪里去了？"

导游询问武侯祠管理人员，经好心的管理人员指点，我得知祠里还幸存着一盘柏树的大树桩。我终于寻找到了那满身晶莹光泽的古柏树桩，双手抚摸了好久好久，仿佛感应着诗人当年的温情和敬意，倾着耳朵贴在树桩上，凝神谛听着那来自于"云来气接巫峡长，月出寒通雪山白"的古柏心声……

在空寂的清野中，绵绵细雨交织伴着乡村的炊烟，散发着轻雾的风烟。此时正好走进王维笔下"积雨空林烟火迟，蒸藜炊黍饷东菑。漠漠水田飞白鹭，阴阴夏木啭黄鹂"的诗意境界。我真的能够有勇气离开这个人际与欲望纷争的红尘，甘愿自己独居荒山原野，过上孤独清贫的生活，守住自己心中的那分清静与灵性。那么，我可以读一辈子的诗书，写一辈子的诗书，那才是我最大的愿望！

看着远处雨中的海堤上空，一群群白鹭，翩翩飞翔着。在这个水世界里，整个空间也成了水的空间。连同我也成了雨中的水汽，慢慢地蒸腾起来，与水汽一起交融着混合着，沾着白鹭的翅膀，袅袅地飞翔着……

郁郁的青草摇晃着叶子，几分得意的翠绿，使我想起了乡人的俗语：草木一秋，人生一世。大自然的生物与人类的原本是一样的情怀。

"独怜幽草涧边生，上有黄鹂深树鸣。春潮带雨晚来急，野渡无人舟自横。"诗人真是"应物"者也。这里茂密的幽草，与我朝夕相处，令我无尽地情思。无聊时抚摸着充满生命绿意的叶片，远望迷蒙的烟雨，静听浪涛的潮音，迷雾的原野，使我惆怅的情感更加迷迷惘惘起来。

乡村原野的塘园，虽然有了黄鹂的啼鸣，但是没有江流的野渡，也看不见轻舟的横斜。我那孤独的迷惑，仿佛一只小舟，在没有人生航标的河流上，茫然无助地漂泊着……

更深的月色，点点的瓜棚灯火，闪烁在苍茫的夜色中，使宽阔的原野变得广大而悠远。星光灿烂的北斗与南斗，照映着暗蓝深邃的星空，使我沉浸于如水的世界中。夜静的草虫长鸣声中，听得美韵清心，但令人有心冷意寒的情调感受，特别是那知了叫得让人好伤心啊！

"本以高难饱，徒劳恨费声。五更疏欲断，一树碧无情。薄宦梗犹泛，故园芜已平。烦君最相警，我亦举家清。"这时候正是"更深月色半人家，北斗阑干南斗斜。今夜偏知春气暖，虫声新透绿窗纱"。这里没有春暖的气息，也没有绿窗的轻纱，我只是静静地听着虫鸣，交融着原野的夜色，仿佛催促着庄稼快快地长大……

遥望天宇中点点的星光，闪烁着清丽的光影，"云母屏风烛影深，长河渐落晓星沉。嫦娥应悔偷灵药，碧海青天夜夜心。"嫦娥何必"应悔"呢？天底下的人，在与天斗、与地斗、与人斗，还不如到月宫里面去了，与嫦娥一起过着清静而适闲的生活——我与嫦娥伴舞，嫦娥与我吟诗，也许就不会再有"碧海青天夜夜心"了。

原野是一部唐诗，唐诗是一片原野。从原野中读出唐诗的丰富意蕴，从唐诗中感通原野的风采神韵。瓜棚守瓜，使我感受到诗之妙处，是靠人的心境去感悟。读诗者没有读诗的心境和读诗的自然与人文氛围，是难以读出诗境与诗意的共鸣美感来。好诗是人的生活与诗境的情域中感受与悟思出来的。

读诗读累了，卧在竹席上，脑袋枕着双手，望着远处暗淡的雨色天空，淡淡的泪花渗出了眼角：人生、事业、读书，情感，天地间的事，酝酿在无限的痛苦之中……

七

大海的脾气喜欢跟随台风兴风作浪，如果碰上八月十五的大水潮，将更加疯狂。小时候听老前辈说过，那时还没有天气预报，在那年七月的一个夜里，突然海上狂风大作，雷轰闪电，大雨如注，整个大海成为鬼哭狼嚎的世界。

第二天清早，整个海滨滩头都是哭喊连天，无数的海难者有的躺在海滩上，有的被浪潮冲走了，有的被整个渔网包裹在里面，也有的寻找不到尸体。从死者的手上发现脱落了许多指甲，因为在生死的搏斗中，他们用手指拼命地抓紧舢板船的甲板，在风浪中顽强地挣扎。

台风来了，要刮倒房屋，要冲垮堤坝，要淹没庄稼。更可怕的是骤雨海潮跟着台风一起涌了上来，经常是海水倒灌淹没庄稼。为了生存跟大海搏斗，为了种植必须筑建堤塘。泥筑的堤坝一年一年被无情的海潮冲垮了，又一年一年用泥土重新垒起来。

永嘉场的历史，为此而以如椽的大笔写下了一页页悲壮的卷宗。

乡人称台风为"风痴"。风一"痴"，失去理性。大海也跟着风歇斯底里地发作。大海发狂了，海潮也就兴风作浪了。兴风作浪的海潮泛滥起来，海堤一旦被风潮冲击摧毁，咸水倒灌农田，庄稼要好几年歉收。

那年大潮之夜，我在睡梦中，被赶过来抗台的生产队长叫醒："强台风从瓯江口登陆。我们一起去抗台。"我擦了擦惺忪的眼睛，喝了碗稀粥，挎了铁锹，穿好雨衣紧跟着队长，冒着风雨，朝着海堤跑去。到了海堤，看见堤坝上站满了黑压压的人群。大家按照早已分配好的地段，紧急投入了抢收堤坝的战斗。我年轻腰椎好，弓着腰站在浅潮水里，头也不抬地端起队长铲下的一大块又一大块的涂泥，不停地向社员们传递过去。

社员们再将一大块又一大块的涂泥迅速地传递到海堤上。风越来越紧，雨越来越大。黑夜的风雨中，风灯在海堤上摇晃着。大家没有声音，只是听到"唰唰唰"的传递泥块的声音。两个小时过去了，堤坝加固提升了，潮水涨上来了。社员们仍然在潮水中，不停地传递着泥块。潮水漫到了膝盖，不能再端泥块了。大队长一声令下，所有的社员都赶紧撤退回到家去。

我说："队长，我不能退！"

队长说："你也要退！"

"我退了塘园里的西瓜怎么办？"我有点儿想哭。"风痴"搅着海潮，不知潮水漫到什么程度。万一大潮漫上来，一个人在草棚里太危险了！我只好忍着眼泪点点头。跟着大伙儿，朝着回家的路上走着。在这个紧要关头，不听队长的话会挨骂的。

跟着社员们从海堤走到瓜棚时，我对他们说："你们先走，我到棚里拿样东西就走。"走到草棚里，风呼呼地刮着，雨哗哗地下着，看着一片茫茫黑夜的瓜地，眼前的一场狂风骤雨，要夺去我一个多月来的劳动成果。不，这是整个生产队的社员全年的希望所在！现在正是可爱的小西瓜日大夜大的时候，还有那灵活的小鸟儿、笨拙的蜥蜴、狡黠的水蛇、机灵的小老鼠、快乐的小蜻蜓。

它们都将遭遇灭顶之灾。不知怎么，在我脑子里浮现出小蜥蜴的形象。那短尾巴鬼，在我锄头下的泥土里突然钻了出来。不见了它的尾巴，我吃了一惊。它在惊慌中，跑到了塘涑坎边，突然又掉头晃着肥胖的身子，朝着我看看，好像是不知所措，一下子感到自己没有了尾巴。又好像忽然间醒悟过来了，朝着我瞪一下愤恨的小眼睛，头也不回地往涑坎的草丛中溜过去了。这机灵的短尾巴鬼！我朝着它骂了一下。幸好，我的锄头仅仅铲掉它的一段短尾巴。

过了好久，我又与那断了尾巴的蜥蜴多次见面。它不再像过去那么惊恐，总是友善地掉头朝着我点点头，包含着一种谢意的情态，接着就慢条斯理地游走了。风已经痴了，失掉了理智，人类对它还有什么办法呢？想到了这一切，在风雨中我穿着尼龙衣，情不自禁地朝着西方跪下来，念着母亲教我的观音经，朝着苍天起拜。衷心祝愿菩萨保佑，这次"风痴"只能在大海上发作，千万不要登陆发作！

第二天，队长发现我没有回家，就早早地跑到瓜棚里，狠狠地训了我一顿，骂我是个书痴。如果昨天的大潮与台风一起登陆卷过来，该如何向家人交代。

我说："你守着堤坝，给台风卷走了。谁赔你一个队长！"

队长苦笑着："我是队长，何况一年要比你们多拿十五天的工分。"

"我是守西瓜的，瓜棚叫风吹走了，怎么向社员交代？"

队长没有语言，看着被大风吹乱了的西瓜和番薯的藤蔓，叹了口气说："'风痴'过后，西瓜也许没个好收成。"

无言了片刻，我们俩一起走到塘园里，整理起浃坎边被风雨吹乱了的藤蔓。园畦上零乱的藤蔓，只好等到雨后天晴，待泥土醒过来——干燥起来，重新整理藤蔓。雨中的泥土是一摊泥浆，脚一踩过后，待它干燥起来成为硬邦邦的泥块，就很难重新松土了。

"风痴"过后，雨过天晴，塘园里的泥土干板起来。我细心地将西瓜藤蔓跟番薯藤蔓，一畦一畦地分开来。"风痴"后的太阳，好像特别灿烂辉煌，温柔可亲。望着一片重新整齐泛绿的西瓜藤、番薯藤，在微风轻轻地吹拂下，摇摆着几分得意的叶子，自由快乐地伸展着藤蔓。

我的心里也就泛起了愉快轻松的感觉。

八

　　西瓜一天一天地长大，摘西瓜的日子，我心里有说不出的高兴。阳光下，一群群可爱的小蚂蚁在绿色斑纹的大西瓜皮上，爬来爬去，快乐地游玩着。小蚂蚁也许以为西瓜是平面的，根本不知道西瓜跟地球一样是滚圆滚圆的。

　　每一颗西瓜的斑纹，都是一幅美丽的画卷。天然美妙的斑纹，有的像腾跃的飞龙，张牙舞爪，昂首飞翔；有的似猛虎下山，气势汹汹，形状奇异；有的如孔雀开屏，舒展尾巴，栩栩如生；有的似戏剧人物的水袖，婀娜多姿，悠然飘飞；有的似京剧的脸谱，形态各异，性情丰富。

　　摘西瓜时要观察西瓜的外形。本地的西瓜，外皮斑纹是呈淡绿色的、碧绿色的、青绿色的，也有黑绿色的。斑纹都是从瓜蒂中心向四周扩散，像美丽多变的大理石。看瓜时要注意西瓜的斑纹和纹路是否清爽，以及要注意西瓜斑纹的深浅分明程度。看瓜方法是看、摸、听。看是看瓜皮的表面光滑、花纹清晰、纹路清爽。瓜底发黄的是熟瓜，瓜皮耀而硬的为好瓜。表面茸毛未干，光泽暗淡、花斑不清、纹路不深的是不熟的瓜。还要看瓜柄，即绿色的是熟瓜，茸毛脱落、色黄枯萎的是生瓜，若瓜柄呈黑褐色则是病瓜。摸是以光泽闪亮瓜蒂瓜脐凹入，蒂部粗壮青绿为成熟瓜。头尾两端的脐部和瓜蒂深凹陷里，瓜体饱满的是好瓜，黏而软的次之。如果头尾不均定是差瓜。听是用手指弹瓜，"嘭嘭"的是熟瓜，清脆而有振动感；"突突"次之；"当当"的是生瓜；"扑扑"的是熟透瓜。最简单的办法是将西瓜放在塘浃里，浮在水面的是熟瓜，向下沉的是生瓜。

西瓜每次开摘就是上千个，个个又大又圆又甜，运到温州城里码头的西瓜行里，牙郎们就问，永嘉场七队的西瓜运到了没有？永嘉场七队的西瓜，又大又圆又甜，卖相好，行情好。人家是四分钱一斤，我们七队的西瓜是五分钱一斤。

好胜好强的队长竖起大拇指："今年庆丰收，一定要将书痴阿松灌个醉！"

摘西瓜要选好日子。队长要亲自翻皇历，反复比较后才确定。一般每月的初一和十五是不摘的。到摘西瓜时，我要早几天从那三张画着密密麻麻的落瓜的地图上，根据落瓜的日子，选定好该摘的西瓜，并到西瓜园里一一对证后，在该摘的西瓜边，插上一根竹签。其实本身就不需要落瓜的地图，三片塘园里有多少个西瓜，在我的脑子里就有多少个西瓜。

在守瓜的日子里，从夜晚睡觉前至凌晨睡醒过来，我在脑中几乎要将塘园里所有的西瓜扫描一次。三片塘园上万个西瓜，在我的脑海里就有上万西瓜的大小与形状以及颜色。到了摘西瓜的那天，把一个个挑选好的成熟的西瓜摘下来，放在荡浃畦头。再将那一个个大西瓜放在大箩筐里，挑到大塘河边，集中到水泥船里。

摘下的西瓜要运到温州城里去卖。那时候交通不方便，从乡下到温州城里没有公路，只有水路。社员们用桨划着运西瓜的水泥船，经过塘河划到瓯江口，进入瓯江后再经过一场场风浪潮流的搏击，才能运送到城里的码头。瓯江口临大东海，有时候会掀风起浪，小小的水泥船载着满满的西瓜，出其不意间一个大浪头扑过来，或是一阵突如其来的狂风，将水泥船里的人和西瓜一起掀翻到江浪潮流中去了。每年此类事件总要发生几次。

那年邻队运西瓜的船翻了，两个运西瓜的人被风浪掀翻到潮浪里去了，过了好几天才被浪潮推到很远的海滩上。那时候没有什么政府的救济，一个生产队里死了两个主要的劳动力，只是到过年时将其家属作为困难户，生产队给了一点儿粮食补助而已。这样，一个生产队里的人，辛辛苦苦地种了一年的西瓜，不仅白干了一年，而且还增加了两个困难户的负担。那时候农民的生活，真是苦啊。

每次轮到我哥哥运西瓜到城里的时候，母亲就一整天一整天地坐在家里，不停地念着观音经，求观世音菩萨保佑我的哥哥和同哥哥一起去运西瓜的人，一路平安顺利。

光阴似流水，一转眼从夏至到处暑了，西瓜要拔藤了。瓜棚拆除了，苦瓜的藤蔓拔掉了，喇叭花也拔掉了。拆除了瓜棚的地方，泥土又翻新成园畦，植上了番薯的新藤蔓。每天跟着我一起叽叽喳喳着呢喃不停的小麻雀，也无奈且多情地朝着瓜棚叫了几声，扇动着无力的翅膀，失望地飞走了。

我痴痴地，望着那一片拔掉西瓜藤蔓的塘园。那亲切的浃坎，我随手可以摸出每一根小草的位置；那熟悉的塘浃，碧波里一缕缕水藻映着蓝天，就是我清晨的镜子；那朝夕相处的塘园，每天滴着我的汗水与印着我脚印的泥土。

双手捧起一把泥土，我就有一种生命的靠近感。那充满情爱的藤蔓，快乐的蝴蝶、蜻蜓、蚱蜢，都是我的好伙伴，随着太阳公公起床，跟着月亮妹妹一起睡觉。那一排排向日葵默默地站立在夕阳西下的浃坎上，含情脉脉地相送。

这时候，我的心中飘起了无限惆怅的烟雾。一步一回头，我步步顾首回想瓜棚的生活。在队长的一再催促下，我默默地耷拉着脑袋，走出了塘园。

一种说不出的辛酸涌上了心头，重新回归生产队的群体劳动，给我孤独的心灵又会带来多少的郁闷。在塘园瓜棚的生活虽然是短短的五十天，但这一片西瓜园，已经深深地植入我的心里去了。

我痴痴地站在海堤上，望着那一片已经代替西瓜的番薯藤，随风掀起绿浪，意绪丰富。听着远处的滚滚潮浪，感应着天风海涛的心潮，我逐渐地平静下来。满眼碧绿的原野，是大自然的神来之笔描绘出如此沁人心脾的生命意象，成了我心灵的一片绿洲。

回到家时，黄昏灯上。母亲见我回来了，无言地看了我一会儿。母子俩五十天没有见面了。她看我黝黑的脸，精瘦精瘦的身子，心疼地说:"人家守瓜,总要回家几次,你怎么一次也不回家?"

我淡淡地说:"我觉得在塘园里看瓜,挺清净的。"

母亲笑了说:"早时请先生给你算命,说你就是喜欢清净的和尚命。"

她看着我那蓬乱的长头发说:"青年人头发绝对不能太长!"

吃过晚饭,母亲嘱咐我马上去剃头。五十天没有理发了,长长的头发成了散乱的野草,小胡须也悄悄地钻出了下巴。

夜深了,月亮从窗口照射过来,照在我的床头。我痴痴地望着窗外的月亮,眼前总是出现塘园原野与瓜棚的景色。母亲见我辛苦了,烧了一大碗酒汤圆,给我补身子。她坐在我的床头给我摇着蒲扇,看着我吃完了酒汤圆。她还在轻轻地念着观音经,一直等到我迷迷糊糊地睡去。

一个西瓜怎么崩了,太可惜了!藤蔓怎么又爬起了蚜虫。我的心与西瓜藤蔓连在一起了,分不清彼此。好久好久的一段时间里,我老是在梦中的瓜棚里,突然觉得自己飞翔了起来,巡视着塘园里的西瓜,看着那小老鼠在浃坎边的小草丛中,钻来钻去,想敲竹筒子,吓唬吓唬那小机灵,就是敲不动那竹筒子;或者撩起那一勺一勺的塘浃水,向西瓜藤蔓轻轻地洒来洒去。赶不走的调皮白头翁,总是在眼前飞来飞去,疲倦的我,终于无力地坐在塘浃坎的青草上,疲惫不堪的身子,双脚想走怎么也走不动了。

乡间原野本是大块文章,立意是绿遍原野的意象积聚,情蕴来自感悟自然生存节律的化境,显示出厚重的生存力量。原野是众生的花园,原野也是众生修炼的道场。人类无法复制或组合一个原野生态的境域,只有众生顺乎自然合作,才能创造充满诗意的生态乐园。

季候是宇宙的意识,给大地变换着衣裳,恩泽于人类的生存必需。原野是农家的希望,是情感的寄托,是生命的企盼,是农家写在大地上的诗。这里有唐诗抒情的感怀,也有宋词的婉约情感,更有《诗经》里农家的辛酸体悟。这些诗情画意,说实在话也只有农家自己知道。那番体验的惆怅,也只有生活在那种真实的生存状况中,才能明白其间的情感蕴意。

宁静的原野塘园的田园风光和农耕生活渐渐地离我而远去了。在我生命的记忆刻度里，却越来越深刻地感到宁静和谐的田园生活是值得留恋与追忆的。那种生活虽然很艰难，但生命中有了那段原野田园风光与农耕劳动的追忆，是我受益不尽的情感美学的源泉。

乡间的自然原野田地，是安妥乡人心灵的家园。重视自然生态与人文生态一致性的调适，保护与维持传统的民情风俗，是广大民众信仰与心灵的需要。在那"文革"特殊的农耕务农时，这一片原野的绿浪，成就了我永不消逝的心灵风景。

我唯从往昔童年的田园生活中，寻找《诗经》的美感，远远胜于从《诗经》中体会古人的田园生活。从《诗经》感悟想象田园意象，远不及亲临其生活的田园美妙！

特别当人生进入暮年重读《诗经》时，忽然感悟到原来童年的乡村就是一部《诗经》。现在的孩子们失去了乡村的土地与乡村美妙无比的原野与庄稼，也就失去了一部生活的《诗经》。童年的生活没有《诗经》的意境，也就失去了中国经典诗意的美感。为了润泽我心灵的澍霖，这也是我之所以写《瓜棚野语》的缘由。

海上半月

十五岁那年，我随渔民划着小舢板去海上捕鱼。蓝天碧海，波涛荡漾，小舢板在海面上起伏着。但一转眼的工夫，狂风大作，闪电划裂天空，雷声天崩地裂，海浪排山倒海。一个浪头卷起一个浪头，小山似的猛烈撞击小舢板。随着长脚的海浪越长越高，天色突然暗了下来。黑暗与恐惧扑面而来，笼罩着我们每个人的心。

两个桨手不停地划着木桨，有经验的渔民曾经说过，在大风浪中，桨手只要不停地划着桨，就能使渔船不会被风浪颠簸到海底。舵手拼命地朝我大喊："快泼水！快泼水！"我不停地往外泼着卷进船舱里的雨水与海水。一番激烈搏斗，小舢板终于冲出了黑昼，有惊无险地回归小渔岙。此番与海浪的搏击，使我不再觉得大海温柔与慈爱。

渔民凭着勤劳和智慧应对风云突变的大海。一条小小的舢板承载着历代渔民的生死存亡和对未来的憧憬。海面宛如变幻的脸，在乡间的堤坝上，经常会听到女人悲切的哭喊声："喂……魂啊，归来吧！魂啊，归来吧！"那涛声交融着女人悲哀的叫喊声，在茫茫的海面上空彻夜回荡，久远地萦绕在乡人的心中……

多少海难者带着对生命的眷恋与踌躇，带着对亲人绵绵不绝的思念，淹没在滚滚的海浪之中。然而，人类得以生存，还是要感恩大海给予依存的希望。

大海，永远是神秘而神圣的。

一

20世纪60年代，我中途辍学，开始在生产队务农，每天起早贪黑地干活。父亲见我体弱瘦小，怕难以经受苦力的折磨，便让我跟着渔民到海上试试，如果适应了海上作业，他就早点儿退休，让我顶替他下海当渔民。

父亲是渔业大队的保管员，平时不出海，将我托付给他的好朋友章云海，叮嘱他照顾我在海上的生活。章云海跟我父亲同龄，他长我父亲一辈。虽是同龄的好朋友，但父亲对族人一向讲究辈分，总是亲切地称他为"阿云叔"。我就顺理成章地称他为"阿云公"。

乡人称下海捞鱼为"求海"。求海的含义就是向大海求生存。自然也蕴含着祈求大海风平浪静，使捕鱼人平安无事地归来。阿云公是个"老求海"，三十多个春秋，一个人风里来浪里去，见识了三十年的海上风云变幻，有着丰富的求海经验。

我虽然是听着潮浪长大的，但平日里只是在海滩上捉点儿小鱼小虾。这是我平生第一次出海，必须要经受住海浪颠簸的考验。

出海前，母亲将一本老旧的皇历放在我的绿军包里，告诉我说它可以辟邪。还给我带来了一小瓶安定。听老人说，如果晕船的人早晚吃一片安定，心也会随之安定下来。细心的母亲还从家对面的供销社里，称来五斤瓯柑让我带到船上。说瓯柑清凉解毒，味道先苦后甜。在渔船上遇到不舒服时，闻闻瓯柑的清香能醒神舒气。

温州永嘉场面海背山。渔民在海洋作业最初由涂头撒网捕鱼，发展到划小舢板去海上打擂网。直到20世纪60年代，实行机帆船作业才有改观。所谓的机帆船，就是由机动操作与帆船相结合的海上捕鱼的渔船。

渔民捕鱼都是依照传统习惯，每逢农历初一、十五均不出海。渔船出海要先出瓯江口，再入大海。瓯江口南岸的蓝田港头是永嘉场瓯江口深水区，渔船归港或出海都要经过蓝田。渔船要在瓯潮上涨时，才能顺潮出入。瓯江潮候有着特定的潮汐规律，所以出海前还要看潮候。

那天晌午过后，我跟着阿云公从五甲出发，急匆匆地走了两个多钟头的石板路，夕阳时分到达停泊渔船的蓝田港头。那里停泊着上百只渔船，一字排开，在江浪中轻轻地摆动着。阵阵江风吹过，风中夹杂着鱼腥咸味。

阿云公向渔船上的人挥挥手，一会儿便从机帆船间漂出了一只小舢板。阿云公和我一起上了小舢板，摇到一艘标着"701"号机帆船的船尾。我们拉着一条绳子，爬上了机帆船。到了机帆船上，扑鼻而来一阵阵浓浓的咸腥味儿。

阿云公问我："阿松，你感到这股气味如何？"

我说："闻到这股气味，我感觉特别好。"

阿云公笑笑说："那你是个求海的料！"

老大问了一声："人到齐了吗？"阿云公点点头。

于是，老大吹起了"呜呜呜"的海螺声，马达开始发动。紧跟在后面行驶的是"702"号机帆船。阿云公说，"702"和"701"是兄弟船。机帆船迅速冲出瓯江，向大海驶去。

阿云公走近我，悄悄地吩咐："天黑时，你独自走到桅杆下，拜拜桅杆。"

"干吗拜桅杆？"

阿云公说："桅杆是渔船的支柱，渔神蹲在桅杆顶上。初次出海的人拜了桅神，出海就不怕风浪了。"我抬头望了望桅杆，仿佛看到神明就蹲在桅杆顶上。

天逐渐地黑了下来，我记着阿云公的话，看着一轮淡然的月亮与稀疏的星星在黯然深邃的夜空中相互映衬，越发觉得桅神就在我的身边！趁着朦胧的夜色，我悄悄地走到桅杆前，恭恭敬敬地站着拜了三拜，又跪下来拜了三拜，站起来再拜了三拜。

拜好了桅神，我再仰头望了望流云飞渡中的桅杆，仿佛桅神已经知道了我的心意。当我转身走进机舱，一群躲在机舱里的渔民哈哈地大笑了起来。这时我才明白拜桅神一说，是阿云公有意跟我开玩笑。不过，不管阿云公是不是在和我开玩笑，我都觉得这一切是神圣的，这也是母亲对我从小一再嘱咐的话。

在海上无聊的时候，我喜欢仰头遥望直入云霄的桅杆，特别是深夜里的桅灯，我觉得它是渔民宁静甜梦里的守护神。有时，我将耳朵紧紧地贴着桅杆柱边，凝神谛听着天风潮音的旋律。古人云："乐者，通天地也！"这来自宇宙天语的和音，使我从中悟出许多生命与宇宙的神奇所在。

20世纪60年代后期在浙江沿海一带展开了轰轰烈烈的"打敲罟"捕捞黄鱼作业。所谓"打敲罟"，就是用探鱼器发现海底游动黄鱼群时，数十条小舢板围聚过来，用木头槌子在木板上不停地捶打着，长期不停的声波振动着海底的声音，驱赶着黄鱼群到事先设定的方向。

有经验的渔民耳朵贴在船板上，能听到海底大黄鱼的"咕咕咕"声音。经过强烈的声波振动后，黄鱼纷纷地漂浮在水面上。一场"敲罟"后，一对作业船能捕捞上百担的黄鱼。上市的黄鱼多到无人买，只好倒到农田里做肥料。老渔民叫喊着："如此竭泽而渔，总有一天吃不到黄鱼！"而母亲看着成堆的黄鱼心痛地说："罪过啊！这么鲜美的大黄鱼糟蹋了！"

经过一场场"打敲罟"风潮后，东海的黄鱼群也渐渐消失了。"文革"后，海上渔业有了理性的季节性生产。秋暮初冬季节，经过了半年的休渔期，渔业进入秋汛的"大拖风"季节。

渔民称秋汛捕鱼为"大拖风"。"大拖风"是由网艚和对艚两艘机帆船组成的"对船"。"网艚"负责指挥放网与拔网作业。"划艚"配合"对艚"整理渔网、钢绳等作业。海上作业时，两艘渔船并排拖着海底尼龙渔网的主纲，向着共同的方向慢慢地行驶。

每艘渔船都设有十来位渔民岗位，他们分别为正老大（舵手）、副老大、脑盖（掌握柴油机行驶的司机，并负责探鱼器等工具）、拔网、网师、厨师等渔民组成海上作业的团队。"大拖风"海上作业，由两艘机帆船分别将二三百米长的尼龙钢绳，放在海底里拖着。

每次拖网作业，约三四个小时收一次网。收网时，两艘渔船慢慢地互相靠近，由"划艚"拔收尼龙钢绳和渔网放在"划艚"上。将海里拖起来网底的鱼类放到"网艚"上。由"网艚"渔民分别清理出带鱼、黄鱼、虾子、螃蟹、乌贼等。"划艚"的渔民负责整理好网绳。

"大拖风"机帆船的船舱，分为上下两层。上层像乌龟的背壳，称为龟背。龟背的房间清爽通透，可以直视大海，一出房间就是船面的舱背。舱背宽阔，人踱步其间，迎着习习海风，视野开阔，可以仰望日月星辰或俯视海涛波浪。这是正副老大与脑盖的卧间，下层舱底则是其他渔民的卧间。

阿云公是普通的渔民，我和他睡在舱底的后铺。机帆船中间立着一根长长的桅杆，桅杆中间横着长竹竿的帆布。遇到顺风行驶时，拉起长长的布帆，呼呼的风儿贯耳而过，哗哗的浪头沿着船旁飞溅起雪白的浪花，仿佛腾云驾雾般飞速行驶着。

黑夜里，高高的桅顶上永远闪耀着桅灯。长夜亮着的桅灯，给渔民一种家一般的安宁与温馨。

二

渔船驶出大海，驶过一段混浊海域之后，向深海驶去，风浪逐渐大了起来。

此时，吃过晚饭后的我，正站在甲板上，迎着习习的海风，仰头遥望天上的星斗，突然感到船颠簸起来。阿云公说："初次出海的人，就会有这种感觉。"

他让我先到船舱底的卧室里躺着，安静地休息。随着渔船驶进更深的水域，风浪更大了，船也颠簸得更厉害了，直逼得我胸口涌上无数的嗝，头也眩晕起来，吃进去的食物全都吐了出去。吃了安定，仍然不定，就这样整整颠簸了一夜。

第二天清晨，我仍然感到胸口仿佛有一块海绵塞住一样的难受。躺在床板上剥开瓯柑，闻着那缕缕清香，我想我可能做不了渔民了。

饿了两天两夜，第三天清晨，厨师做了一碗面条，配上鲜美的乌贼与龙虾。我勉强地吃了点儿。到了中午，食物又被风浪从胃里折腾了出去。

阿高老大说："阿松，大海里风浪就是大的，你想求海，没有别的办法。你只管吃下去，再让风浪拿出来。只有这样锻炼，才能慢慢习惯。"

我照着阿高老大的话硬着头皮去做，这样过了五六天后，到吃饭时居然狼吞虎咽起来，心不慌头也不晕了。人站在风浪中的渔船上，如同站在陆地上一样行走自如，并且学着《智取威虎山》中少剑波的《誓将反动派一扫光》唱了起来。阿高老大看着我笑了起来："阿松，看来你是个求海的料，将来可以当个好脑盖！"

我从来没有看到过阿高老大笑，也没有听到他说过一句玩笑话。每天很早起来，我都能看到阿高老大一个人静静地站在船后头，目不转睛地望着航海的方向。我想老大一定是孤独的。海上生活也确实太枯燥无聊。不过，或者也只有能够"享受"这种孤独的人才能做成事业。

我眺望着远处的天际，亮起了一道一道闪烁着耀眼光芒的红霞。红霞上抹着浓厚的黑云，阵阵的黑云越往上越浓重。太阳还没有出来，首先从云层里透射出万道光柱，映射在海面上，闪耀着波光粼粼的光芒。一会儿，圆润润的太阳，亮着金色的光芒，伴随着海水一漾一漾地上升……

在水天交接之际的太阳底下，一个黑影不停地朝着太阳的方向奔跑着。那一定是夸父！只有他才会踩着海面的水波，不停地奔跑着……在夸父身后飞翔着一只小鸟，那只小鸟，一定是精卫吧！也只有精卫鸟才会跟着夸父，不停地飞翔着，不停地衔着石子去填充浩渺无垠的大海！

夸父和精卫鸟是孤独的。听老人说，除了夸父追日与精卫填海之外，再也没听过谁追赶过太阳，填充过大海。孤独者是英雄！孤独的英雄才会为孤独的事业鞠躬尽瘁。

老大是孤独的，所以他是孤独的英雄。小时候，我见过一位老大，不知他的真名，只知道乡间大大小小的人都称他为"阿三大老大"，大老大的意思就是老大中的老大。阿三大老大捕鱼本领有多大，我并不知晓，只听人家说，在他一生的求海中，遇到过三次海难，每次只有他一个人从大海风的浪里游了回来。

当然他是赤手空拳地游了回来。人家说，猫儿有九条命，阿三大老大起码有十八条命。每逢炎热的三伏天，他赤着身子晒着火辣辣的太阳走路，全身紫檀色的肌肤透红莹亮。乡间孩子们都会向他投上肃然起敬的目光。大老大喜欢独自无语地夜游于乡间的小路上，特别喜欢在有月光的夜里悠然散步。

我常常看到这位脸色黝黑黝黑的老人，独自蹲在古庙樟树荫下的石阶上，吃着鳗鱼鲞片、虾仁、鱿鱼干，喝着老酒，哼着《十二月爽谣》：

  正月嬉，
  肉杂鸡。
  二月闲去砍柴。
  三月吃爻清明饼，
  四月落田最难顶。
  五月吃爻重五粽，

六月蚊虫最叮痛。
七月巧食成双分,
八月月饼圆轮轮。
九月重阳喜登高,
十月家酒味道好。
十一月雪花飘满山,
十二月年糕笼上摊。

渔民称舵手为老大。阿高老大的真名叫陈品高。他从小跟随父亲求海,一次他在祠堂的祖先香炉案桌上,看到一本厚厚的散发着墨香的大书。书上印着方方正正的大字,手摸上去却没有什么感觉,是不是这里面画着什么天机玄语?

做人不识字真是一件很痛苦的事啊。父亲临终前叮嘱:将来一定要好好教育子孙读书。现在不讲读书,难道要将天下的书都烧了?眼看着孩子长大了,也没有书读。阿高老大每每见到我,总是这样叹息着。看来老大是个喜欢读书的人,尽管他识字不多,但对知识的渴望,使他的心中存着几分对文化人真诚的敬意!

阿高老大,五十二岁,属龙。渔民说他身高手长头小,属于龙形。龙能潜水亦能飞天。他从小就练得好水性,在海浪中走水儿,仰泳时能露出肚脐儿来。他水性好,救过好多落水的人。在旱路上走路,更是健步如飞。在乡村高低不平的石板路上,就连骑自行车的也赶不上他。他的头顶上,挺着浓密的头发,又硬又粗,根根像钢针般竖立倔强。

他说自己天生不是聪明人。聪明人的头发是细软的。我说:"当老大的,一船渔民都听你指挥,哪能有不聪明的道理?"他笑笑没有说话,那细小的眼睛,却是永远闪烁着睿智的光芒。他满面生胡,声音洪亮。

夜里行船,风吹着他的胡须,在灰蒙蒙的天色中,他那双炯炯有神的小眼睛闪闪发亮,似乎永远注视着前方。渔民知道他口毒心善,背地里都称他唐僧。他见不顺眼的事就大声训话,他也只是大声训话，绝不会骂人。他说训话是对人家的过错教训，而大骂则是对别人的侮辱。

阿高老大熟悉海性，看海水的颜色，就能判断大海的风向与风力的变幻。他八岁跟父亲下海捉鱼，十三岁随父亲出海，帮着摇桨。从小就摇着小舢板到风浪里打捞网，一直到机帆船当老大，整整风里浪里颠簸了四十年。他对瓯潮的涨落，更是了如指掌，一看水色，就能判断风浪骤变。

他常常自言自语着什么"潮水有定，人无定；月光上山，潮涨沙滩；月光正，潮涨平；初八捻三出于亮旦，早潮看月亮，无月看星斗。南浪吼，北浪吼，张搁鱼人日夜愁。南浪叫北浪叫，张泥塘人拍腿笑"之类的潮候谚语。

三

清晨出海时，阿高老大在瞭望台上放一尊观音菩萨的平心杯。平心杯是一束莲花形状的杯，中间站着一个亭亭玉立的观音菩萨像。杯里的清水要正好与观音菩萨齐腰。如果水位高于或者低于齐腰，水就会从腰眼的小孔之间流出来。阿高老大讲，求海者需要靠观世音菩萨保佑，平心杯会帮你定准了方向，并告诫世人凡事平心而为，千万别贪得无厌。这一尊观世音菩萨平心杯是普陀山一老和尚送给他的。每当机帆船的马达一发动，阿高老大手一握舵柄，总不忘先念几句观世音菩萨的名号。

每年他都要亲自去永嘉场城隍庙进行春、秋两祭。每遇到风浪骤变，一看到瞭望台上的观世音菩萨平心杯，他自然心绪镇定，方向明确，掌舵有力。

有时遇到风浪激流时，阿高老大双手不断地拉着调节柴油机的离合器，并且用左右两脚转动着舵柄。渔民还在蒙眬的睡意中时，他已经站在瞭望台上，在茫茫的海面上开始航行了。

　　归吞卖完鱼货后，他总是最后一个躺下来休息。平时总是沉默不语，只是用眼睛观望着大伙干活儿。渔民们都说他是用眼睛来讲话的。由于他是正老大，渔民自然对他有几分敬意。对船的撒网、收网的方向以及位置、时间等，都由他决定。也许因为每到年终都要给渔民评定工分，或者每隔两三年渔民都要轮流转岗转船工作，都是由正老大说了算，所以正老大在渔民心目中颇有威信。我想假如让阿高老大当皇帝，也一定会是一个睿智又能够善待百姓的好皇帝！

　　阿高老大的副手名叫安生。大家都叫他阿生老大。阿生老大，个子不高，矮墩墩的，长得很胖，但是力气不大。平时说话喜欢竖起大拇指，爱炫耀自己航海的本领如何如何地好。渔民都背后说他是"空壳大螃蟹"，意思是爱讲大话摆架子，却没有什么真本领。

　　阿生老大有三个兄弟，个个魁梧高大，且个个是老大，人称"老大之家"。三兄弟的航海技术数阿生最差。哥哥常训他，没有真本领，只会讲大话。阿生老大与另外两位兄长信仰不同，也正是这个原因，兄弟之间隔阂很深。阿生老大逢人便说上帝在天上画出了美丽的画卷，但渔民说，那是海市蜃楼。

　　阿生老大向来我行我素，那年他当正老大，凡事说一不二、武断专行。在一次出海时，他将自己的女儿也带上渔船。女人上渔船，这是求海人的大忌！合该那次出了事，网破人伤，船撞海礁。渔民把这一切都迁怒于他，骂他，也就是那次以后，他被渔民轰了下去，成了副老大，从此郁郁不得志。在求海的路上，谁都不能忤逆和挑战传统习俗的底线！

　　机帆船上的厨师是个矮个子，满面生胡，聪明灵动。空闲时，他喜欢独自一人坐在甲板上，踱来踱去，时不时地双手对应着左右手指，不断地来回转动着。他说："十指连心，手指灵动，头脑才会灵活。头脑灵活，刀法才能灵敏。"

他祖上五代是厨师，在永嘉场一带是有名的厨师世家。他姓孙，渔民戏称他为"孙悟空"。他最拿手的是刀法，一块猪肉在他的手上能切出十几种花样，被誉为"孙一刀"，可谓实至名归。

　　他的曾祖父是温州第一把汤勺，绰号为"孙汤勺"。他与曾祖父的区别是，他擅长用刀法，曾祖父则擅长烹调热菜。曾祖父当年曾为永嘉场寺前街的大相百岁寿诞承包酒席，一下子同时开摆了百桌酒宴，所有的热菜汤水都经他一人之手烹制，并且桌桌头菜上的都是龙凤呈祥，精湛的手艺惊动四座，由此得到永嘉场与温州城里人的赞赏，提起他都直竖大拇指。

　　孙一刀祖上有训，在祭祖的时候，所用之物一定要干净整洁，讲究的是庄重二字。那一年，孙一刀的父亲早逝，老爷子思儿心切，感念白发人送走了黑发人，内心便经常自责和反省，把这一切都归罪于自己在祭祖时没有为祖上精心准备食物。此后，他便立下此训，并且余生很少给别人家筹办祭祖的祭品，只是在实在推托不了的情况下，才会出手给那些交情很深的人家做点儿帮工，也着实难为了老人家。

　　孙一刀烧菜蒸饭，有自己的独门手艺。在渔船上用作烧火的是碎木板片和柴油，每当鱼儿一上网，他就马上跑去挑出鲜活的带鱼红烧、螃蟹做汤、清蒸黄鱼、剥比目鱼……他烧的每样菜都色香味俱全，食材简单，就地取材，但做出来的味道就是与众不同。香甜的鲜鱼，有清蒸的，有红烧的，有和着绿油油的青菜与黑色的木耳、肥大的香菇、鲜红的萝卜，配上香喷喷的白米饭，让人垂涎欲滴。

　　要特别提到的是，在渔船上吃鱼的吃法是很有讲究的，吃时要顺着鱼身来吃，不许吃完一面，就将鱼翻过来吃另一面的。就连平时在船上说话，都不能提到"翻"字，这是求海人的另一个大忌吧，出海人最担心的就是船只翻身遇难，所以，他们更在意生活中这样的小细节！

　　孙一刀除了拥有一手厨师手艺外，还喜欢在单调的工作之余哼着小调来解闷。他经常是手里一边握着菜刀，一边哼着《海鲜歌》：

> 正月青蛄二月蟹,
> 三月兰胡虾蛄弹,
> 四月鲚鱼蟢蛑虎,
> 五月泥糍配散饭,
> 六月黄鱼和朱梅,
> 七月藏鱼和水潺,
> 八月鳎鳗强吃鸭,
> 九月鳗鱼和河蟹,
> 十月鲻鱼并鲈甲,
> 十一月蟢蛑满肚膏,
> 十二月文蛤和江蟹。

　　这些节气小调和着机帆船马达声的节奏,听起来倒是蛮协调的。无聊时,阿高老大便叫孙一刀哼上几首民间小调,唱起来和他做的菜一样,也是有滋有味的。阿高老大最爱听孙一刀唱瓯剧《高机和吴三春》的片段,唱起来凄婉动人。

　　一次,在我呕吐最厉害的时候,阿高老大居然跑到沈家门的陆地上,给我买了三个黄灿灿的天津梨。让我将天津梨削皮切成一片一片的,当风浪激荡时就吃它一片,可以清心止渴,感觉比安定还管用。

　　阿云公说他知道我是保管员的儿子,但并没因此而对我苛刻,反而在平日里很照顾我。他是一个沉默寡言的人,但在海上作业上却从不马虎,工作严谨又有原则。他工作的渔业大队每年的对船产量总是第一,风头无二。在那个按劳分配的年代,跟他同对船的渔民收入也最高,所以,他身边的渔民既敬畏他又感谢他。

　　那天,他向我招手,我急忙跑了过去,他对我笑着说:"阿松,你觉得渔民生活苦不苦呢?"我笑了笑,没有回答。

　　他却说:"其实这个世界上的人,干哪行就会怨哪行,可能是因为只有亲身做一行才知道其中的辛苦,就会有些牢骚。还是古代那些诗人好，整天游山玩水，还能写出优美的诗句流传后人，真是爽啊。"

我简直被他的这番话惊呆了。这么一个粗壮的汉子，居然能从他的口中说出，做诗人是天底下最美的事，真是令人惊叹。他说他从十三岁起就开始求海，在海浪里跌滚爬起，有着太多的感触。他感叹大海是那么让人难以琢磨，一会儿温柔得如同刚刚睡醒的女人，一会儿饥饿得像一头四处觅食的狮子。归到一句话，就是海也是有脾气的。

他问我，你知道古代哪位诗人写过有关大海的诗句吗？这可难倒我了，不过，我看到此刻鱼肚白的东方，隐约着将要日出的地方，于是，我随口诵起曹操的《观沧海》：

　　东临碣石，
　　以观沧海。
　　水何澹澹，
　　山岛竦峙。
　　树木丛生，
　　百草丰茂。
　　秋风萧瑟，
　　洪波涌起。
　　日月之行，
　　若出其中；
　　星汉灿烂，
　　若出其里。
　　幸甚至哉，
　　歌以咏志。

海风吹着他那张苍凉的脸庞，我看着他沉醉在这首诗里的表情，内心也跟着起伏起来。他听得专注又痴迷，跟着我反复地吟诵。他说我的诗吟诵得很有气势，只是听不懂诗里讲的是什么意思。于是我就耐心地向他吟一句，解说一句。他听后问我这是谁写的诗。我说这是《三国演义》里曹操的诗。他忽有所思地说:"毛主席有没有写过大海的诗?"

接着我就面对着东方海面上冉冉升起的太阳,吟诵起毛泽东的《浪淘沙》:

> 大雨落幽燕,
> 白浪滔天,
> 秦皇岛外打鱼船。
> 一片汪洋都不见,
> 知向谁边?
> 往事越千年,
> 魏武挥鞭,
> 东临碣石有遗篇。
> 萧瑟秋风今又是,
> 换了人间。

阿高老大一边撑着舵柄,一边激动地说:"毛主席最关心我们渔民了,他老人家说'秦皇岛外打鱼船,一片汪洋都不见'。就是想到我们打鱼人,天天求海,摸风摸浪,干得真辛苦!只有毛主席才想到我们打鱼人。"说着他情不自禁地解开衣服,除了在他的外衣胸前佩戴着一颗闪闪发亮的有巴掌大的毛主席像章外,里里外外居然还挂了三枚小型的毛主席像章。

"你为啥挂了这么多的毛主席像章啊?"

"毛主席是我们老百姓的大救星,有了毛主席这样的大救星在我身旁保佑着我,我还怕啥?"

说着,他指了指瞭望台上很旧的一本《毛主席语录》。我看到那语录的红色塑料面,都被海风吹打得褪了色,颜色就像是淡红的番薯皮一样。他的脸上流露出一抹神秘的色彩,悄悄地对我说:"我们渔民一天到晚,在大海里风雨滚爬,就是托毛主席他老人家的福气,保佑我们平安吉祥!"

这时，从渔船上的收音机里传来了："大海航行靠舵手，万物生长靠太阳，雨露滋润禾苗壮，干革命靠的是毛泽东思想。鱼儿离不开水呀，瓜儿离不开秧，革命群众离不开共产党。毛泽东的思想是不落的太阳……"

机帆船在大海上平稳地行驶着，初晨的阳光照在阿高老大那紫红色的脸膛上，从他那得意的神色里，仿佛感受到"大海航行靠舵手"的幸福和自豪！我体验过求海的艰辛，体味过农耕生活的劳累，现在才算真正体会这首歌词里的文化意味了。渔船在大海里行驶，靠的就是舵手！农作物生长，靠的就是太阳与雨露！鱼儿怎能离开水，瓜儿怎能离开秧？这些都是实践换来的真理。

阿高老大不禁长叹一声："我从四十五岁起，就觉得身体一天不如一天了，这是苍老的开始，人老是一件多么可怕的事！我虽然当了这么久的老大，一天天地在海上讨生活，风里来浪里去，看似很威风，可一旦某一天我离开了人世，还有谁能知道我记得我呢。我如果能写一首诗留给后人那该有多好，也就不枉我来世一遭了！"

原来，老大也有此心思。我眼前这位高大魁梧的舵手，居然也想成为诗人，而且还想要写流传千古的诗篇！

乡人常说"臣仕十年荣，文章千古秀"。现在我终于理解一位日夜在大海里、迎风破浪地生活在渔船上的老大，也想着自己如何留下千秋不朽英名的心灵寄托。

四

清晨海上的霞光绚烂无比，遮天的彩霞相聚在一起，像一大簇一大簇盛开的大莲菊，五彩缤纷地开放在海天交际的海平线上。

一会儿，朝霞成了被海水擦亮的云，互映着被阳光与云朵照耀的大海。海水漾着云朵，云朵吻着海水。云与海，海与云，淡淡地浓浓地交集在一起，茫茫的天水云海相连成奇妙的画境。

朝霞拥簇着浪涛，刚刚才睡醒的太阳，朦朦胧胧地漾出海面，随着波浪一漾一漾地上升，极力地摆脱艰难的重负，昂首挺胸地冉冉上升。我情不自禁地跪下来，注视着东方的光芒，朝拜着太阳升起的地方！这就是东君出海，为万物带来希望，向人类致以最真诚的问候！

渔船向着希望的火海奔驰，奔向羲和的故乡。

太阳染红了海面，大海成为沸腾的洪流。突然，在远方浮现出一群巨大的怪物，在火红的海面上，这一群一群的怪物滚滚而来。一会儿向着某一点团聚，起伏着游晃着，还互相呼应。一齐向水面浮了出来，一齐朝着海底潜了下去，仿佛经过长期约定训练后的队伍，在海面上表演着舞蹈。刹那间，它们又一齐掉头向着太阳升起的东方奔腾而去，仿佛在朝圣东方的太阳！

"这是鲨鱼群！"阿高老大看了看我惊奇的目光叫了起来。阿高老大告诉我，鲨鱼喜欢在阳光灿烂的早晨，或者是落日余晖的傍晚，群体出来游玩。不知阿高老大的话是否准确，但我总是认为，鲨鱼是喜欢朝圣太阳的。

我静静地注视着太阳底下，成群的鲨鱼在海浪波涛上舞蹈嬉戏。此时的大海是宁静的，然而，在我的耳际，不，在我的心里，却仿佛奏响了贝多芬的《英雄交响曲》。东升的太阳，映照着波澜壮阔的海潮，漫无边际的海面衬托着漫游起舞的鲨鱼群体，将我连同着贝多芬的《英雄交响曲》融入天地宇宙和谐旋律之间……

望着一群群鲨鱼在起伏的潮浪中，舞动着变化多姿的长鳍，我的诗兴大起：

苍茫尔云海，
潮声振溟东。
混沌且苍莽，

万物气象丰。
东方才鱼白,
跃上一轮红。
彩霞破天裂,
晴明万里空。
海天成一色,
朝阳万丈熊。
群鳞齐腾跃,
鲸鲨济会隆。
天高翔飞翼,
云游行苍穹。
翻飞无知己,
刻意试竞雄。
长风鼓巨浪,
飞涛怒排空。
风舟皆敢犯,
凭胆堪夸功。
沧海连天末,
朝阳染海溶。
我本一芥汉,
天地一尘同。
欲得万年寿,
滴水融波中。

  渔船在海上继续行驶着,突然,在雾茫茫的海面上飞掠过来一对海鸟,停歇在船板上。海鸟叼着船板上的小鱼,歪着小脑袋看着渔民,而后飞到桅杆的麻绳上,嘴里吃着小鱼津津有味。填饱了肚子,这对海鸟停歇在麻绳上对唱,像是一对恋人。要不为什么会这么亲密默契,琴瑟和鸣?

阿云公一看到海鸟,情不自禁地嘴里跟着哼鸟儿的叫声。有时歇脚在桅杆上的一群海鸟,也会不约而同地应和着阿云公的鸟语。一个孤独的渔人,是多么需要有鸟儿的陪伴啊。小鸟是生命的映象,是自由的象征,它与人类有着同等享受大自然的待遇。尤其当你孤独落寞有所诉求时,一只小小的蚂蚁,一只小鸟,都会让你有倾诉的渴望,急于为自己的心灵寻找释放的缺口。

天有不测风云。眼前还是晴空万里,转眼间便乌云四起,涛声呼啸,天水间翻卷着阵阵狂风与滚滚乌云。白昼瞬间被黑暗遮盖,居然让人伸手不见五指,令人胆战心惊。阿高老大在黑暗的大海上,瞪着锃亮的双眼,渔民穿着油雨衣,站在甲板上,严阵以待。渔船在白昼黑暗的风浪中,乘风破浪,迎头前进。

风雨中的大海,浪高风急雨大。上网时,渔民总会穿着特制的厚厚的油雨衣。油雨衣是由粗布料做成的,每过一段时间都要涂上一层桐油。层层厚结桐油的雨衣,既能经久耐用地防雨,又能遮身御寒保暖。那一件油雨衣起码也有七八斤重。寒冷的风吹着海浪,飘着冷雨,冻僵了渔民的双手,他们一边拔网,一边拣鱼,十分艰苦、劳累和繁忙。

大拖风捕鱼作业,每天凌晨从港岙出发,到晚上归来,一天下两次拖网。早上天刚亮就撒了网,到中午拔网。拔网后再撒网。吃过中饭,略休息一下,到了下午两三点钟再拔网。第二次拔网后,渔船回途归岙。网艚上渔民在归岙的途中,分类拣鱼。

拔网时,网艚里渔民显得格外忙碌。他们一边收起网绳和渔网,一边将网里的鱼朝船舱板上倒,开始紧张地分拣着鱼类。那金色的阳光透过一个一个的网眼,映射出一束一束的光,闪映着渔民丰收后笑逐颜开的脸上。

在船板上跳跃的黄鱼,金黄耀眼;游动着的带鱼,银光闪闪;爬行着的螃蟹,张牙舞爪;滚动着的乌贼,贼眼流转;弹跳的龙虾,披盔戴甲……跳动着,晃动着,挪动着,五光十色,目不暇接。

看着船板上跳动着鲜活的"虾兵蟹将",我的心里不禁有些莫名的悲哀：刚才还在海底里快活地与伙伴们游水玩耍，现在竟被人家捞到了船上，如砧板上的肉任人宰割！海里的鱼做梦也想不到自己快乐自由的生活，居然被人类一网拉了上来。如果天宇中有比人类更有主宰力的灵长，撒下一张大网将人类也一网打捞起来。岂不是人类的灾难？

一次，渔民们从鱼货里拣到了一条五六斤重的小鳇鱼。渔民知道小鳇鱼很珍贵。鳇鱼胶的价格相当于黄金。大家谁也舍不得吃，若卖给水产局收购，价格十分便宜。渔民说还是送给阿高老大吧，阿高老大自然不肯收下。经过了一场争论后，大家伙决定把鳇鱼肉烧好后，众人分着吃。鱼胶留给阿高老大。

看到这条鳇鱼使我想起母亲常说的一件事，那年我父亲得了肺病，渔业大队捕到了一条一百来斤的大鳇鱼，渔民们一致决定送给我父亲吃用来养身体。后来父亲吃了那条鳇鱼后，身体痊愈了。

一提起这件往事，母亲常挂在嘴边："做人要感恩，要知恩图报。是渔民兄弟救了你父亲的命啊，这恩情咱们永远不能忘！"

父亲在大队里当保管员，从来不拿大队里的一针一线。一年三百六十天，天天住宿在荒凉的旧祠堂里，守护着渔业大队里的财产，默默无闻，从无怨言。

记忆又把我拉回了现实，渔民们正在忙着拉网，向来很少说话的乌罗叔，忽然高声地大喊起来："汪贵，汪贵，大汪贵！"

人们七手八脚地将"汪贵"拉上了甲板。被捞上来的"汪贵"原来是只大海龟。这只大海龟足足有两米多长，大家七手八脚地用网筐将它罩在了甲板上。罩在网里面的"汪贵"，不断地叹着气，每隔十分钟左右，就会发出一声长长的叹气。

乡人们在揶揄一个人时常常会说："你这个人动不动就唉声叹气，你是汪贵的肉。"那长长的呜呼叹气声，确实令人感到心惊，继而心生怜悯。

到了中午下网的时间，大家围坐着甲板上吃饭。

阿高老大说："这牲畜也颇有人性呢，不停地叹着气，怪可怜的。"

阿生副老大说："这牲畜就是这样子的，杀了它烧起来吃掉吧！大伙儿还从来没有吃过汪贵的肉呢！"

关老爷蟹儿说："这么多的肉，怎么吃得了？吃不掉的肉，大家不要声响，分了带回家吧。"

阿高老大说："人家都说汪贵是个宝。它的壳让婴儿当床睡，婴儿能健康成长。但是，一个活生生的东西会叹气懂苦恼怕死。杀了它的话，总是觉得太罪过了！"

听了阿高老大的话儿，阿云公的眼前一亮说："老大，我们还是将它放生了吧。听老人说，救海龟一命，功德无量，后日福如东海！"

说着阿云公就走到网前，要解散笼罩着海龟的网绳。这时关老爷蟹儿走了上去，瞪起大眼睛说："你敢松绳！"

阿云公犹豫了一下，用无奈的眼神看了一下阿高老大。

阿高老大微笑着对关老爷蟹儿说："我们大家十五人同居同食同活在一条船上，我们要讲和气，不能因汪贵而伤情。"

阿高老大看了看我说："那请阿松这个小乖儿说说，你说该怎么办？"这边是阿生老大等人要杀掉海龟，那边是阿高老大等人要放生海龟。两边的叔叔伯伯们，对我都是十分亲切和关爱，让我来裁断，还真有些左右为难。

最终，我听从了自己的内心，面对着眼前这个庞然大物，我仰起头，看着直入云中的桅杆大声地喊道："放生！"

阿云公用从来没有过的利落，生怕别人来阻拦似的，急忙解开了网绳，用手摸了一下海龟的壳说："兄弟，你快回家吧！"

解脱了网罩纠缠的海龟，在甲板上转了一个圈儿，仿佛向放生者行了一个庄严的礼！这时候，全部的渔民都情不自禁地站了起来，看着海龟慢慢地爬到船沿上，突然抻长脖子，朝着人们点了点头，朝着大海扑了过去……这神奇的一幕让我们久久没有说出话来。

在休息的时候，我向大家讲起《今古奇观》里《转运汉遇巧洞庭红》的故事：

明代时有穷书生叫文若虚，算命的说他将来会成为富豪，可是他做什么都不成功，做买卖还总蚀本。有一次，他准备了名画扇品，到京城去做卖扇的生意，没想到遇到了阴雨连绵、暑气交加的天气，扇画相粘，成本皆亏。

还有一次，他随朋友走海泛货，出门前他又算了一卦说他会发大财。文若虚觉得好笑，自己穷困潦倒，连本钱都是借来的，怎么会发大财？保本都不错了。他先买几篓洞庭红橘子，随船外出，因外地人不知洞庭红橘子，居然卖了个好价钱。后来，因大风船被吹到一个荒岛，文若虚独自跑到荒岛最顶端，见到一个大鼍壳觉得好玩，就将其背了回来。

后来，波斯国商人以重金收买去。波斯国商人说，龙有九子，有一种是鼍龙，其皮可以鞔鼓，声闻百里，所以谓之鼍鼓。鼍龙万岁，到底蜕下此壳成龙。此壳有二十四肋，按天上二十四气，每肋中间节内有大珠一颗。肋肋完全，节节珠满。其壳不值钱，其珠皆有夜光。有人要文若虚趁机多要些钱，他却说："不要不知足，我一个倒运汉，做生意都是折本，若非这主人识货，也只当废物玩了。还亏他指点，如何还好昧心争论？"

大家都说："文若虚说得是，存心忠厚，所以该有此富贵。"当然，这是一个有关好人好报的故事，渔民们听完也都很感怀此次的善举。

五

阿志叔是船上的织网师，人长得矮矮的，挺着大肚子，像小海豚的样子。船上渔民喜欢叫他"乌罗"，乌罗是渔民称海豚的别名。乌罗，四十来岁，过着孤独寂寞的生活。逢年过节，都由他独自守护着机帆船。

他喜欢独自一人悄悄地坐在甲板上，望着起伏的海浪傻傻地笑，有时默默地闭着嘴笑，有时哈哈地大笑。在别人讲笑话时，他总是避着人们独坐一隅。即使他在场，也从来不参与任何说笑，也许是他心有痛苦无处诉说，只有在独处时用冥想来释放自己心灵深处的郁闷和对未来的憧憬与向往。这何尝不是一种独特的生活方式。

他为人善良和蔼，看到我常问："小乖儿，在海上生活适应吗？"

无聊时，他悄悄地从自己的衣兜里，摸出一个精致的银器小奶吮，放在自己的嘴巴里，唖唖唖地吮吸出声来。小奶吮是新生婴儿的玩具，乌罗为什么会将其视如珍宝呢？据阿云公说，这是乌罗母亲改嫁时，留给他的唯一的纪念品。他父亲病死了。母亲改嫁到很远的地方。大家都知道他内心的酸楚，所以谁都不愿意去揭开他这道情感上的伤疤。

船上的渔民都被阿高老大训话过，唯独乌罗从没有过。无论每次出海或归海，阿高老大第一个关心问好的就是乌罗。他对乌罗的关爱，不仅仅是因为对乌罗坎坷的命运施予同情，还有一层更深厚的关心在里面。

乌罗的名字叫张志明，人说志明的名字好听，意思是志向光明。可这么好听的名字却没给他带来光明的人生，生不逢时与糟糕的命运，简直和他的名字背道而驰。在不知不觉中我开始观察他，我发现他喜欢看月亮。

通常，从早到晚他不讲一句话。只是到了夜里，喜欢一个人痴痴地望着月亮。四十来岁的人，看上去像是六七十岁的样子。他头戴黑色的松糕帽，穿着青色对襟布排纽的夹袄，蓝靛色的大笼裤，腰间系着一条长长的蓝带子。

我想他一定很喜欢花草吧，要不怎么只有他的床头才摆放着一盆涂米草呢？别的渔民床头都光秃秃的。涂米草是生长在海滩泥土上，最常见的一种小草。它长不大，但是能够经受海水的浸润与洗礼，不需要肥沃的泥土，只需要一点儿清净的滩沙，再加上一点儿咸淡相宜的海水就可以四季常青。涂米草颜色碧绿莹亮，米粒一样的绿叶，精神饱满，生命力顽强，就像不畏惧暴风雨的渔民一样充满着顽强的生命力。

每次撒完网的间隙，乌罗都会独自坐在桅杆下面，痴痴地望着时有波澜的海面出神，偶尔也会喃喃自语，谁也听不清他在说些什么。有时他会独自一人蹲在甲板上，脑袋朝着夹板缝的方向，仔细端详着什么。我很好奇他在看什么，于是走近他，问道："阿志叔，你在看什么呀？"

他抬头朝我看了看，淡淡地一笑，就算是客气的回应，很快站起来便走开了。我朝着他蹲下的位置望去，细细地端详着他一直专注的地方：原来在这甲板缝里，有一群忙忙碌碌的小蚂蚁。这群小蚂蚁正在拖着拉着抬着咬着小虾皮。哪里来的小虾皮呢，哦，那一定是乌罗给它们的！

自此，我知道了乌罗的这个小秘密，于是我们两个人经常会不约而同地来到这里，一起围着观看蚂蚁。他从腰间的小纸包里，拿出一些小虾干，抖落在小蚂蚁的身边，招来一大簇一簇的小蚂蚁，它们扛啊，拖啊，很是热闹。有几个渔民从我们身边走过，也好奇地围了过来，当看清了我俩原来是在看小蚂蚁做游戏，便不屑地"咦"了一声笑着走开了。唉！他们怎能理解我和乌罗的快乐呢？看蚂蚁游戏，我感觉到自己就是一只小蚂蚁，感觉自己就是那只跑来跑去的，争食抢运的小蚂蚁。终日忙忙碌碌的，却是很少停下来休息和认真地思考些什么。

小时候，父亲生病住院，我独自一人在家，无聊时坐在门槛上，看着小蚂蚁跑来跑去，其乐无穷。有时我还会从橱柜里偷偷拿出一些红糖喂蚂蚁，捉来小蜻蜓喂蚂蚁。要知道，可爱的小蚂蚁是我童年生活中最大的乐趣，当然小蚂蚁也陪我度过了一段令人难忘的时光。我不知道乌罗叔是不是也有过这样的经历呢。

我和乌罗叔常常一起看蚂蚁，慢慢地熟悉起来，话也多了起来。

我们常常玩对接"海"字的文字游戏。

我说："海阔天空。"

他接说："排山倒海"。

我们相互对接着：天涯海角，天风海涛；八仙过海，海市蜃楼；海纳百川，沧海桑田；五湖四海，四海一家；瞒天过海、名扬四海；海誓山盟，海枯石烂；大海捞针，海中捞月；河海不择细流，放诸四海而皆准；山南海北，五洲四海；沧海横流，漂洋过海；福如东海，春深如海……

　　一次，我呜呜地吹起大海螺。

　　乌罗叔说："海螺的螺旋纹，为什么能旋转起来？"

　　我说："那是因为大海的风浪不停地旋转着，海螺为了适应大海浪涛的旋转而进化来的。"

　　乌罗叔笑笑没有说话。我继续解释说：是老师告诉我的。从贝壳里可以听到大海变幻的潮音。

　　他一听到"贝壳"二字，眼前忽然一亮，非常兴奋地说："你知道吗，在过去人们的眼里，贝壳就是宝贝！"

　　我说："你有什么证据？"

　　他哈哈哈大笑："这个道理你还不知道？"接着，他说出一大通道理，古人造字如"贷款"的"贷"字，"货币"的"货"字，"资本"的"资"字，"赠送"的"赠"字，"赚钱"的"赚"字，"赔钱"的"赔"字，"珍贵"的"贵"字，还有"贿赂""贾""赊""财富""财宝""卖买"（繁体字"賣買"）"赌""贪""贩""赏""购""贡"……这些都是作为金钱货币交易的字眼，哪一个不与"贝壳"的"贝"字有着联系？

　　经他这么一说，我还真为乌罗叔发现了汉字的"新大陆"而感到吃惊！

　　阿高老大笑着说："真是见鬼！乌罗跟我出海十几年了，加到一起都没有今天说的话多，怎么碰到阿松，这话说得一箩筐跟着一箩筐呢？"

　　阿云公说："他们斯文对斯文，话自然就多了起来，不像跟着我们这帮大老粗，没有多余的话。"事后，阿高老大还叮嘱我将这些有关"海"字的词语，抄在他的笔记本上。

　　我问他："抄这些词语有什么用？"他轻轻地凑到我的耳边说："我一生都在求海，成天和海打交道，却不知有如此多关于海的话。这些话，我想来想去想了好久，每一句都跟我四十年求海的经验一样真实！这些理儿，我心里明白，就是说不出来。唉，终归是多读书的好！"

　　有风无风，有雨无雨，大海永远都是处于生生不息的动态幻变中。我痴痴地看着那一起一伏的海浪，旋转着一个个大大小小的"S"形的水涡。无数的水涡组成无数的浪头,无数的浪头旋卷起无数"S"形的巨浪……

乡村田野的稻浪,草原上的绿浪,那起伏的波纹也是"S"形的走向,大草原上的河流也是弯弯的大大小小的"S"形,更奇妙的是永嘉场海滩围垦的水流走向,也是由一个一个大大小小的"S"形组成……起风了,风卷的残云,也旋卷起一大片一大片"S"形的云层……

我联想到自己站在甲板上打太极拳时,那婉转迂回的手势与左右摆动的脚步,也是"S"形。先人用那博大精深的智慧,意创出太极图的《周易》文化蕴含,原来统领着万物的运动与宇宙间的运动,有着如此神奇的关联。旋涡的"S"形原来是物体运动的常规形式,统领着宇宙生命节律的共同规律,这才是呈现出万物生命与宇宙大生命律动中的真谛!

跌宕起伏的海浪,一波跟着一波,周而复始,仿佛亘古不变地重复着同一个动作,我们肉眼看不到的是,其实它们也在不停地删除不停地复制,时刻在变幻着不同的风痕浪迹。

绿色的浪,蓝色的海,黑色的潮,借助于光的折射变幻着奇妙的色彩与图案。浪涛不停地重复,却是没有一次是一样的。

阿高老大说:"大海原本是平静的,是风力才使它波涛滚滚!"

海的脾气是难以捉摸的,难以捉摸的原因就是风在作怪。家乡人称台风是"风痴",意思是说风失去了理智,像得了神经病的疯子。

阿高老大说:"天天下海,现在越来越感到下海的可怕。记得那年在涂头打揽网儿,是7月24日,突然海上骤变,一瞬间,不知从哪里涌起了惊天的巨浪,像一座一座的小山似的翻天覆地地倒卷过来。所有的渔船都被这突如其来的巨浪掀翻到了大海里去。"

那时候,他年轻、体力好,还可以在一个个浪头翻滚而来时奋力搏击,可心中也是胆怯的,不停地祷告一切神灵来庇佑。在朦胧的意识中,他拉住一条麻绳,在风浪中不知跌宕多久,可潜意识里他死死地拉着系在小舢板上的麻绳。就这样惊心动魄地在风浪中搏击了一夜,最后随着小舢板被风浪卷到海滩上。当他苏醒过来时,发现自己已经被家人抬回了家里。仅那一夜,永嘉场就不知有多少求海人葬身海底。

阿高老大确实伟大！他的手是摸过风浪的手，他压一下舵柄，渔船乖乖地从海浪中的礁石旁悄然绕过……海礁上的灯塔，一闪一闪地亮着灯光。渔民最怕的就是触礁。海礁是潜伏的灾难，灯塔是从灾难中逃出生天的引路者，是跳跃的希望。

沉沉的夜里，幽蓝深邃的天幕上挂着一轮静谧的皓月，洁白如碧、晶莹透亮。辗转间，又清澈如水般，仿佛可以看到吴刚酿制桂花酒的桂花树枝，在海风中一晃一晃地摇动着。

渔船依旧在徐徐前行，当我还沉浸在如画般的夜色中时，突然有人叫了起来："那边有对船在求救！"我们都顺着阿云公手指的方向望去，在大海的深远处，映着一片火光。

阿高老大一看："哎呀！真的！"

他命令关老爷蟹儿加大马力，掉头向火燎的方向开去。

关老爷蟹儿哆嗦着："我们还是早点儿归岙休息吧！人家困在海面上，跟我们有什么关系？海军会去救命的！"

阿高老大瞪了关老爷蟹儿一眼，没有说话，只管向着火燎方向开去。机帆船离火燎方向越开越近，到现场时已经有五六艘渔船赶到。在海上有个不成文的约定，凡是看到点燃火把求救的船只，都要自觉地赶去救援。

阿云公他们争先恐后地跳到已经停机的危船上，帮助他们将财物转移到援助的机帆船上。经过大家伙的努力，排除了危船的离合器故障。遇难的危船，马达重新发动起来了。大家欢呼起来！事后，大家知道原来遇难的渔船上的老大正好是关老爷蟹儿的舅舅！

阿云公说："脑盖同志，要不要去救啊？"

关老爷蟹儿红着脸，没有吭声。

在回来的海路上，阿云公讲起自己在海上遇险的亲身经历：

那天，阿云公在海滩边守渔网，天下着大雨，他躲在草棚里。到了夜里，他忽然听到狂风骤雨里夹杂着哗哗的潮水声。他感到惊奇，怎么潮水离人这么近？他推开草棚竹门，看到潮水已经漫到了脚边。

一转身，潮水就漫到了胸前，再一转身，潮水已经漫过了他的全身。这是突如其来的"风痴"变幻，天雨、狂风、海潮来了个三碰头，暴雨借助风势，狂风卷起海潮，一齐向海滩涌上来。

在风雨交加的潮水中，他趁意识还清醒时，抓住了一根木头，在潮水的旋涡中打了无数的涡圈儿。在晕头转向中，倏然间一个浪头将他推到一堆浮草上。他趴在浮草上，任其漂浮。等到天明，他睁眼一看，所谓的浮草居然都是水蛇组成的浮团。水蛇看着他，他看着水蛇。大家都和平相处，他从来没有看到过蛇的眼睛如此柔和亲切！是水蛇救了他的命。从此，他吩咐儿子，要爱护蛇，更不能吃蛇肉！

阿云公说完自己的经历，走近关老爷蟹儿身边，悄悄地说："救人一命，好比造一座七层的大塔！"

六

凌晨的大海，在遥远的天际露出了点点寒星，海面上蒸腾着漫无边际的雾气。这时候海上的雾气是多变的，不停地幻化成绿雾、蓝雾、红雾、白雾、灰雾。这是天地初始的氤氲混沌状态。混沌是一股无比强大的气流，盘旋在我们周遭。此时，我觉得自己也成了朦胧中的一股气流，全身心地融入到了这片雾色里。

当一轮红日为大海打开了一扇巨大的天门时，澄蓝的天宇上，飞翔着一队一队井然有序的"一"字形或"人"字形的大雁。阳光照耀着一群飞行中的大雁，给它们的身上镶上了一道道细细的耀眼的金边。呼呼的海风和着天籁般的音响，为这些南去的大雁壮行。在光明灿烂的天宇中，一群群不停飞翔的大雁，要是能够给我的母亲与恋人捎个信，那该有多好啊！

如果说清晨的日出是地球新一天的开幕式，那么黄昏的落日就是地球一天的闭幕式。原来那迎接新太阳的壮观礼赞的海潮,就是为了准备送别黄昏太阳的典礼啊!看着一颤一颤地落入大海的太阳,我真想跑过去,用双手擎着鲜亮的太阳。如果有可能的话,我愿意奉献自己的全部。然而,落日总是带着我的牵挂与牵挂着我的无奈,无声无息地落入了涛声依旧的大海。

海上的落日总是平静又安详,渐渐地沉落到漫无边际的海洋里。劳累了一天的太阳,也该好好地休息一下了。望着大海望着太阳,我的心也随着海水波澜起伏,太阳就这样落下去了……海上生活的一天,也一同随着太阳的消逝而过去了。在海上感受到日升与日落,使我更加体会到太阳与人类的息息相关。

海风轻轻地拂过脸庞,我站在甲板上,独自静静地看完落日的整个过程,那种盛大恢宏的落幕让我忧伤的眼泪似乎都要落下来了。

孔夫子说过:"逝者如斯夫!"

孔老先生是站在山川上说这句话的。如果他老人家是站在波澜壮阔的浪涛上,或许他对"逝者如斯夫"的感觉,一定另有一番感叹。无奈的人生,飞逝的时光,寻找不到自己人生的定位,寻找不到情爱所托的家园,寻找不到人生的价值,寻找不到自己的尊严与人格的定位……面对着起伏的波浪,面对着落日的海水,我联想起生命的不平凡……

暮色的落日,虽然没有日出的壮烈与宏伟,但它那英雄豪迈的壮士气象,有着风萧萧兮易水寒,壮士一去兮不复还的情怀。海上那落日的辉煌,正是体现了一派黄昏赞颂白昼的精神风采。我不免心中涌起一阵阵惆怅:

> 夕阳没沧海,
> 黄昏浪更狂。
> 风奏伯牙曲,
> 游云类飘缃。
> 夸夫急下海,
> 与会在何方。

三百六十度，
一日尽光芒。
轮回旋日月，
天地合阴阳。
潮去又还汐，
回还总无央。
渔船伴浪唱，
飞鸿拨云翔。
风号鱼缩颈，
浪住水不扬。
天人一合意，
秋雁横空长。
擎樽向九昊，
已是暮夕阳。

如血的残阳就这样带着对人间的一丝丝留恋与不舍坠入海底。在家乡的大罗山上，我不知多少次看过落日的凄凉，但总是感觉到没有海上落日的博大而悲壮。那起伏的海涛波浪，卷起来的脉络走向，不正像是一道道起伏的山脉吗？我曾经从飞机上看到大西北起伏的山脉峰峦，仿佛是海上起伏的浪涛。在我的心中，海的博大与山的高峻，是有着两种不同气质的美感。

小时候，风浪退潮之后，走海涂看到的海滩，那一起一伏的涂滩地面脉络，有序列地排列起来，仿佛是地图上山脉的走向。我从戈壁滩的沙漠上，看到的沙丘走向仿佛是起伏的海浪、连绵的山脉。它们之间竟有着这样的鬼斧神工般的相似。

海浪、山脉、涂滩、沙漠，都是风痕的造物。这是宇宙的风痕，这是宇宙生命的节奏，这是宇宙生命置换过程的遗迹。尽管宇宙一切生命的变幻是丰富多彩的，但生命辉煌之后，留下的风痕却是一样的韵味。

渔船归舻时，我看着海上落日，心情也会变得无奈与惆怅。站在阿高老大的身后，我看着船过时掀起的白浪与翻腾的水流，像一条长长的水龙游动在海面上。忙碌了一天的渔民，又开始露出了轻松的笑容。到了海岙，无数的渔船在等候着水产公司的人员来收购鱼货。有的渔民将一只只大龙虾，一条条二三斤的大黄鱼，悄悄地送到水产公司的领导和过秤人的手里。那时卖鱼，要先经过验收员评价再过秤。验收员直接关系到鱼货的等级价格，过秤人手中的秤尾翘一下或垂一下，都是直接影响着渔民的经济收入。

渔民们每次送上等的鱼货给那些主管们，都不禁在心里暗骂："连自己都舍不得吃的大龙虾，大黄鱼，送给了这些家伙。可他们就是吃了，鱼价还是那般的低，过秤尾巴还是那么翘。"

也有人说："人家暗地里已经给了你秤数，你也不知道的。送礼总比不送的好。"

骂归骂，每次归岙时依旧是将准备好的上等鱼货，暗暗地送到评价员和过秤员手里。不要说给你的价格与过秤有点儿好处，就是早点儿将你的鱼货收购了，也是给你一分面子了。如果等到最后给你过磅收购，往往是下半夜时分了。

也有渔民在骂："我比人家早，为什么先收购人家的？""为什么我的鱼货比人家好，价格比人家便宜？"这其中的奥妙也只有仁者见仁智者见智了。

从海上归岙，看着远处海岛的灯光，一种归家的急迫心理化作一阵暖流瞬间遍及全身。海风轻轻地吹，海浪轻轻地摇，望着海岛与苍茫中的陆地，宁静的夜里涌动的浪涛仿佛奏着思乡的小调。是啊，夜晚的浪涛总是有着一种特殊的旋律，激荡着你的心久久难以平复……

人住在船上，看到有着灯光的海岛不免生起思乡之情。别说人家离乡几十年，就是离乡半月的乡愁心潮也是难以平静。人类的天性决定着情感乡愁。那么，乡愁仅仅是一种生命存在的精神需要吗？非也，这是人类的天性使然。为什么说全世界的人都拥有这种情感呢？答案很简单，那就是人是靠情感支撑着精神而生存的。在家的时候，我并没有意识到父母亲、兄弟姐妹有多么重要；还有想到去世十多年的祖母，以及那位在我来到这个世界之前,已匆匆离世的祖父……距离产生情感的思念,人类情感原本就是如此吧?

因海上起了大风浪,渔船不能出海,渔民就可以就地靠岸到海岛上买东西。

渔船一上岸,阿高老大就到他的妻姨家里去了,阿高老大的妻子是在海岛上娶的,每到因风浪渔船靠岸上海岛,阿高老大就会去他的妻姨家。

老大不在,下面的渔民就开始各自地自由行动了。他们会喝着大瓶大瓶的"白眼烧",这种本地烧酒带到渔船上,以备聚餐饮用。此酒因度数高,喝多了人会瞪着眼睛,故称为"白眼烧"。喝醉了酒,大伙儿说着男女间那点儿情事。讲着讲着,无聊了,大家就会目标一致地奔向织网师乌罗叔,给他来个偷袭,七手八脚地围着他,将他按在船板上脱掉裤子,用细细的尼龙线,把他的"小鸟"密密麻麻地绑起来,将其线头拉到舱外伸延到桅杆的细绳上。

乌罗叔半推半就地配合着,嘴里骂着:"你们这些狗东西,等到阿高老大回来,我就将你们说他的坏话统统都告诉他。"

大家听着他破口大骂,看着他狼狈的样子,笑出了眼泪。不知谁叫了一声:"阿高老大回来了!"大伙儿就忙着拿剪刀,将尼龙线匆匆地剪断了。乌罗叔也就光着屁股,匆匆地爬到船舱里去,穿裤子穿衣服。阿高老大回来了,大家好像什么都没发生过似的又各忙各的。这大概是他们惯有的游戏。

七

无云的晴空,月亮悠然地照着浩瀚的海涛。孤独的我独自起床,站在甲板上,迎着习习海风,听着哗哗哗的潮音,想起李白的月光诗,也想到了贝多芬的《月光奏鸣曲》。但想到更多的是人生的消逝和看不到月亮的永恒。我未婚妻的名字就叫作小月,她美丽善良,我的老师称她是"天上的月亮来到了人间"。

我曾梦着自己化作一缕云丝,飘到她的窗前,窥望着她美丽的身姿。谁的心中没有一轮月亮?天地悠悠,过客匆匆,拥有属于自己真心相爱的月亮,是我一生最大的愿景!今天的月亮仿佛专属于我一个人的。

明月千里寄相思。天底下有多少人寄予月亮的相思,传递着心灵中情爱的寄托?我坐下来,痴情地望着月亮……风卷衣寒,心里感到无尽的感伤:

万里风漾海,
千重浪摩天。
仰首望北斗,
徘徊群山巅。
九霄一月明,
秋心万顷渊。
孤灯遥海际,
风破漪涟咽。
心系千千结,
天凉客难眠。
儿郎缘陌路,
慈母拜西天。
心追雁翼去,
万里穿云烟。
灵海狂澜急,
天籁频声传。
宇宙星辰转,
翰墨谱诗篇。
悲秋游子意,

神倦浪中旋。
谁起东溟浪,
激我意思绵。
征途遥万里,
桑梓一念悬。
…………

  大海、月亮、星星与桅灯,加上坐在甲板上的我,仿佛接通了天人对话的天线。此时,渔船上的桅灯是接通天地人的神灯。这一切是那么的不可思议。
  一天晚上,阿高老大发现桅杆上的桅灯不亮了。关老爷蟹儿寻找了好久都寻找不到新灯泡。桅灯不亮是不允许的。关老爷蟹儿没法,只好猫着腰爬到了桅杆上,将一盏点煤油的风灯挂了上去。煤油风灯虽然没有电光桅灯闪亮,但它那时隐时现的光芒传递着古典的风情,激发着诗人的情感。
  我静静地抬头望着那一盏幽光暗淡的风灯,仿佛看到了母亲站在四合院的天井中,轻轻地念着《观音经》。海上的风会不会把我的思念带到母亲的身边,母亲会不会看到此刻的我独自站在甲板上。这一盏挂在桅杆上的风灯,是不是我家屋檐下挂着的那盏三官灯?海风摇晃着桅灯,高大挺拔的桅杆就像是一炷冲天而起的高香,将我的思念徐徐燃起。桅灯是渔船夜航的指明灯,那三官灯却是母亲精神的导航灯。
  一天从早到晚忙忙碌碌的兄长,你还在煤油灯下读古书吗?出生没多久的侄儿会笑了吗?姐姐家的外甥会跑了吗?父亲检查好大宅四户人家的灶房,到渔业大队里守护公家的财产了吗?小伙伴们还躺在大榕树的枝丫上聊天、谈天说地吗……浪涛随着海风起起伏伏,思念也跟着摇晃起来。
  桅灯轻轻地摇晃到过去的时光里,这一轻轻地摇晃就摇过了三十八年。那一盏风灯,也就变成了我刻骨铭心的桅灯。那年母亲去世了,给母亲诵经时,在老家河边竖起了高高的竹竿,竹竿上挂着一盏诵经用的番官灯。在黑夜的星空里，望着闪耀光际的番官灯，我的心飞向了当年那遥远的海涛风灯下……

那一夜的思念，弹指飞逝而过。我和兄长跪下来，跪拜着这一盏番官灯。我的心中默默地祈求番官神，将我们为母亲所念的水路道场经文功德，亲手送往并交到在天国的母亲手中！

下雨天，我喜欢穿着雨衣坐在甲板上，听着雨珠碰撞在船板的铁皮上，奏起"当当当"的雨韵。这雨不像江南老家屋檐下的夜雨，滴奏在石阶或飘落到芭蕉叶上的，那么富有情感的音符旋律。

桅杆在风灯的照耀下，一条条粗大的雨帘映射着一道道光柱。天风海涛完全淹没了海雨的韵味，使人平添了几分寒意。海上的雨是一片寂寞清冷的世界。我仿佛就是那一滴小小的雨珠，寂寞清冷，心中充满了惆怅的情思。

雨是大自然最美的声韵。在海上听雨，雨是一种凄凉。但这种凄凉总是表述着一种博大的情怀。李义山的巴山夜雨，在这大海里也涨不了秋池。《红楼梦》里林黛玉的冷雨，在这里更是寻找不到那细腻情感的诗韵。历代文人喜欢雨也爱写雨，但很少读到写大海的雨，不知出于何因。大概是在大海里很难听到雨韵，或者诗人的内心世界对大海有着与生俱来的忌惮吧。

有时候，我坐在甲板的竹椅上，枕着潮浪的声响，脑海里总会涌出对那些逝者的思念，这是与我年龄极其不符的思量，或许这一切都源于我的童年，那个我最尊敬的住在我家对门的老书法家突然去世了，他的离开让我感受到了什么是世事无常，什么是生死永隔。我想念他那一手难得的好字，也想念他那受人敬重的人品。在我幼小的心里，这位老人的去世，不仅带走了他鲜活的生命，也带走了他一身的才华。

晚上，我躺在木床上，仰望着画着一个个方格的天花板，冥想着人在离别世间的时候，是不是就像一只孤雁飞翔在皓月当空，飞向了自己所憧憬的精神世界！这该有多么奇妙！

此时，我会痴痴地静静地望着月亮，望着大雁，望着大海，望着冲天而上的桅杆，听着夜的海风呼呼地贯耳而过……

在我面对大海的痴心幻想中，渔船的甲板上生起了一层薄薄的浓霜。伸出双手摸一摸白霜，热气立马融出了一片地图的模样！无意中我一回身，不知道什么时候乌罗叔已静静地站在我身后。我们相对无语，只是静静地、痴痴地望着大海……望着天宇的星空，一颗颗星星闪烁着点点光芒。

天越暗星星越明亮。

星空是人类精神的故乡，大海是生命的摇篮。

以星空、大地、大海来内省自己的精神世界，才能明白生命存在的真正意义。

漫无边际的海浪，有序地变幻着一起一伏的浪涛。这是浪的秩序，也是潮的节律，更是宇宙的旋律。永远不会重复的浪花，无序中有序，有序中无序。一切的变在一切的不变中；一切的不变在一切的变幻中。海是由一浪一浪地协同，构成了互动和谐的大海。没有一浪一浪的相互"协"与"同"的配合，也就没有了整个大海的互动"和"与"谐"。

大海是最大的协同与最大的和谐！

海水的变化与浪涛的起伏，充盈着海水的风采。中国画是以水与墨的交融，来表现蕴意人性的灵气。中国的书法艺术，更是水样的性情，奔腾在书法家内在丰富多彩的情感世界。水成了中国人文艺术的精神与国画、书法的气象。

古人的音乐是从天地中感知的美妙。起伏不息的浪涛秩序，既是音乐的旋律，又是舞蹈的节奏，更是潮音的和谐。古人有语："乐者，通天地也；乐者，通伦理也。"中国的艺术就是从天地中感知人类与自然间的美妙旋律，感悟人类生命存在的意义，以此来表达人类存在的社会与自然相通的精神奥秘。这也应该是人类共同的艺术方向。那色彩与生命的律动，演绎出抽象的理性思维，使人从具象中感悟到天公的伟大，创造了不可解密的大自然规律。

风是海的情调，光是海的神采。有了风，有了光，海就有了韵律。海的韵致，美的旋律，是大宇宙生命的气势。人的情感与思维，乃至于境界，融入这种大宇宙的生命气候，不仅仅是感受到个体生命的渺茫，而且会怜悯自己灵魂的虚伪与多余的自私。个体的生命，如同宇宙间一粒灰尘般的存在。然而，人的生命虽然是沧海一粟，但也是处于大小宇宙之间，只是取舍价值量不同而已。

海上的波浪不停地起伏，变幻着不同的色彩。

色彩是大海性情的晴雨表。

大海的色彩来自于光的变幻。光是宇宙的心语，是宇宙的情感，是宇宙的语言，光是人类艺术与宇宙沟通的语言。

贝多芬的交响乐旋律、怀素的九曲黄河的草书、凡·高的充满激情的向日葵画境，达·芬奇神秘意象的蒙娜丽莎，都是光在大海情感潮汐波涛上闪烁的智慧之光，这种智慧之光是人类的灵慧与自然灵光的结合。

小时候读古书，听鼓词，看瓯剧，望着大人听故事，感觉自己长大后也会当皇帝，也会做宰相，也会写诗当诗人，更想象自己会成为一个画家。画完一张画，写完一幅毛笔字，总忘不了将自己的名字写在上面，生怕人家忘记了是我画的似的。

这也是母亲的话："你画了画写了字，一定要写上自己的名字。人家要批评你，你要对得起你自己！"我想这就是我的画，画得多么好，这就是我写的字，写得多好啊！少年的虚荣心，成就了激发我上进的潜在精神动力。

望着浩瀚的大海，我感受到了生命的风痕，正如大海的波纹，逐渐侵蚀我脸上那日益深刻的皱纹。

八

傍晚，仿佛刚在大海里洗完脸的月亮，晃悠悠地升了起来，像贵妃酒醉后摇曳生姿的媚态。

忽然，从天空中传来一声鸣叫，我抬头朝天空仰望，看到一群大雁排着有序的队伍，高昂着头飞翔着。海上看秋雁飞翔，比平时在陆地上看秋雁飞翔，总感到一种特殊的天际悠远的寥廓感和那种朝思暮想的亲切感。

我和大雁虽然相隔遥远，但总有一种说不出的心有灵犀。在茫茫的大海上，我再次看到了童年时的好朋友，心里存留的依恋更加感到亲切。高洁清明的寒空，一群大雁，一会儿排成"人"字，一会儿排成"一"字，保持着匀速飞翔。

大雁有着高度的自律性和团结友爱的集体观念，这是天性使然还是在成长过程中历练出来的品格，这点我们无从考究。但它们互相帮助、互相依靠、互相照应的身影，在天空上写下了浓缩人类文明精神的诗篇。它们靠的是集体的力量与来自生命本能的天性，战胜寒冷的冬天，冒着凛冽的寒风，坚定不移地朝着自己选定的方向，风雨无阻，日夜兼程。它们用力拍打着翅膀上的风霜，高昂着头毅然向前飞翔。

它们没有徘徊没有彷徨，坚信只有不断前进才能看到生命的希望！

我们生活在地球上的人类，更要遵从大自然宇宙的规律而诚意地协同合一！这是写在蓝天上的警语！我惊叹地望着逐渐消失在天宇中的大雁，一直飞向遥远的天际。我目送着一阵又一阵的飞雁，飞出了我的视线，降落在我的心海。我甚至会莫名地生出一些担忧，生怕有一只大雁掉了下来。假如有一只大雁落到了我的渔船旁，我将会奋不顾身地跳进大海，将它抢救起来。

在广漠的蓝天碧海下，呼呼的海风给大雁平添了一抹悲壮的色彩。这仿佛是贝多芬的《英雄交响曲》，将整个大海与天空，连同着我的心声一起奏响了天地间最雄壮的旋律！这是大画家林风眠笔下群雁飞翔的意象。诚然，在林风眠笔下也有画着大雁是喜欢在芦苇的风中，静静地安眠着。那同时也是画家的心声，盼望着有一个静心安眠的世界！

乡村的月夜，在静寂的田野旁，我喜欢听二胡独奏的《二泉映月》或《空山鸟语》，那悠扬与宁静的意境，使人能够排除心中的烦闷，进入清甜的梦乡。

起伏的海浪,是大海乐曲的音符。海上静月,在海浪声韵里,听乌罗叔拉《二泉映月》,居然失去乡村原野的清静而悠远的美感。那原本悠扬平和的《二泉映月》的旋律,竟然被大海雄壮豪迈的涛声所淹没。在自然环境与人文情绪的差异下,会产生不同的美感效应。这是音乐真谛的所在,还是人类心灵的感应?

静月下的大海,虽然有波浪的涛声永不停止地和着天风协奏,但心中感受却是空寂与平静。自从与大海日夜相伴,它将我从风卷浪伏中引向无边的冥想,惆怅的情感慢慢地苏醒了,使我感到生命处于时代与社会的潮流之中,天风海涛也正是人生的诠释。

面对人生相遇的社会大海,当外在的波澜壮阔与内在的心灵世界相冲突,唯从大海浩瀚的波涛中,吸纳豪迈,滋养自身的人文情感与博大的胸怀,去理解生活和感悟生活。作为社会人应不能轻易放弃生活的每一个细节,其实,生活中的每一个细节都体现着生命存在的意义与价值。而这些生活上的细小浪花,皆来自于大海与大海相关联的太阳、月亮与星星。

大海的光影与起伏的波浪,天风涛声的呼啸,变幻莫测的旋涡,以及生活于大海里的生物,里面都蕴含着十分深刻的情感与思想内涵。我的海上半月生活,距离今天已经过去四十多个春秋了,而它却无时无刻不出现在我的脑海,使我对生活和情感都有了新的感悟与体会。半月的海上生活,已深深地根植于我的记忆存盘里,这是永远也不能删除的记忆存盘!

在我的梦境里,常常感觉自己是一只展翅飞翔的鲲鹏,背负着青天翱翔于波澜壮阔的大海上。庄子的《逍遥游》成为我海上的梦乡,这是情感的梦境,这是潜意识的幻觉,这是心灵的飞翔……

我想庄子的逍遥游、庄子的梦蝶、庄子与天地为一,不是人类借助想象力而能够表达出来的意境,而是人类潜在的智慧的光芒。这种智慧的光芒,正是庄子通过生命意识进入极度清净的妙境中开发出来的。

海上的梦是逍遥的梦,是博大的梦,是精深的梦,是幻觉的梦,更是神秘的梦……

我明白我的生命走向与人生的胆略胸怀，只能是江南原野典雅水乡一隅，我明白我的一生是做不出海洋般博大精深的梦境，我的梦只是一滴晨露，在绿莹圆碧的荷叶上，闪动着太阳般七色的光芒，但这一切对我来说，已经足矣。

后　记

　　此部纪实散文，由《母亲的季候》《瓜棚野话》《海上半月》三章组成，都是写我在乡间生活的感受。

　　《母亲的季候》是写母亲遵循中国传统的二十四节气和农耕时代生活的规律，同时也记录了那个时代大众的生活方式与生存理念。

　　《瓜棚野话》写我农耕务农的一段生活，记录乡村原野生态的美感，反映江南乡间生活的意趣。

　　《海上半月》记录了我在海上半月的生活体验，叙述了那个时代渔民的生活状况，表达自己对大海的情怀。

　　我明白比我年轻或喜欢玩文字的人，他们比我博学多识，智慧过人。但是，他们对那个特定的农耕时代的生活经历与感受的理念，肯定没有我们这一代人有着直接和深刻的体验，以及千金不换的深厚情感。因此，我感到我有一定的历史责任，记录这一时期生我养我育我的这片神圣土地的自然生态与人文精神。这也是记录中国乡村的生活体验实况。

　　虽然我记录的只是偏僻东海一隅的乡村，但它也有着一定的中国文化精神和意义，为中国20世纪江南乡村生态与人文的丰富多彩，提供了一些个案缩影。

此书出版，首先感恩母亲给了我不尽的人生感悟与贯通我对生命的理悟，还有感恩养育我成长的那片永嘉场土地和生活在这片土地上的乡亲父老！没有这片出于"瓯在海中"的温州神圣土地和滋育我成长的人文精神的神圣大地，我怎能茁壮成长？

我生活在偏僻的滨海乡村，小时候身弱体虚，足不出户，唯独母亲是我生活与理念的启蒙老师。母亲只是普通的家庭女性，却拥有着极为丰富的东方儒、释、道文化精神。

我写母亲是在写东方女性美德的蕴意。随着现代社会与经济的变迁以及商品大潮风起云涌，中国传统文化特别是在百姓生活中的传统人文精神将会日益地衰落。我写我的母亲是为了寻找与温存东方女性的人文精神理念。

现代社会的母亲也许有着博学的知识、丰富的情感与教育孩子的现代化多维的理念，但是往昔母亲的高贵与理性以及利他的贵族精神，还是有着恒在的启发思想价值意义。同样，我写瓜棚与海上的生活，也是意在保留与记录农耕时代人们的生存方式与理念。三章散文皆属纪实性，只是一些人名做了隐晦，以及事情发生的时空有所调整。

父亲、母亲、兄长是我生命中最重要的精神支柱。《母亲的季候》出版，也算是我对去世的父亲、母亲和兄长，最亲切的思念，最深沉的纪念，最永恒的怀念！

每逢母亲的忌日，兄长就会发短信给我，去年兄长发的短信："今天，是妈妈逝世十六年的忌日，请你默哀三分钟。"

兄长留给我的最后一条短信："母恩如山，永远怀念！"

今年清明兄长去世，立秋父亲离世，令我悲伤不已，无限思念。

甲午中秋，是夜鹿城月亮朦胧，至下半夜逐渐明亮。天凉露起，思亲情切，夜不成眠，遂成《甲午中秋赋》：

十五月亮，

十六圆兮，
皎洁莹明；
百姓仰兮。
悬空一璧，
恒沙映兮；
异同相思，
古今亦兮。
吾今仰望，
极目瞻兮；
天缺一角，
遥祭泣兮。
嫦娥歇舞，
癋郁忧兮；
吴刚献酒，
焉消愁兮？
白兔洒泪，
互为诉兮；
清辉蟾宫，
凄凉寒兮。
清明兄去，
手足绝兮；
泪成秋霜，
何处凝兮？
立秋父逝，
倏为孤兮；
东篱花残，
深惭哀兮？
天籁瑶音，
梦踪逝兮；

无常有常，
因果律兮。
悲欢离合，
聚散缘兮；
辉光难留，
当下惜兮。
悠然苍穹，
碧海邃兮；
皓魄临空，
万家赏兮。
宏愿有情，
众生欢兮；
永结同游，
邈邀乐兮。

行笔至此，我深深地感谢龙湾区文联组织出版文学丛书，将拙文纳入丛书出版行列。特别感佩编辑寿天舒女士的敬业精神，为此书出版付出辛勤的劳动！正是有了他们的帮助，才有拙文出版的机会。但愿我的文字有人阅读、有人喜爱、有人评点，不会因此而浪费纸张。我由衷地感恩一切帮助拙著出版的人们，以及即将见到我文字的亲爱的读者们！

章方松
甲午小寒于温州鹿城双井头曦虚斋